國家圖書館藏清人詩文集稿本叢書

第二輯

三

陳紅彦 主編

北京大學出版社
PEKING UNIVERSITY PRESS

丁我盧小草・默癡盧小草

亢樹滋撰。稿本。二册。

著者亢樹滋，生平見《市隱初稿》提要。

據刻本《市隱書屋詩稿》潘鐘瑞序「曩讀君丁我盧稿即避地海壖時作」，及稿本《市隱初稿》吴嘉洤序「避難居崇，君以所著《市隱初稿》造余寓」，可知《丁我盧小草》應爲亢樹滋避居崇明島時所作。内容以感時傷事、友朋偕游、詠史記人爲主。

亢樹滋交遊廣泛，故詩稿中題跋印鑒衆多，評點亦多。天頭有潘鐘瑞、吴清如、雷浚等人五色校改、批註筆跡。卷首有諸人題識，並鈐個人印章，如潘鐘瑞「鐘瑞」「慶生」「瘦羊居士」印，張鴻卓「張鴻卓印」，袁學瀾「文綺」「適園」印等。卷末題識亦多，雷浚稱贊此稿「較市隱初稿多遒健之作，蹊徑亦不盡宋人，七絶亦多佳構，想見功夫與年俱進」。另有王嘉起、柳商賢、管蘭滋、朱康壽、汪芑、秦雲等人所撰讀後題識，皆在同治年間。

諸人對亢樹滋詩作頗爲推崇，張鴻卓贊其詩「襟韻沖靈，筆致淵雅，事理通達，模範老成，是非學養功深，未易臻此絶詣」；袁學瀾則「採録佳篇，抄入《滬上題襟集》中，以志欣幸」。觀亢樹滋之詩，對仗工整，言詞雅正，頗可一觀。

《丁我盧小草》未得刊行，可爲《市隱書屋詩稿》之補充，以增廣亢樹滋傳世詩作之數量。

（杜萌）

廿八宿周萬古天亢宿東亡次第二星精下謫瑰奇才吾乃得之在吳會老鐵老鐵今應夫避亂嶺海混酒徒有時醉酣眠錦瑟抑或紅燭狂呼盧文章日試才倚馬氣格不在韓歐下詩派何曾限門户偶然灑筆珠璣瀉初聞其名疑不覊相見風度殊融怡高談何必定驚座片言居要屹莫移家國之治養元氣如醫所患投雜劑飽閱世變燭偽妄黙揣天道扶刑藥鏘然擲作金石聲丁我集千秋爭眼光照耀聖日月豈特花鳥陶閑情昨日訪我僧院

左今朝復聚袁絲座酒邊縱論機動微造化混濛憑識破世無廢者誰與興
英雄事業嗟風燈空山著述小技耳真際實於大道凝適園主人我知已亦謂
君才世無比或時語近意却遠月在指頭月非指我鄉近接庳公山亢桑子弃
松石間何當相約尋金匣擺脱塵網求神仙庳公秦時人著亢桑子三卷以鐵鎖金匣埋山下

乙丑四月二十三日與
鐵卿尊兄大人重晤適園主人席上袖出丁我廬詩文見示賦此奉贈
即題簡端並祈　教正

筱峰弟張鴻卓拜稿

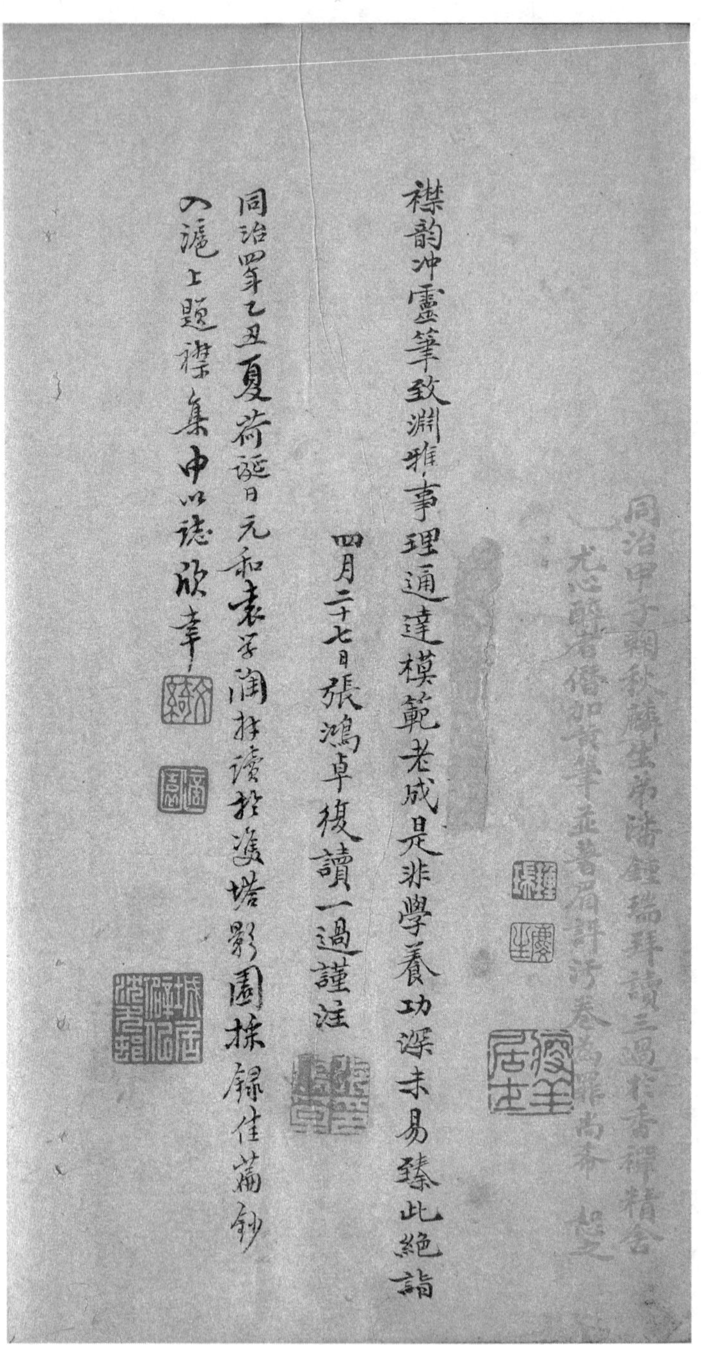

同治甲子新秋麐生弟潘鍾瑞拜讀三過於香禪精舍
尤心醉者僭加黃筆並著眉評於卷端尚希 恕之

襟韻沖靈筆致淵雅事理通達模範老成是非學養功深未易臻此絕詣
四月二十七日張鴻卓復讀一過謹注

同治四年乙丑夏荷誕日元和袁學瀾拜讀於雙塔影園採録佳篇鈔
入滬上題襟集中以誌欣幸

丁我廬小草

吳縣亢樹滋錄鈔

附錄 清如先生評語

避地書悶四首

竟作無家客，村居百事違。雨餘蝸篆壁，燈黯鼠窺幃。亂世衣冠賤，窮途面目非。城闉近咫尺，回首隔重圍。

撫易亂世衣冠賤以四顯對窮途面合掌而前句仍作無家

悔不早行樂，傷哉值此辰。低頭對僮僕，親識疑比隣。

低頭二語當未難中若非身歷其境者不能道也研蓀

鑄鐵真成錯（偏書），點金不救貧。何心問囊橐，但是暫時人。

況痛

解含入微非身歷其境不能道

不信乾坤大，茫茫安所之。四郊烽起候，八口病危時。

論律不必有極杜而詞意悲痛自與杜合

收功二字未妥從改
卓歸宗二字極妙
雲識

按对景翻疑梦，收功詎有期竟無。頻年籌守禦，太息等兒嬉。
皇威不到處，劫奪一時空。亂處世輕民命，連村煽盜風。
人心多瞭眺，天意豈朦朧。去去休惆悵，吾生道固窮。

泊讀　泊讀

收功句不特承上，兼起下守禦，此處人知承轉否
之法不可不知
竟註

哭四兒惟寅

不識余何罪，茫茫欲問天。一家盡蕩析

七年勤誦讀，兩月困沉綿

偏憐極只呼天
宦園況綿，嗟兒命不延。課嚴曾束汝，罪大敢呼天。
悔把巫醫作輕，將骨肉捐。
面目留圖畫，精神耗簡編。生機吾已盡，早晚共長眠。

寅兒青田有作

倉黃當計避兵塵
亂離疾病事相因，逃死翻成與死鄰。一語汝兒須強
惆悵鞋將先業論

真摯語不可多得 未經人道

沉痛不堪卒讀

詩似快對事而作 題擬易難感乃如 淪字説宜易 …

記朵蓮為我閱叔親

昨歲門闌喜氣盈衣冠擁護儼成人早知彈指成今

夢悔托當而夢當真

目秀眉清骨相端芸窗五載淚痕飄嚴傷天性慈傷

老淚潸潸回首太辛酸 拭不乾

羨記題人淚作文難

讀史有感

乾坤莽莽説沉淪幾處城頭戰血腥史策當年慈目 千秋

覽干戈此日悵身經 一夕 如中流流尊科甲海內紛紛集

收功擬易歸家如何

可代
草野逆知成敗局何如
草野句可從　雲識

練丁帷幄何人籌，決策向渠醉夢笑時醒。驀地樓船駛打四，東南半壁委成灰。唱籌沙滿前軍竈，積粟山高上將臺。草野久知有今日，功名不合屬庸才。何如早買扁舟去，免使詩人賦七哀。

國勢蒼黃衆已傾，中丞孤掌竟難鳴。空爻（可憐）一炬成焦土，不遺（惜）聲正雜敗（援）兵。人笑郭公空好士，帝知張浚本虛名。只餘一死強人意，忠義狀堪答聖明。

崇墉屹屹抵金城，曲突（宵土）何人議徙薪。嘗以精神殉焚

切中时弊
渴易洞以矣

吏議將憂樂，繫斯民巢似鳥已無完卵，水蜀魚猶思
縱鱗。此日中江風色靜，依然印綬綰隨身。

繳巡日隸滿通衢，意氣公然皁里閭。共啖乘軒咸使
雀，豈真緣木可求魚。宮披野老囊中粟，誰詰神姦髮
際書。自古設官須考績，那堪粮藉到軍儲。

嬉笑怒罵都成文章

繾綣鐵衔被為惟一時，紈袴盡登場，興處似水趁階
下車馬如雲擁道旁。王謝風流佳子弟，崔盧赫奕舊
門墻。八年辛苦成何事，博得蒼生淚萬行。

長言亦致

絶似查初白

冬日偶作

一庭西風落葉 挂簷 栖 影全
棲雨場中渾不飽滿天寒色隱林端亂飄繞樹棲難
露浴雁叫雲聲信暖飽食心終懸博弈窮居體不真
穩求米常增歲獨安
衣冠莫嗟衒路難愁來只合高歌此
且把浮生作夢觀 夢入華胥日月寬
歲月深知夢裏閒 無窮夢裏虛

泊讀

有感

日暮天寒道路難 霜滅井西寒鸚栖難得一枝安
凛凛黙黙思漫書歲孤鴻
鎔骨肉流離夢裏看 海外音書憂阻隔 鼎革
淺土無情埋玉匣 生居崇明

墻前蘭玉痛凋殘無多老淚休揮灑清向泉閒恐不乾

余閒擬且垂
泉研安卷

老作無家已把浮生作夢觀

第四第六句不必删　雲濤

除夕

年ゝ除夕張華筵輝爥（煌）炬盈堂前艷綺羅列海錯鮮「全椒羨汝不論錢」惠紅兒女笑比肩「團几一席環團圞」令年除夕殊可憐瓦盆土釜鉄不全昏燈黯ゝ照破壁孽子默坐含愁顛平生所歷老夢再榮枯過眼如雲烟滄桑變易陵谷遷人間何物能牢堅且傾濁酒醺大肉（彘肩）萬事棄置從（由）蒼天

元旦

斬新風日晴顯顯常年最是此日好映階梅萼弄喜
色噪簷鵲語占祥兆拈來詩筆真飛騰熱罷天氣烟
飄緲擁煙生村一尊浮酒間共妻兒剝棗豈知風雀
警連年一旦郡城竟不保倉皇挈眷抵窮鄉回首家
園已莫保即今佳節重來臨滿眼繁華數如掃鏡中
衰鬢絲絲若夢裏愁腸寸寸繞人生憂樂何多端始
悔紅塵脫不早

見燕有感

讀之不禁悵然

自然流出　研農

麥草青〻柳色新，家園田首隔重闉。多情應有營巢燕，還向堂前覓舊人。

泊讀

郊外

天涯綠遍草如茵，有客閒吟步夕曛。忽見紙錢煙起處，田頭無路拜先墳。

泊讀

秦始皇

詠古詩須如此接始不落

議論獨得，後作翻陳出新　研農

掃除禮法逞雄圖，黔首清磨百戰餘。獨有桃源堪避世，始知秦網本疏

以實為虛，曲而能達

駸駸乎古樂府遺音

數篇俱以綫勝 研蓀

来健兒意氣何雄哉披羅并及藤城中人

今日捐千明日捐萬金錢入手心懷開吁嗟乎君不

見局中紳宦氣如虎失勢而今不如鼠

鄉勇歎

食君之禄句振節

鄉勇何糾糾錦纏股紅抹首意氣飛揚貌粗醜食君

之禄為君守賊不得勇持久賊既来勇捷走賊来未

来勇毒手四野峰火聲哮吼驅逐婦女如雞狗金銀

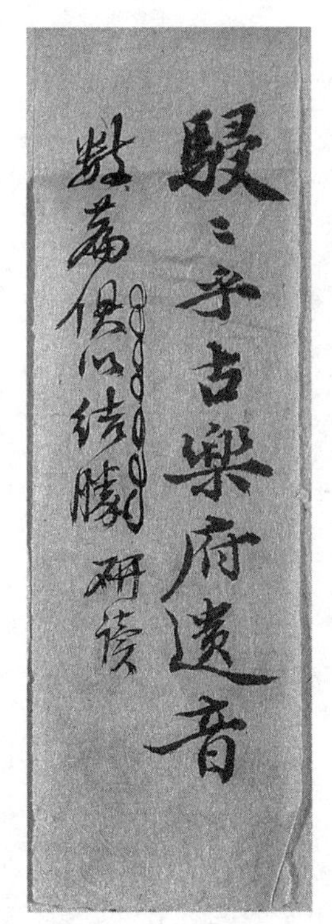
駸駸乎古樂府遺音

存

鎗船来

鎗艇(船)来，鎗船来，健兒意氣何雄哉。披羅并及藤城人(中)，令日指千明日指萬，金錢入手心懷開。吁嗟乎君不見局中紳宦氣如虎，失勢而今不如鼠。

泊讀

鄉勇歎

食君之祿白振節

鄉勇何糾糾，錦纏股紅抹首，意氣无揚貌粗醜。食君之祿為君守，賊不㳫(來)勇持久，賊既来勇捷(疾)走，賊来未來勇毒手。(肆抖擻，焚林發屋無不有。)四野烽火聲哮吼，驅逐婦女如雞狗，金銀珠玉負以斗，飫我梁肉酣我淫，賊掠猶在勇之後。

賈客歎

賈客集上海，上海積貨高於山。計吏持籌莢剝膚椎髓，稅以錢乘船出入稽查驕。一貨滲漏百貨速入爲官物，供貪緣富賈國再舉，貧賈空双拳。而況海中浪花高蹴天，激浪長蕩到三分，猛風激蕩來無邊。人船偶不謹，往往飽蛟涎。賈客從來頗樂意，今日相看半垂淚。君不見福船裝載萬萬計，公行內地無寸稅。

河字擬易灘字

。捉船行。

朝捉船，暮捉船，捉船備裝[點]兵，兵行有數，船無數，多寡可以恣我情。封條三寸公持行，失賂者死得賂生。輕船竄港口塵，船排江中，金錢到手不快意，狂吞厲攫。將船封白諸官長，官怒容謂爾倔強不奉公，厭罪笞赦罰以銅。呼[呼]乎君不見黃浦河[灘]邊吏追逐，食盡千夫萬夫肉。

目擊時事，有慨乎其言之，其音節之酸楚動人，可歌可泣，唐人樂府不得專美于前矣。

四月十二日

到崇明示白山本

我亦云⋯

魚雁沉沉去路賒，經年隔斷海中槎。偶然消息來三月，難得團圓復一家。避地因時攜走鹿，繞枝何處覓栖鴉。連床夜下傷心淚，抱恨終天只自嗟。

[illegible]逢[illegible]城斗大[illegible]，[illegible]思握手各[illegible]喜復悲，疾病人多沾菜色，乖離歲都滿，[illegible]期[illegible]才可屢生，死有命難排險。

知來檢點行囊餘一握，不知何術免啼飢。

平生心跡凜淵冰，轉愧今為失路人。多難只知千日醉，營生何補一家飢。[illegible]尋陰水登山夢，未了男婚兩

嫁身与尔寄居皋，落下何时重覩故園春

以拙稿就正吴清如先生蒙賜序文賦謝二首

久聞當代有荊州，不道相逢在海陬。少日聲名傳七子，及身事業定千秋。但慚敢序周郎顧，曲木偏蒙大匠收。從此寸心堪自信，勞公玉斧費雕鎪。

心期未許俗人知，一卷那同敝帚持。自古文章須妙手，我以風雅冠當時。敢希聲價趨元晏，却喜推敲遇退之。椽筆寵加甄拔賜，登堂擬進海盈卮。

时以経海錄呈先生

頗近鈍翁稿中佳作。

雜懷

三年嶺海久淹留，霧閣雲窗月一樓。醉解驊騮披錦瑟，書遙紅粉費囬頭。

裘馬翩翩半少年，五陵亭俠氣無前。匆匆宴罷華光會，六博連宵擲萬錢。

蔬肚生不識粱肥，學道新栽薜荔衣。蓄得羅浮五色蝶，閒飛栩栩彩雲飛。

生來淨宅太神清，居士長齋戒律精。註就南方草木

遠訪新寺

作寺之懷松作志不休

收驂往多半不知々

山南山北石崚嶒，為訪松花蕭廠登，攀殘雲風清息。（到上方　郝）

早傳書幾度罣蘆僧。

聆戢叢程沒·

僮徒沒劍意殷勤，畫舫振邀到夜分，何物報渠繾綣（家好劉郎與石君）

一意半廬風月半囊雲。

衡門雨板（版）畫長扃，一榻琴書倚畫屏，睡起玉階清似

水，紫薇花下寫黃庭。

春來深院綠沉沉，拂拭簾櫳坐夕陰，忽是鄰蘭閣鼓

箭字宜易蕊字，是否，研參。

簪字不誤，簡以簪計，以大盆養形似簪，簪字何解，極是。

箭般勤摘與女兒簪。

養得盆中金鯽魚，更添綠竹補窗虛，翛然便有山林意，鎮日焚香讀道書。

似性非此。

舍旁小圃曲如弓，半植修篁半碧桐，最好流光是三伏，全家消受北窗風。

此詩意境甚佳，惜首句借韻耳。

秋風向菴冷澹澹，人與黃花一樣清，俗物何來敗人意，自敲清磬兩三聲。

滿籬秋菊不……花自無言鳥不鳴

臨階數叢蕉樹映，一人幾片石嶕嶢，靜中忽對機潛

動一局枯枰破碎

掃除寢室置藥床四壁緣夜放光為設玻璃窗八

扇五更向曙月如霜

絕妙隨園 初讀

會心正此四字

未有若佗多 那傾倒竟已

晚字換易曉

結句亦極佳

暗香陣陣度飄邊 急(趁)置扁舟載洞氣闌是月明人靜

候尋梅夜泊郎山樓

年郎風景四時宜 六柱船艤向晚移 郝陸筆歌喧似

桂棹翩翩向晚移

綠得艷舟香水嬉 滿耳

翠幌差高待落日暮

海獨尋荒塚弔要離

人間風月浩無窮 最好山房與梵宮 為貯前生泥爪

在一年一度霜寄露。

金陵王氣忽然消，遐跡何由問六朝。從此蕪揚拌謝

絕摘圖準生成蕭蕭

天涯回首一傷神，鄉思羈愁不可言。忽忽半生等閒

度，老隨春夢去無痕。

繼年

治國如治病，首當固元氣，澄靜以寡慾，淡泊以養志。

六脈得調和，二豎何氣伺，溫涼燥暑濕，治之以無事。

李何任庸醫輕以性命試仰指昧意實下藥失佐使
或猛投金石或峻瀉腸胃或陽膜而談或養癰使潰
或誤執古方或漫徇主意雖然而並進殺人以為戲
巫覡見之驚和扁望而廼治國尔有然第一勿言利
古人學而仕仕乃展如扣令人仕而學學先營如私
織毀國國窮迠迎工趨时豈知家與國如椽棟相持
棟折椽崩國亂家亦危身為妻子計莫輩甯非療

題寫壁

篇之氣脈大段奈何
二詩泡痛可稍作戲銘讀
研雅注
集中諸詩評均允
具集評得云某向
宜常空對然而不遂

二十字精當 研讀

俯仰一身寄飄零八口寒頹然貪晝睡惜費省於餐

雛鷄飛雖遠檣烏宿未安何當借風力舉翮九霄摶

。偶有所感而成句

李廣稱飛將悛悛如鄙人淵明實高士叩門拙自陳

嗇夫何喋喋徒取便給名巧言古所恥為世鮮於仁

脣舌妙天下吾終薄君卿

八月十八日因熙四出月感念寅兒之死將週

歲矣愴然成句

兒生三度月（中）秋月一十一度缺〻前年綵衣共阿
兄華堂灯燭賞清夕雨廿玉樹耀庭前月色与人爭
皎潔去年江樹（村）病臥床蛾飛滿衣不容襟良辰美景
付寞漠那管天邊一輪（蟾影匿）白豈知流落到今年風雨漂
搖一樹（枝）折憐他野角顫崢嶸眼似明星肌玉雪淺草
萋〻不掩棺〻涯地角雨愁絕兒今提抱未離懷墮
地輕抛橫流涉田園寒落千戈裏骨肉漂零道路側
人生憂樂紛代謝過眼空花總一瞥只有團〻月滿

猶芳歲千秋叁欠缺

經城隍廟入謁

兵火淒如洗冠裳僅有存壞牆蘆漠漠古殿雨絲絲

氣象千秋肅規模一邑尊平生感慨意詩罷默無言

九月初六亡兒周忌有作

無端老淚泗潸

淒風苦雨淚滂沱回首人天但烟消恨若何一事思量總抱

理憶兒時猶憶親翁 先君忌辰亦於是日

痴

此後心事未可云欠理

言情之作，卻深於道學第五倫，所以自訟其私也

答陸笥園秀才小照元韵 太倉

渡江名士總堪哀和立亭〻見峻裁終覓年華終的
冠檝雲兄弟本來才手開〻味共專燈領落年聲如白
雨來用杜前句好向百花頭上占一聲羯鼓為君催

秋懷用洞明韻

朔風盪林木鷙禽四各依仰視天宇欽白日慘無暉
哀身似落葉飄飄隨風飛豈不戀舊林去去將安歸
忙〻適岐路窮兔寒與飢偶誦洞明詩歎逢遂悲

不可調

古詩須有開合動盪尤貴氣宇寬若將兩層並調須略有平

魏子亮以唱和詩寄示賦短一律

此用韵詩耶

鼓旗二字宜強參

豈有金鐵度，偏將玉盾投。鼓旗雄兩陣，冰雪淨雙眸。佑友他鄉樂，離人獨夜愁。明春花椊去，訪爾小樓邊。

時余適有滬城之行

此作宋人學杜　似少陵

感憤

豈有干城寄，而容碌碌徒。華冀狀那搏，英豪超鈞健。指揮白羽扇，踏盡黑雲都。六郡兵橫亘，千帆粟轉輸。會看風掃籜，一鼓下三吳。

豪邁　筆力遒健，自然近杜

紀夢

身不自覺

十字得夢境之神

不知身是夢，破浪出一山。花灑似人迷，長風吹客歸。

須用後字
此押園字似可定
再用後

入閒新竹好，繞檻亂書園。秋傅劇覩陣半已非。
庭栽竹　床任酒風　一笑宗叔在　那知事畢

。愁悶無聊，從風歎，仍有作。

蕭感迫我腸，寸裂踏天踏地無所適。睡鄉從古閑白
日，奇事今朝乍聞閒。側身徑入無何有，俯仰不似蝸
廬窄。左圖右史送我覽，苦碗香煙隨所設。雖然憂患
盈我前，驅遣杖策千里隔。莊叟夢相方蘧蘧，濡于立
功正赫赫。偶然閒眠視家室，美人閒道旅客去問。
昔有古華國，其民不衣復不食，以夢為覺覺為夢實。

大解脫 研讀

此所安安於實，今之所遇，吾乃同手托冶煙顛倒擲。

礼佛合作如是觀，十丈愁城掉臂出。

郎分有[illegible]

中二聯清空悅樹，緊句撞其胸 奇語

芳草萋萋花事稀，傷春郎抱見紙錢飛。兩年爲路逢寒食，一般鄉心挂落暉。未識生何如死樂，空教物亡怪[illegible]。人非蕭郎識知否，夜夜魂歸繞墓扉。

泊讀

五六一聯不如陡

春風蕩蕩黃鶴飛[illegible]

寒食有感

[illegible]

似監巖山人

艇殘罷漸滅勞薰焊笑起亭亭迴笑我生苦特偲

偏從他暗裏牽狀記寄綿沿舊例家家揷柳滿門端。

風物

評得浮生似不得幾卷枝錢

追懷羅浮梅花之盛次東坡松風亭韻詩

春風不到海上村黃沙白霧迷霾魂別求一枝不可

得四剗條淡烟屋昏憶昔披圖鹿五岳雨月醉倒羅

浮園千枝連塢爽倩竹滿山草木春溫溫探奇夜就

日觀宿一聲雞唱升（？）瞰歸來山路暗如穴捫蘿徑

叩僧家門和尚不憚道名姓擡手競作侏儒言烟雲

宴闌竟何有，歸時重倒花前樽。

睡起。春日感懷。

睡足節檐日又斜，霧中寒薦舊生涯。一杯味淡何殊水，三月春晴不見花。節物俱從愁裏過，鬢毛留待老來華。旅游猶記珠江夜，銀甲金箏醉碧紗。

沈樹鏞研讀

送春。

憐淺風烟黯渡頭，經年以未上高樓。尋常花草何曾覩，便駐春歸用不解。

而書屋子天問讀

上古三韵節易渊自征戰開啟罕克遂流血韵亦擬節裁戮韵意似已足此處往譚不當贅

三代句敦皆作夫宋之不如邑子勝柱

戲作

人爲天所生，書爲天所亡。富者生是人，而使窮者戴。似亦有已存之

上古敦朴素，征伐開三代。向罪不及民，耕鑿生常遂。

如何秦漢魏，亦作非末一網靡遺。數殺戮到雞狗，猿藉及粉黛。

流血決如川，腐骼踏成地。世儒妄刻擲，刻擲畢誰繇。

謂孰知所爲天乎，何憒憒之謂豈天所爲生死殺無乃太。

卬謂人性惡，厚地不能載。然其怙惡性，亦天先付畀。

何不區其種，絕之於海內。如農播棄穀，勿使雜稊稗。

蔓而欲除之所傷實已大惻愴敵陳辭天地何以對

烈婦陳黛雲江浦許東山妻也戊午八月粵寇

陷江浦烈婦赴水死翌日東山覓得其尸葬之

并輯其遺詩十九首顏曰梅花室稿自為序索題

為淑媛非易為才女更難何況操概竟死烈纖手竟

剛迴狂瀾江浦烈婦曰陳氏詠絮才高妙無比款家

名閨典釵釧娛親常自甘旨二句用序中意連年風雀警

頻聞一夕鼓鼙聲之所歸公卒審大義重於生

吁嗟乎御史未誤大節

而弓代田喜心　恐怕不佳了

不如死江水盈盈御史起戚淚白布如法吁嗟乎

君不見印纍纍綬若若一棄城社民等棄屣草間偷活

嗚呼意大節翻輸一女子。

泊讀

哭浙江巡撫王公

歲筆封疆死惟公重義山登樓千騎郤許國一身報

皮肉先城空湍雲挾柩還至今羅刹畔血淚尚斑斑

歙縣王羹翔久客於崇痛慈母之喪離遊思故鄉

而不見安歸爰命作者代寫憂心口占兩絶然之

作客年年，歎漂泊故鄉，烽火遍城郭，憑誰拈取生花管，寫出離人一段愁。

回首華年垂逝波，雛豚供養已蹉跎，無端（傷心）忽下思親淚，就照思兒淚更多。

送春

平生別親故，那作數日悲，況今遣春去，花雨絲絲落。春去行復歸，而我霜絲絲，不見鏡中人，綠鬢年年改。

去年今日向須予不忘甚好

春去尚有歸時，而此不得歸，作者但不應有此也。

汨讀

懷清如先生

句自典重，足鄙人不敢當也

莫歎浮生類轉蓬，三月喜隱城東。放懷海闊天依（側身滄海索回）
囊遣興詩囊盡中，喬故都誰老，名山壽代裘（碎夜與遣興）
人雄江南江北，騷壇冷領袖今終伏我公（今江南，山，淡）
摳衣昨（往）歲許登堂，椽筆親曾拜龍光。山斗聲名推吏
部，文章和鍾宋歐陽。元亭篇籍誰收拾（先生文稿遺訊失去）絳帳
笙歌漸散亡（禮）（門人皆散去，禮後先生話）。此日雖無家戴李，去留文字
要傾商（賜以相付就正）

李接軍溢任一月連後嘉定清浦數城　王懷師

所至有征無戰，不覺躍然而動請纓之志矣，因成長句四首以誌幸事四首

帝挖封疆託重臣，文通武達展經綸，風清雨露華[illegible]

戴雷轉千屯壘新，父老出迎[illegible]無土更

男兒歡[illegible]達平秋業，英[illegible]危不顧身

旌旆浩蕩蔽艨艟，[illegible]登壇出策助手，陰[illegible]藏篋

內家侍[illegible]乾出兵，勇怯全憑將事到[illegible]

借公試上高城[illegible]

收功撫易難收功

草間狐兔漫縱橫，舊府於今一鼓平。誅意亦能忠。幸先勍寇也（豈）省堅城窮，伏窟穴無遺種，廣散弓刀使返耕。指日穹碑刊不朽，收功誰信出書生。

阿蒙家世本寒微，況值（復）連年值亂離。老去江海餘禿管，貧來薤季剩懸錐。長河所過（間餘）沾千頃（里），大樹何由借一枝。要試人間翦鯨手，執鞭猶許備驅馳。

帶圍寬褪紅羅換

夏日晚步

原人佳境

炎熇不到處，清光與目謀。露花晴帶濕，風竹曉含秋。

帶濕易似雨後

風竹子字清

詩亦古

二語不甚了了，賈集中所錄不可據

惜其四語精論似宜稍收拾之先生易覩發

何如

廣陶詩五世今三日老生深矣

此詩六首刪報為傳晴仰為點素

不足

身分不稱

即事偶感詠寞心高賁拔。誰（隨）波浩蕩者。終愧不如鷗。

摩煩潘霍筆先生

我以手攜智珠圓經世才高動上官爲郡聲名傳徹

終從軍筋力老征韓福星臨處萑苻伏仕路亭時進

退寬只恨長材狀小試封圻未任意難安。

五年遍地苦流淵（淞江識舊日著）慚愧雲泥分不投何幸唱酬隨今

來遂教瞻仰到君侯不[illegible]我敢期焉眠高臥以還來

白頭念是東山起[illegible]徵書早晚促鳴騶。

題李心高樊川漁鶴圖

君不見會稽范大夫飄然乘舟浮五湖又不見西泠

林處士招鶴放鶴孤山孤人生處世貴適意名韁利

鎖多（徒）牽拘況今無崖久離沓正合遁跡（隨）漁李君

本邑請仙侶獨（神采）賞軒軒志（欲）高舉偶然避地來樊川一

棹扁舟自容與我來謁君欽君風意氣直欲挾長雲（西日彷彿存圖中）

却恐區區尸水不足慕曷不擬呼鸞鶴騰躍烟霄中

下視寰瀛爭鬥擾擾同沙蟲

多為讀荒為德明也

音調入古起結均妙　雲識

庚午冬日小弟秦雲拜讀兩過可存者於
詩第一行下以雙紅圈誌之

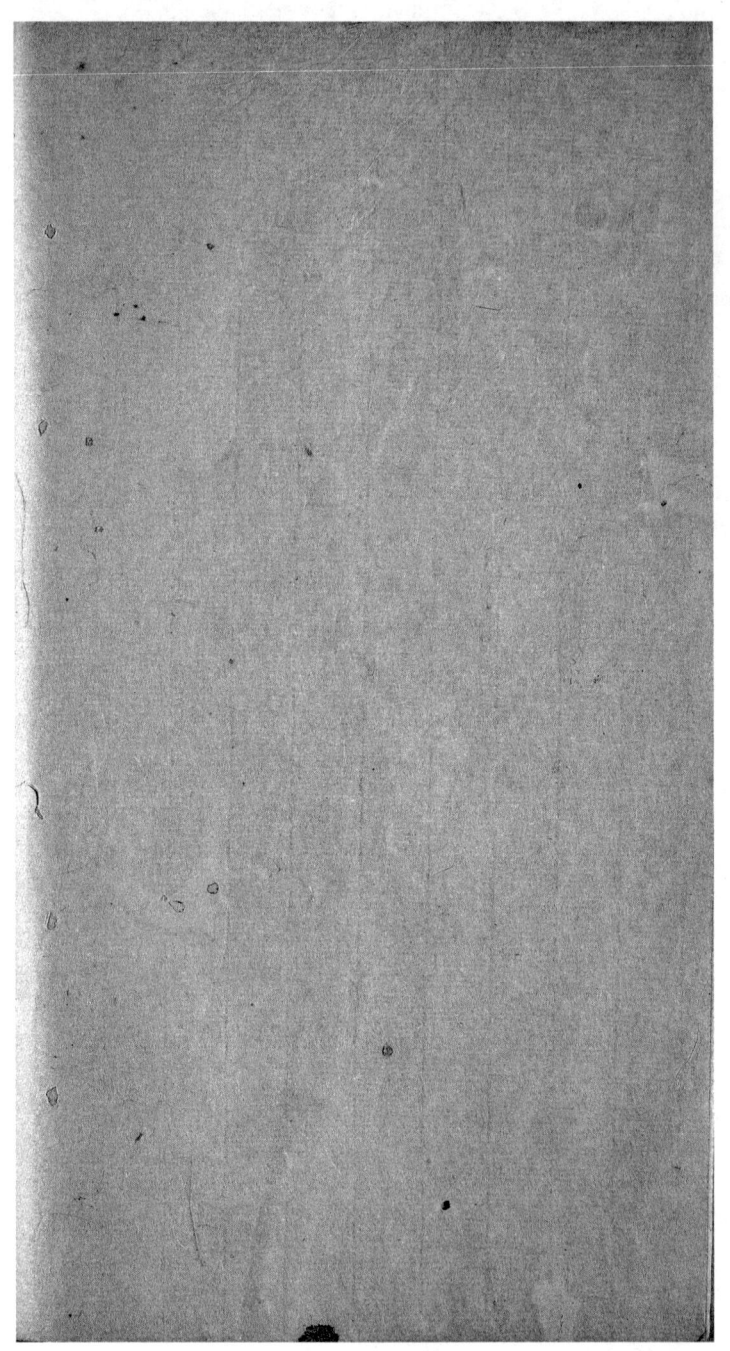

大集各體皆佳五言古近體尤勝且多名句世傳之作也讀竟鈐以小印以誌心賞並承下問輒有妄加跋擲寄幸一訂正於蒼虞拜呈庵讀于姑蘇小寓蒙飯時五月中旬雨中題識

戊辰六月書窗對雨中讀詩境較前更進真令
人嘆三日不見也友小弟雷浚拜識

庚午夏五月分龍日倚和弟朱康壽
彔卿拜讀一過

己巳秋籬後一日秀水才張未保鑑蕭之後

己巳孟秋白門友小弟李[illegible]拜讀於長
門客次回環雒誦欽佩無已

戊辰初秋定卿弟[illegible]益拜讀加墨

默癡廬小草

試燈日吳清如先生招同陶桂門太守潘順之太史吳語樵負外袁春巢詹簿宴集酒樓即席賦謝

滿堂冠蓋氣如雲詩老開筵集衆賓把臂登為林下客驚心同是劫餘身盤堆玉膾金齏品座占銀花火樹春華竟故鄉饒樂事風光又換一番春

讀清如先生集敬題

宦途儕輩守清貧，物望今終屬老成。陋巷簞瓢行樂境，疏窗燈火苦吟情。東南壇坫誰盟主，李杜文章此正聲。珍重名山勤著述，千秋絕業有誰爭。

苦雨

幾回閒眼盼春晴，無奈檐端又作聲。花蕊褪紅臨檻墮，苔痕含綠上墻明。不因寒暖遷時令，誰識榮枯到物情。頗寫綠章陳上帝，早驅陰翳放陽精。

春寒

誰阻陽和氣上騰，霏霏雨雪撲簾旌。豈緣拗相權方擅（春寒俗謂拗春），遂使春皇令不行。踈柳絲絲眠未起，幽禽兩兩噤無聲。殷勤為報司花女，莫向東風怨此生。

南濠懷舊

金昌亭畔草芊綿，幾度宵闌散綺筵。酒地花天閒歲月，香車寶馬豔神仙。縻真忽漫陳成迹，哀樂何堪入暮年。回首五陵冶遊伴，一彈指已渺如煙。

盛衰之感無限低徊，一氣渾成，洵為名作。

題王星甫貳尹乘風破浪圖

男兒生負昂藏七尺軀，便當奮身直上登天衢，焉能
浮沉逐里巷，碌碌甘作尋常徒。王君本是不羈客，意
氣胸中溢八極。偶然攜（雲次）檄來吳門，宦蓬趨影常默默（折腰鎌趨蹌側）（手板腳靴閒）。
揭來慨想乘長風，手招宗慤相追從。眦肯（殷勤）示我圖一
軸，波濤浩浩連長空。神山出沒浪花內，金銀樓闕浮
雲中。誰欤妙手繪此景，四顧真足開心胸。方今干戈
尚未戢，乘時戡亂須英雄。君才自合為世用，超擢詎

興常流同。何不上書亮自薦。力興家國收奇功，肅清妖孽靖邊塞。經畫子歸安畊農。區區富貴非所計，要使勳業垂無窮。他年一舸浮家去。高風遠躡鴟夷翁。

題畫二首

不辨仙源何處尋，蒼茫一櫂覓前津。舟行幾曲清溪路，花落千林碧澗春。歲月還流成昔代，衣冠彷彿觀秦民。等閒留待漁郎跡，未累詩人賦詠頻。

松林四望翠冥冥，高下樓臺霧幾層。群鴨爭喧臨檻

治雜花亂落隔溪藤絲琴置酒陶元亮經按繩床王右丞撥向園中分半榻閑門自養老參修

高有句与頸聯頗似之此首近西崑體与全集不甚相同然一可不删也可

晚晴即事

夕陽隱隱漏晴暉花竹交加繞四園十院綠煙鶯細嚼半簾紅雨燕稱飛家人陌上攜箏去公子城頭騎馬歸我亦登樓思縱目不堪風景已全非

支硎道中

平蕪十里望迢迢出郭青山競見招芳草有情遮

輦路頹垣無跡認僧寮何亭来雀俱廢春秋佳日何當欠兵
燹餘生總不聊記得年時繫纜處處車絡繹馬嘶驕
。張筱峯先生嘗圖其前後宦跡曰雲陽勘災鴻
城講學吳淞備防嘐城勸餉自為序索題
國家三載行大比多士聯翩取上第崇王黜霸遵聖
經例得臯夔千百輩及任以官乃大謬宗下或出桑
孔計先生夙具經世才連戰秋闈竟失意白頭勉強
効一職位卑不足行吾志初奉憲檄勘災民手援飢

溺出死地継幸恃士講鄉約力挽澆風肯使墜滬城
鼙鼓動地來咫尺隣封若無倫指揮戰士扼要區激
勸豪民助餉積奉職嘗年豈學知按圖此日猶堪託
所惜官淅及物淺滿腹經綸僅小試無端結交到不[下]
走辱贈長歌三百字一讀再讀驚且歎竟把矮人百
尺置老我年來百不營有口何堪談世事所若拆利
如牛毛[徵斂]中外踵行經總制先生今方治度支不憚矣
心剔利弊曷不上書[請陳]諫大府扶植[持]國本培元氣抽貫

僦櫃一朝華長使商民蒙樂利會見寰宇頌仁恩大纘

國債爭私書出自箋筆賜乃似狂奴荅

詩成擲筆忽我迂拙慈

格律雄偉詞筆力意高老自能作也

落句回應度支搜羅章法極安

閱甘肅警

十載東南久枕戈，度支百計鑿㧞羅。炎炎乍想崑岡火，浩浩旋翻瀚海波。地控九邊雄紫塞，天分兩戒走黄河。蔓延莫使連秦晉，杼柚人間已不多。

筱峯先生以詩見贈率答一首

閑門咄咄事愁吟，邂逅何緣獲賞音。謙論快傾三峽

水詞華高並九峯岑秋闈蹬蹬功名薄宦海浮沉歲月深何日一官居要路從容展布濟時心

鳳巢懷元慶和尚

百級疊坐磴一龕高壓岑嵐門雲氣倚壁薜蘿合繞壁果蝶侵海內兵戈靖山中荊棘深含寃誰可訴爲爾涕盈襟

元慶於藩城克復時自他所來歸爲村民所戕

一雨

一雨淨囂塵招涼踞石枰蟲催秋易老虹傍晚霞明

此詩以起結勝

表程淡含象人勝境

開甕留僧酌檜詩就字評 是日壽僧上人偕管君平谷魚狂渔道与小飲

生閒事業舍此更無營

與王潤之藩才夜飲紅樓

行年五十復何求彼此蹉跎欲白頭花柳難尋當日夢米鹽算爲隔宵謀君如賀監稱狂客我慕劉伶號醉侯飲罷無無各分手斜風細雨又新秋

程公祠

棟宇連雲氣象新千秋俎豆此間陳殺降事本緣家

用倪迂比其人身分太遠易以倪寬可否辨請益正鈔

國執法威能壓搢紳坤礪有人方賜券英雄無命合
成神即令尸祝盈階下頤乞精靈掃塞塵
霧閣雲窗窈復深倪迂當日此投簪甘棠無反樹容人
憩叢桂留花待主尋三徑未更前院落百年誰保花
園林我來無動滄桑感幾度吟沉坐夕陰

日已無
已無心可動綸與物難忘玉版低鉤帖銅鑪百和香
藉鎖間日月忽墮小滄桑此日際空諸有前塵付夢梁

贈離友

故園迢遞阻兵塵，浪跡天涯秋復春。越水吳山流轉地，鳩形鵠面亂離身。相逢若是他鄉客，此日誰悲失路人。愧我囊慳乏推解，百錢持贈莫生嗔。

讀秦紀

坐擁崤函霸一方，秣馬無計防疆。忽存私室分三晉，遂使佳兒畢與趙。聘問天綏封建局，縱横地辟戰爭場。到頭一炬成焦土，何事人猶畏虎狼。（空惹千秋笑話）

已字似未妥未易

遇字

贈吴清如先生

官階人品兩俱清，知己當年荷
聖明。倚世文章推作者，還山面目尚書生。來車忽漫乘雲去，皂帽今経跨海行。小劫滄桑莫恨，終留老眼閱昇平。

憶昔相逢瀛海东，胸懷真与古人同。舉杯猶酌陶元亮，隐几渊吟陸放翁。頗我何心思附驥，感感薄技賞雕蟲。他年求路如相過，杖履還當侍下風。

壽陽馬子良蔚手

一別各華顛，滄桑三十年。驚逢衢路側，甚話亂離前。故物青鐙在，餘生白璧全。適從分瀆數，開卷喜相連。

蠟梅

殘臘匆匆餞歲忙，枝頭的皪破淋黃。不知嚼去渾無味，且喜吹來別有香。貧女釵裙易羞澀，畸人風格剩奇僵。老余獨具看花眼，不愛濃妝愛淡妝。

由堯峰至木瀆

曉日掛簷紅，靈岩在空中。路憑孤塔引，水到壞陂窮。

雞犬連村鈎魚蝦入市豐一甌嘗苦茗歸伴覓村迺

堯峯山家題壁

始諳山居樂終年卧草堂茶甌烹雪水米臼擣雲秔

薜荔披牆紫蓬蒿塞徑黃憐他行路客追逐未還緣

时句山中
為伯江北

歲晚罷田農功畢村村賽社公雞豚邀父老棗栗饋兒童

農具繩擱書門掛說舊燈光鑿壁通百年渴什意恍見古豳風

殘臘

殘臘無端又告終閑门甘作可憐蟲昏昏灯火三更
後草草盃盤一室中故物并無氊可守石(泠)交祇有硯
(常)相同圬偷毫奪吾何與已分餘生安固窮

悲歌次杜韵

有客有客在呌號蓋頭竟無(之)一把茆不知何處是樂
郊憂心懸懸挂雲梢老淚滾滾流枕坳嗟尔持籌握
算空費力浩浩公然付劇賊眼前生計那能措男呻
女吟頭不得負壓兩肩何日息莫怪憔悴無人色齒

危髮禿面黧黑勝有寸心頑似鐵萬事棄擲等瓦裂
人生百年舍（？）遊到頭終与世緣絕王侯螻蟻共一
邱此事古來徹底徹何嘗掉臂辭人間縱覽大千世
界開心領方壺圓嶠多仙山安得一椽結傍挪螺屋探
編手截萬軸吾願足

枕上偶成

殘灯無焰影凄清
夢回漏板五更俯仰前塵欲愴然喪亂天教窮後
死憂傷雜我覺厭餘生寧宜思逐鷗鵰逝投食羞隨雞

胸無競心乃能作此語

鷺爭蠡蠡羣衾澤不寐，一聲鵶噪又天明。（愁緒思紛紛互起減）

夜窗對弈

掃除斗室置閒身，剔盡寒灯睡未成。黑白何爭棋一局，短長忽鼓漏三更。洞明對拙難諧俗，拚夜然慵取適情。一笑何須論勝敗，收奩畢竟是空枰。（集自道語）

十二月廿三日麟生（浩）濤君招同人宴集（與藕）歸雲道院

斗柄先期指建寅，（是月十九立春）冰聲入座喜嘗新。友摯嵇

呂心常愧世閲滄桑跡又陳殿角殘留殘臘瑞林梢

梅滿隔年看〻閑扫對須珍重屈指尊前少一人 謂清如先生

歲暮感懷示内

窮陰四望瞽難開局促人間劇可哀亂後舉家常食粥生前長物盡成灰貧無可療心先死老亦如期景壯已來回首家歉年少日如何章負此手中盃

人日春巢以詩招飲次韵奉酬

泥淖連街户未開何人剝啄送詩來墨華帶露需吟
管梅蕊飄香溢酒盃圖史家餘千卷富文章世把六
朝推爲君不棄蒭菲賤雨度春盤許坐陪

人日之約以雨未赴春翁詩來索句口占酬之

草堂人日許相陪惆悵緣慳阻把盃金谷自逃花下
罰玉山誰向座中頹正愁良會隨雲散却喜新吟崇
雨來何日灣灣重覓句与君擊鉢遞相催

春翁以石梅孫定思挽律見示并謂谷香甘杞

觧孫諸君俱有和章屬余同作付梓詩以辭之

吴宫回首[illegible]八茅詞家紛紛吊古來十子聯吟追北郭千秋痛哭異西臺亦知唱和須同志却怯殷勤及不才厚意敢將知己謝免教梨棗受人灾

偶憶

七里春波碧水油當年栗真屢勾留玉人卓杏張雕武詞客爭邀沈隱侯翠袖觴飛花下舫明燈歌動水邊樓而今冷落餘荒土惆悵何時續舊游

二語詩作也通乃宜改議論氣格促極闊大

歸里後憶及避難時事感賦二律

春伯祠堂何處尋，滿城戎衛擁如林。洶洶歲月愁中

散遊醫々雲山却裏說，治亂千秋原有例，撓々大造可

慈心。中興事業允難致，列聖巍々德澤深。

蘊塵回首爲心驚，烽火連天殺氣橫。鋌險窮爭走

張庶咸群變々集，飢毒江河百戰屍流血，風雨千村鬼

作聲。窮逝當々誰可係，幸憑祖德慶全生。

題瀛洲觀海圖

片帆遥指古瀛洲有客蒼茫賦遠游風捲黄沙隨溜

浪激翻白〻中流茫〻葭菼連天遠隱〻魚龍動

地浮我亦曾經跨海者披圖爲尔一回頭

山行初見梅花

東風不相報先我占梅花影隔扉兩板垂閘水一涯

境幽心易遠春淺色難奢明發崦西去枝〻壓帽斜

自木瀆肩輿至元墓得詩四首

肩輿三十里輦路逐山斜塔影昏埋霧臺光晚散霞

蔽天無古木，出土有新茶。忽聽疏鐘動，隨聲入梵家。

司徒遺廟在，古柏尚森森。雷火燒不盡，風霜閱獨深。（蒼然留至今）

頻年窮戰伐，此地復登臨。指點前遊路，遊ゝ不可尋。

天風吹我登，直上萬峰巔。嶺勢千盤曲，湖光一鏡開。

林深纏薜荔，石古卧莓苔。惜少同心侶，憑高快舉杯。

[illegible]徧崦西東，梅花望不窮。斜侵籬落外，亂入水雲中。

光眩千林雪，飄[illegible]十里風。只愁歸路遠，眺賞若匆ゝ。

上巳前一日春巢丈招同麟生甘杞泛舟游天

平支硎洿山歸泊金閶門外翌日復至靡阜成（又至無隱菴）

長歌

三月上巳天氣新袁丝襆被思尋春招邀游侶及賊
子畫舫早泊金昌亭春波淺漾半篙碧曉烟淡抹群
山青支公遺跡未久淪沒膝地猶存梵王宅可以兵刦
歷紅羊一炬無情到岩窟記得平生釣遊處行行更
指天平路往時駿馬如雲來此日驚鴻逐水去差喜
精廬無恙在躋閣攀林窮四顧憑高指點無隱菴地

清風

嘆四十宜爾
做老僧前節
去何九

偏不惜頻幽探禪房一徑接花木高樓四面環烟亂
老侶自言新破律口唉葷血將禪〻謂慕國師歸路道〻
櫓聲從黃昏還向雨濛宿朝來鼓枻趁山〻滿目荒
涼欲遊躅蔓草叢生講石旁頹垣壁立劍池四當年
此地遙遨游木蘭之楫沙棠舟美人如花爭進涎玉
簫金管揚清謳轉眼繁華忽動鄉送雲散風流盛一慟
湖山已改舊觀花月難尋少年夢頗有新知氣誼
真偶逢佳節同登臨潘安才調今莫比雷煥聲名夙

所欲乘時且作昇平樂，我輩原為浪蕩人。

游寒碧

弭櫂泊湖田（地名），取徑訪寒碧。入門塵榭荒，春風冷游屐。燕泥落宮梁，蛛網罥壞壁。笙歌絕繁響，羅綺渺已往跡。當年（何人）闢此園，雅入山林格。墻嵌百種碑，庭列三品石。厄運遭兵戎，勝游異疇昔。吾來恣幽討，天涯窮日夕。繁華理難久，冷淡情彌適。惆悵胡蝶花，背人開寂寂。

笙歌二句自有吳陳風韻

僕少時亦有向清君作酒箸諸篇，里亟与其詩因未類耶

春遊感賦

佛閣山房半剳仄花家亭觀擁（俯）崖〻石橋宛轉波如
鏡芒見鷺鴻照影來（用句）
春波蕩漾木蘭舟十笆三蕣蹤尋山到芋郎瓦礫千堆堦百
級向來高軍盡紅樓（一〻是）

汪松雲屬題貨郎圖

昔我嘗髫（齡）齔〻弄到百物或敬陳樽俎或狂覓棗栗
阿母不我違〻貴青銅百忽〻四十年風輪蕩無跡

何緣展此圖摹繪窮纖悉凡昔之所好（玩）擔頭羅一一

群嬰亦何許衣繞母側提觸少年情注目心悽惘

不去于此等題流露至性

少年易兒時可否

同人小集善慶菴（僧）西齋

幾度尋春向此行到門心跡喜俱清雨餘淺泊魚嘗

樂風颭高枝鳥屢驚老去初諳禪味永貧（来）漸覺世緣

輕何嘗息影栖蘭若掃地焚香遣此生

語出心坎自然雋永

題汪韜甫伏敔堂集

題敔琳集

生世已落古人後作詩欲占古人先一縱一橫筆[illegible]

仰管公改此 神乎先生 所以評

初體平表字作 一二三步顯白調已佳 第七句似太不順曰

掃十盡十決城無壁前身自負孟東野異時誰鑄賈

浪仙湯道詩到梅黄處讀源泉混混居道佛並仰然

末聯妥撫易作詩到蘇黃漫言畫筆端 恨之山原能

題葉詞生先生剸餘小草

早歲詞壇久擅名印今老筆更崚嶒亂離身際唐天

寶忠愛心傳杜少陵始信風騷終可續自非亭傑莫

能真何時幸遂摳衣願丁翹首龍門快一登

愧難副此 月旦評

題葛雲明府剸餘賸草

把君詩卷讀一讀已掀眉氣挾江山壯聲兼鼓角悲

杜公氣息

飄零同此恨，患亂竟誰爲。莫挫風雲志，飛騰正及時。

荊子範[illegible]察以消夏八絕索和敬次元韻

琴堂有客坐閑宵，隨意燈前試玉簫。生怕炎氣無處避，滿庭先自種芭蕉。

名園自昔擅清華，（觀察借網絲園爲署）四面珠櫺護碧紗。侵曉香風吹不動，白蓮開遍滿池花。

汩汩泉聲繞屋流，濯纓水閣剩清幽。（園中閣名）雨中讀畫風中詠，豫占人間一片秋。

無限生機落眼前疎簾細細颺茶煙訟庭鎮日清如

水正好商量跂脚眠

滿城爭説長官清曾為桑麻按轡行一語八年忘不

得原來我亦是蒼生（印用觀察蒞長邑任偕别話同人句）

故鄉回首路迢迢狐兔成群勢尚驕却把短衣輕擲

去近來髀肉可曾消（觀察昔在里中曾任團練）

琴樽羅列雅[illegible]俗水木幽疎不染塵天與我以清靜

福簿書叢裡[illegible]閒人

三年花縣阻從遊詠到新詩又早秋何日一編親問
業剪灯共對窓幽 蒙崇及拙稿

六月十二日黄文節公生日壽饒上人招同餘人
集天龍禪院修祭詩紀實

宋興盛文運作者紛比肩時若歐梅蘇舜欽實開風氣
先文節稍後起刻意窮工雕鐫隻字不輕出出則百煉
堅壁如趨狹徑曲折務欲登其巔躋躋哉心步苦費力萬
千古同時蘇玉局當代推為詩仙祭詩必先及之成例久相

治何以於我以此礼竟鉄然上人雅好詠派自江西
侍（上人至宮江西）乃於公誕日敬將遺象携詣邀及吾黨私
奉舉赴壽筵是日正中伏肌膚灼如煎解衣磅礴脫
畧礼節筵須臾大風起（午後大風拔木）揚塵沙蔽天恍惚觀
公靈披髮來翩翩人生重富貴如蝗趋腥羶豈知名
不立過眼同雲煙惟公遭黨禍竄身入窮邊百折志
不挫恥為瓦全歲久榮辱泯益以彰其賢嘆彼章
蔡輩遺臭空千年

易作間雲出樹飛可否

題山家壁

亂石圍墻[illegible]扉，山家景物故依依。鼓聲啼鳥催林曙，一時開雲挾樹飛。桑圃陰陰垂葉大，豆畦欵欵綴花稀。眼前不乏新詩料，隨意吟成信手揮。

書晉和弟遺稿

忽看珠玉出重泉，回首人天近廿年。慘淡淡痕浮紙上，闌珊花事過風前。生無妙藥能[illegible][illegible]，死有遺詩足抵仙。一幅蠻箋辛無憑，誰採入篋中篇。

讀史有感

一封章奏達宸扆，誰謊彥臣昧事機。欲為閭閻除疾苦，肯將蓍策卜從違。朝廷忽與民爭利，文[illegible]專憑寇自肥。幸有書生能報國，一回展誦一欷歔。一作挂冠底事尤言歸

贈雲衢印送其赴劉統領營

我愛高常侍，相逢肝膽傾。性如流水動，官比野雲輕。湖海空飄蕩，乾坤尚戰爭。莫忘張矢志，躍馬且從征。

不信生斯世，駸駸值亂離。奢華天不佑，老大事難為（命堪知）。

馳放潤昭乞丐從曼倩飢郎君官貴日負弩願驅馳

揮次ㄥㄥ丞新居落成招同人宴集翌日賦謝

引年猶未及懸車天遣先生賦遂初開府昔曾資保

障（浮）還家令且狎樵漁　君恩欲報心（經綸）緒（遠）夜住節無歉

（進退）意旨舒只恐蒼生殷望歲東山早晚下徵書

茫茫宦海闊無邊林下誰能卜數椽樞密公堂營畫

錦贊皇舊業失平泉（中丞舊居已燬於兵）閒息初雨垂簾坐靜

愛松風枕石眠緣日追陪吾竊幸履綦偏得廁群賢

野坊

出郭四五里回環一帶斜樓維春〻闊磯枕老漁家隻堠迎人出長亭夾道遮行〻不知處前〻忽三叉

野園

車馬跡不到遷居栖此宿佳水禽啼上樹山果墜當階自賸妙得天然景常居諧靜者懷莫嫌邱壑少門外數峯排

感懷

老去心情與〻踈中原群盜比何如屯田誰上營平

榮榷貨空修征稼書但使同朝除唯諾背令滄海困
征誅草竊々征終何補羸得星々雪滿顛
浮雲滿抱目蔽朝陽慘淡神州氣不揚萬里金甌誰破
壞千官玉珮自趨蹌杞人未免憂天墜兔國何堪撲
地強安得罡風吹海竭不教波浪起重洋

羽林郎

三十羽林郎翩々鎮朔方弓刀翔川陸粉黛夜成行
驕奪南衙座狂從北里觴咲他執戟者白首賦長楊

偶作某

斑顱（顛毛）種種竟何如蹬蹬甘同兔守株且有蓬蒿淹我輩肯因簪紱羨他途桐生澗底終能拔蓮出泥中不受污為語人間捷足者羊腸九折慎馳驅

題春巢藕庵攬勝詞

千秋名勝談藕庵誰許見登高作賦來過眼烟雲猶滿紙回頭亭觀已荒灰江山管領無常主今古銷沉幾霸才早晚攜筇雙屐去帝山重訪舊時梅

十字氣格極高，參列陸范經眺

十字可抵一篇漢詩

切讀

懷孟蒲生

昔看春露泠泠，忽歎秋雲結。霜露本應候，人生苦迅疾。

昔我不行樂，蹉跎感今昔。今復不自悟，來日安可必。

絲竹非所耽，綺羅非所暱。願與餐霞人，散髮棲岩穴。

雷甘杞以詩見贈作此答之

我少耽佚遊，未遑勤問學。如金欠鍛鍊，如玉失雕琢。

晚交得吾子，私心冀啓沃。又苦精力衰，遺忘到卷軸。

如何塗抹餘，忽邀年子目。謂我具雅抱，迴殊從流俗。

此言豈由衷，閒檝不敢讀。方今大雅衰，作者徒眩鶩。誰能探其源，高躡古人躅。陋彼獺〻之，便〻富笥腹。握管眛剪裁，臨文但抄錄。亦有曲學流，經傳束高閣，枕秘矜論衡。溝澮水立涸，文章雖小技，無本焉所倚。不見韓歐輩，立身俱卓〻。知子近務此，欲求道歸宿。用敢述所聞，遥勉期共勖。

舟中晚

西風獵〻捲飛蓬，棹轉横塘眼界空。長笛一聲流水

表猶注名字、
詮係家人何品

外寒鴉數點、陽帶青山。底負當年約，白首甯知吾道窮。一欸（?）……、泥飲處，經常斜照畫橋東。

題朱漾卿貳尹梅系邨影圖

離鸞別鵠太無因，舊地干戈殉此生。玉質已隨塵共滅，冰心常與水同清。綺羅香散春風冷，環珮魂歸夜月明。惆悵畫圖難省識，空教奉倩黯傷情。

朱漾卿以詩索和依韻奉酬

握手無端喜合并，當筵意氣劇縱橫。折腰不礙陶元

8

亮賣賦誰憐馬長卿玉在石中宜守璞風行水上自成聲知君雅負澄清志來詩有平生之澄清志云云顧把忠肝奉聖明

高歌一曲劍光寒老去何心策治安磊磊人何於脫穎滔滔誰與障狂瀾輸眼卜式求官易對策劉蕡入彀難只今拄門遺世事瞢騰睡到日三竿

谷仰

淚是感慨高唱入雲

王硯□□廣以長歌見贈次韻奉酬

先生好詠出天性意真新理愜詞復勁就中長歌尤獨

壇不數區區時競病淋漓贈我二百字一一超凡兼
入聖眼前作者紛羅列騷壇一席誰堪並今唐剗宋
界元明徒使空談長爭競先生生稟華國器如明珠
潤如玉嘗家住西泠烟水窟青鞋布襪常乘興印合
館授平江署閒卷扣連居接近往來容我披帷入縹
帙牙籤互掩映舌鋒肆變古人愁側足九泉不敢橫
賊子平生無他慕一卷隨身萬事了所恨黃巾昔流
毒頻年托命長鑱柄人心厭亂天必從終見欃槍卷

洗（掃）淨時流不礙長貧賤角藝論文亦云幸（幸字無作去聲用者）

（因次元韵故仍之）仲容且勿輕懷土奇字亦可待考証

題朱烈婦傳後

（起句警兀有勢）

誰能臨大難而不惜微生玉石全城碎綱常臣手擎

名高列女傳恥雪麗人行終古寒泉水盈盈澈底清

薰心閣

踏闌攀林一一微自携節杖叩岩扉松濤撼（響香）石聲如

沸嵐翠撲空來欲飛勝地重尋渾似夢舊交經亂已

全非綝細若波輿夫促不放遊人緩〻歸

即事

廿番風信打斑騅梦雨傷春眼倦開落盡碧桃花萬片今朝匆謝燕銜来

硯香以病中雜感詩索和次韵四首

鄉闈迫遽阻歸鞭借得雲房且晏眠賣賦長卿偏善病長齋葯普類逃禪（硯禾寓中和道院道士常供素饌）宵陰硯貯三升墨晨課鑪銷一炷烟神馬尻輪隨所適人生何变

不然然

漫將壯志付沉淪，雌伏雄飛各有因。因里幾人能壽世，山林一席足容身。交逢道義情常合，家泊文章業未貧。眼看五陵裘馬客，薰蕕自古不同倫。

彈指光陰逐電過，臨風默默恨偏多。青蠅不解讒何益，白璧終無玷可磨。始信後生真喜誘，未經醉尉卻遭訶。憑君門門間荊棘，慧劍時時手自摩。

歷盡人間行路難，倦遊聊借一枝安。伯鸞豈肯因人

熟須買何勞公友寒心事悠悠銷囊簡生涯戀戀憶

漁竿不如泛泛拾黃鵠騎上青雲入汗湯

春日漫興

東風回綠到山家一帶池塘春色奢樹裡鶯啼

蜂飛閒蝶戲影交加晨窗留客閒譚畫午枕呼童起

瀹茶收拾身心無箇事乘篝尾坐讀南華

題硯溪西泠歸棹圖

連宵鄉夢逐帆飛惆悵依人計總非正是鶯啼草長

候匆匆，拋却好春歸

空思見覓龜裏信湖光山色互爭妍

山色湖光尚儼然，此花開畫圖[illegible]也時載泛宅相

訪，家在六橋何處邊

○金山衛三忠祠歌

黑雲如山覆白晝，十萬雄師伏不鬭，黃金（巾）所過無堅

城，守任分分辨（判）一走。崑將軍，獨奮臂起，慷慨登陴講

戰守，守城存與存，亡與亡，報國不愧天潢胄。犄角更有

黃將軍，十盪十決勇絕倫，烈焰燒身誓不避，俄頃血

内渝沙塵，覃將軍先冒白刃，招集援師，尅期進。非我殺賊，賊殺我焉，革裹屍，固其分。閔昔朝廷重推轂，閫外一道大帥，令坐擁軍貲，長寇氛，竟使蕉松變灰燼。三將軍節有如此，信矣疾風知草勁。事平，天子親降勅，建祠金山，俾血食。褒忠誅罪，有常典，凡百臣工須盡職，不見草間偷活，臣銜刀都市，亡其軀。

○深佩卿謬以拙詩採入所著，今舊[illegible]集中詩以奉謝我生寡所營，閉戶習吟弄。祗取性情適，不求格律中。磬如惰農夫，鹵莽事耕種。所獲悉糠粃，難倫天庾供。公升大雅才，著作高充棟。採錄到蕘詞，一一蒙諷誦。商榷期至善，指摘不留空。具茲忠愛心，庶為邦國用。一官歷積薪，五斗缺薄俸。鞾版入質庫。芥齏乞隣甕。才人例今窮，千古抱餘痛。勗哉願勿懈。努力追屈宋。

六月廿八日，家君自山邀迓刺史琴溪高雲衢明府載以甫宴集藝圃，余初不過識適過雲衢寓

刺史似應在琴溪下

余初四字欠明曉

蒙其挈止入席翌日作此呈雲衢

君志在和（四方雲衢新從劉之役領營中田）我心遊一室。蹤跡久闊疏，

良会殊難必。昨偶報君既入門，揖未畢，挈我赴佳招。

遂造城西宅，憶昔姜貞毅，立朝著直節，晚年此僑寓。

誓與世緣絶，到今二百載，遺構猶未滅。曲池藻交翳，

怪石蘚爭齧，荷風拂人來，清涼沁肌骨。吾蘇富園亭，

土木窮塗飾，高樓還新聲，別館藏名色。盛衰一彈指，

倏隨塵滅沒。幸兹留勝地，時還集佳客。早晚復開樽，

還来就明月

題西湖圖

明湖生就好烟波，各記探春結（挈）伴過。此日按圖忽回首，滿隄烟柳綠（裊）多。

早秋即事

收雨晚來歇芬蔗，秋枕怨風多。蔭風逸興多，涼陰滿高樹，秋意隱明河（秋色淡明河）。

圓筆勞僧一日來，詩聽窗哦（醉）一樽茶，屢底不樂復如何。

洛（？）詐……病，但与前二句……不稱，似宜酌

皆見何也

花遺佳兒護，憑老嫗，隨意設

八月初一日同人餞送王硯香之潤州

涼風昨夜來送故人去明知會有期終茲別太遽
離觴花下飛孤櫂煙中度為我問焦山山色可如故

謝子乾觀察下車之始改建平江書院並移祀
文信國石像於中刻石紀事昨蒙以搨本見惠
作此奉謝二首

亂後衣冠半劫灰何人親把講堂開忽看棟宇連雲
起重聽絃歌入戶來祀笏千秋垂留簿書百里屈
奇才（時公尚在長邑任）爲皇大箸垂金石多少青衿仰化裁

句吳民物久稱雄兵燹連年井邑空生聚何時成樂
土措施此日賴明公宮牆幸士被文翁化阡陌難忘襄懷召
父功莫道輿情不知感頌聲一片起城中

秋夜不寐

灯影照人支倦枕葉聲如雨響空廊亂蟲不識愁心
苦攪得凉宵抵晝長

因秋蟲而然不成寐乃謂寄去是其所攪似語物乃不

偶成

幾叢丹桂列階除昨夜花開忽滿枝恐洩香風忙閉

戶籽來已被隔鄰知

擷花

稻田憂旱復憂風何事似花田歲屢豐滿樹黃金收不
老家蓄畢竟讓山農

東家西家鎮日忙紅顏綠鬢爭提筐前身應是散花
女生就摻摻十指香

一年生計洵堪誇占得梅花又桂花秋向城中論斗
賣餘香散入羨人家

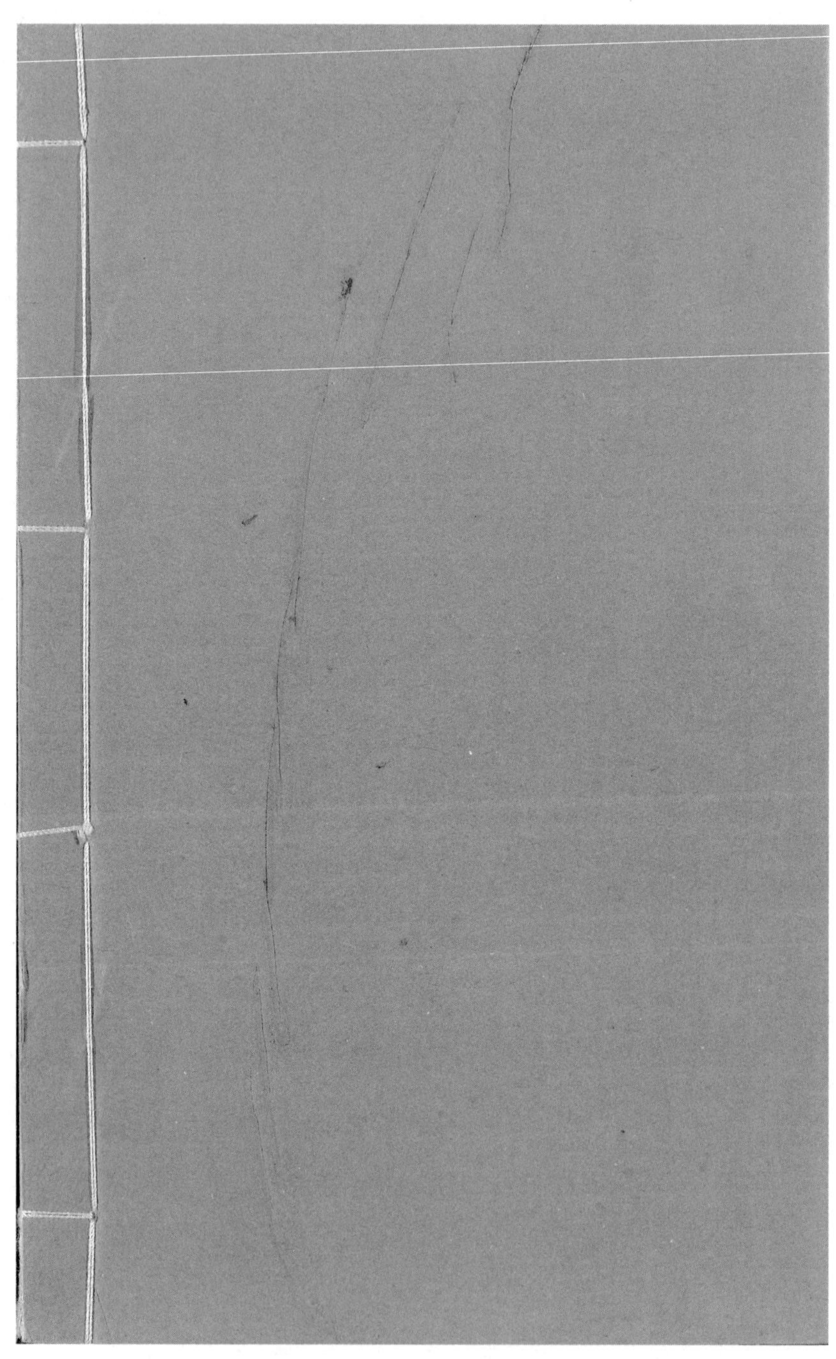

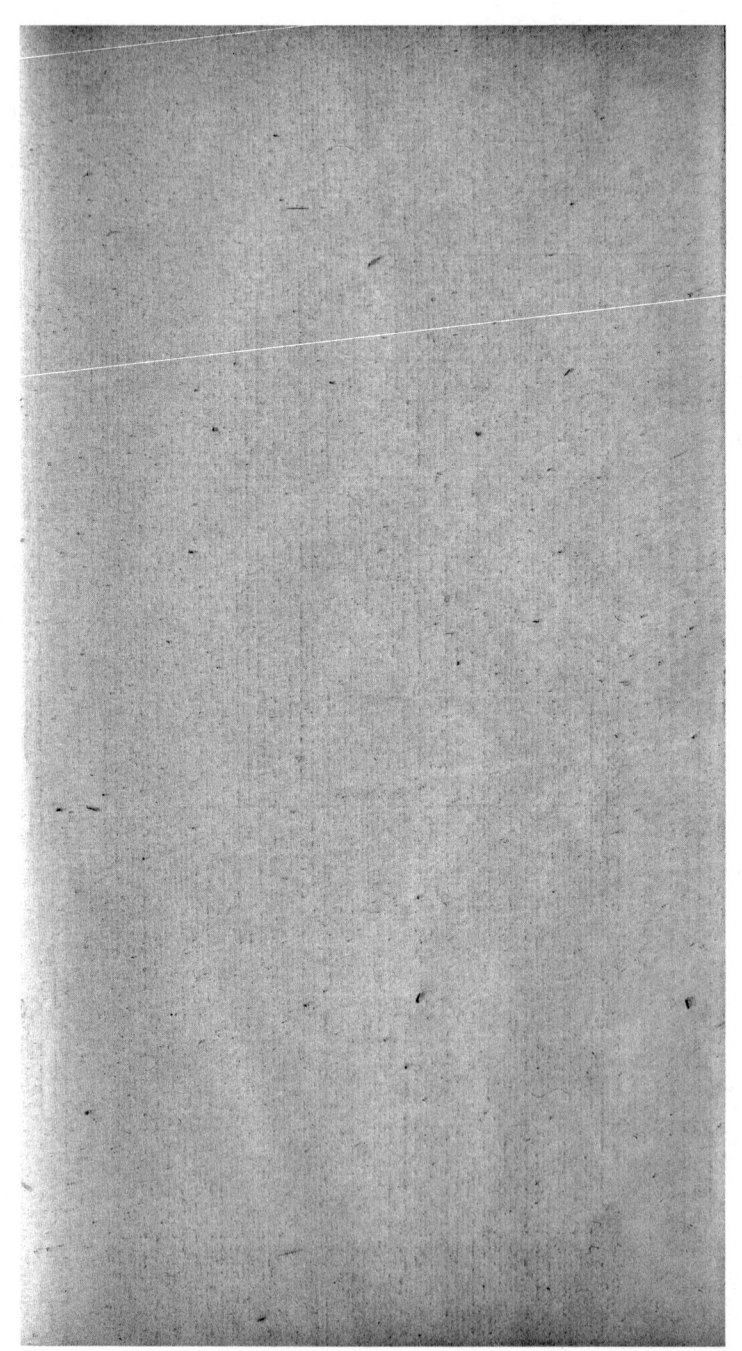

此字宜商

○六月廿六日雷雨初過月色殊好作○

乍驚人失着，又教家搆盈。本地沉沉暗，紛紛萬瞻闻。翻覆情難度，悲歡理可推。

雷從何處起，月自幾時來。一笑披衣出，長歌逝水隈。○

傍

無學字の云 律細誰工

○昨有

昨有談元家，自詡闡大道。拈出一卷書，糟粕哈莊老。

我久混六鑿，灰死木枯槁。長生固可慕，邈矣滄海好。

安能從汝言，存想以為寶。君看雲中宮，一舉摸八表。○

縱蓬無比

夏日即事

海天凡物不隸清涼皮江頭待月生急雨一聲雷[illegible]

過蹊星發點屋遶明園[illegible]紈扇荒秋棄濯羅衣袂

香[illegible]蓮浴心隨遠涼入

欲歸去夜宮人靜一編試古賢

神室宿[illegible]夜涼湍嘶來閒[illegible]歸領短藥情

呼鮮換易尾搖跳擲易睛閃

杯字易匝如何

二句嘗刪張語二句亦刪[illegible]字[illegible]

[illegible]字易[illegible]

懶睛百不營蔬食亦其理何乃貪口腹買此赤鯉

宛轉

呼鮮刀俎間跳擲杯盤裏祈彼寸寸鱗供君一餐美

九 盌

幸其未就烹呼童投諸水解網忽已逝掉尾復躍游

誰謂物無知錦鱗已可喜豈能保知生不愁[illegible][illegible]死

游泳自

解網二句亦可節

筆能亦有乃亦呼

長篇白樂接

大人之言

若易同[illegible]二字[illegible]知

呼鞞撥易尾搖跳擲易睛閃

杯字易匝如何

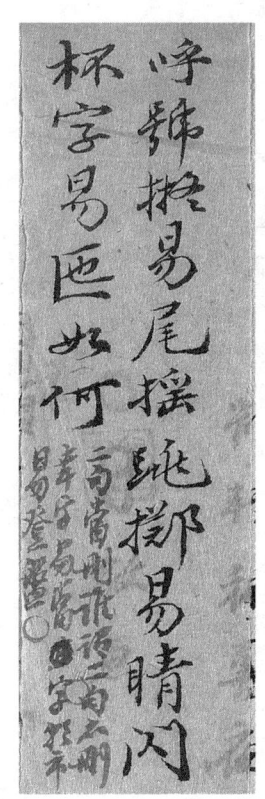

海天風物不勝清，□伐江頭待月生。急雨一聲雷乍過，疏星幾點屋邊明。圓紈扇芳秋棄，濯羅衣秫艸輕。稍喜夜涼遊興來，閒吟歸領□□情。

解網二句亦(?)可節
筆致二句乃與時
□□句陸接
仁人之言

二字宜易

放魚

懶惰百不營，蔬食亦其理。何乃貪口腹，買此赤色鯉。呼僮刀俎間，跳擲杯盤裏。祈彼寸寸鱗，供君一餐美。幸其未就烹，呼童放諸水。解網忽已逝，掉尾復躍起。誰謂物無知，歸屐已可喜。豈[illegible][illegible][illegible][illegible][illegible][illegible][illegible][illegible]

二語告存丁丑入法貸語錄中

昇鈔市上藥叢行書殘戳遺消讀

看汲井者作

汲多井水濁，汲少井水清。清濁共一井，而何異其情。

超妙

我則鑑於是，不撓亦不澄。玉韞石常輝，珠含川自媚。

可從

君看銀河水，何由汩泥滓。

結語換易泥滓以[illegible]研[illegible] 研段是

即目有感

八月天氣佳，秋日晴皜皜。意行無遠邇，忽忽迷周道。

近曠空

蟬鳴翳高樹，蝶戲入秋草。栩栩豈不樂，嘒嘒亦自好。

意在言外

早晚迫雲風奇木杉枯槁二物終何依行是跡如木

中秋對月有感懷諸友

有筆到天分之隱

佳節渾無慧離懷竟鮮歡

依舊一輪滿清宵獨自看友隨雲聚散人與月同寒

地僻寡長訪

茲鄉論交淺天誠涯舊難何時剪三徑重與話闌干

即目

早稻忽已刈延目淨清曠層隱雲如山來變幻非一狀

高鳥與之圖橫空不相讓一笑看化機偷然寄疎放

真趣如淵

雲識

晚望

秋聲動木末，[illegible]。蕭葉飛如鳥，翻雲[illegible]作人。江山沉鼓角，天地肅風塵。搖落桑榆計，還家顧食貧。

夢中得句醒足成之

風塵滿地[illegible]，蒼茫雲海[illegible]。[illegible]滿目[illegible]，旅思亂於蓬。草衰顏慘[illegible]，殘園花採[illegible]。岩菊釀延齡，浮波石泉[illegible]。乳茶都怪夢中[illegible]不到，投將韻事入詩範。

腹聯乃夢中得者

旅舍有感

高眠遲向夜如何，少年意氣滿關河。[illegible]

庄句

𦼮秋風暮捧葉辭柯山川氣地供登眺花月何心〻

綺羅蕩洗神仙興富貴消生事〻總蹉跎

庄感

殘冬四壁冷生風老屋荒〻村市東五夜穿窗燈影

畔一字悽斷析聲中窮途更比天難上愁陣終非

可攻莫笑自覺書生多薄命工閑戶敢頻搔首問蒼穹 壯氣尚如虹

末二句仍依原作不必改從自注

唯之學書生

客有道吳中之勝者因作

追憶故山遊跡八首

元都嬉游

八字點好詩亦好
以美人詠吳宮李
地處光自然之妙
圭翁

喜聽美兒說故鄉

寶閣崢嶸倚夕陽，元都景物盛城廂，莊嚴[illegible]寶三重。殿曼衍魚龍百戲場。此地傳消息，日月有時還，泛小壺觴。而今羽客都形解，誰向通明奏綠章。

滄浪閒眠

滄本千尋水一灣，滄浪勝概著塵寰。名園自古因人[illegible]，垂[illegible][illegible]何時化鶴還。[illegible][illegible][illegible][illegible]遊釣地，壺觴競集風[illegible]。鳶班度真不老人間事，[illegible]與亭邊風月間。

支硎踏青

名集

莚境秀

滋春盡散烟和鉤

上塚人歸日漸低

無根陰怯夜橋

野花枝帽鳥爭

啼。

輕烟漠日曉凄迷，上郭青山草至西。駿馬嘶

岸路魚車晴驛綠楊隄

官柳東風三春

石橋

靈岩懷古

吳宮佳麗渺千年，憔悴獨游逝客憐。歌舞竟銷亡國恨，湖山偏積美人傳。穠花斷腸紅雲雨，芳草芊綿綠翠

非烟無限幽情不盡，鮮無邊日斜吟眺，更滿山暮色起蒼烟。

一聲長嘯上峯巔。

山坡載酒

流麗工切

絕上得蘭橈眼便明游人環爭向大隄迎千叢羅綺燈前
前影七里笙歌水面聲始信錯金真有窟豈容頑石
獨無情山塘一片繁華景此日何人載酒行

虎邱探桂

七里塘邊叢桂開木犀秋

劍氣銷沉隱虎邱為探叢桂訪回游傍山如畫客深藏
秋風已吹鳥鳴上船老木丹黃花塢肆知陽金碧深
客樹夜闌一棹回波轉燈影隨船人到渡頭

柳林園石小憩

泊讀

細雨四字似不如仍用老木丹黃

超脱渾成名句不可多得

慕尔林亭竟擅名，数弓占断阖閭城。高人品自千[illegible]
絕妙手文兼一筆，平性石長松饒古意，疏篁清簟[illegible]
幽情園丁見慣渾初識，幾度尋春到此行。

拙政尋春

興來隨意集朋簪，媵景頻從北郭探。簾幙風和日高花艷
艷池塘風細日暖，柳絲絲衣香人影，春如畫，燕舞鶯歌夢
正酣。自是異乎饒樂事，幾生修得住江南。

無限感慨

續懷故山游蹤八首

雄渾

星河句尚覺雄有此景於夜宿九星對句抄在承未甚解。

環珮句乃絕寫也並非不求甚解似欲

○穹窿夜宿

穹窿紺宇迥淩空踏閣攀林歷萬重下榻虛窗三兩閣留仙心生五夜

擁衾軒詩夢落

家聞寒爭對百千峯星河浩浩躔前落環珮珊珊月

下遙窗好曉窗人乍醒天風吹墮一聲鐘

○橫塘晚泊

秋風鼓棹

晋江鼓枻入橫塘圖畫天開水一方日落晚山騰紫

翠雲明叢樹絢丹黃依依盈兒女含愁地淼淼烟波望

遠鄉狀記傳蘭舟傳舜古渡萬條衰柳雨三行

渲洋風致

清新俊逸

此詩題曰八絲

昔年數百絕

以往地名不必

如於梅訪菊

字樵

鄧尉探梅

南山擔崦西東一路梅花蔽遠空踏遍樵叢雲霧（杖藜扇偏）

層細村門掩月朦朧人來郎島詩情裏山在倪黃畫

意中更喜庵僧勤不掃清宵灯火日將昏（難得　客來　閒話佛灯紅）

秋蘑端圃看菊（懷舊）

採蘿靈巖杖更攜滿園風物覽無遺全收水郭山村（雨瀟瀟　徵遍　步遲名　繫人思）

景恰好橙黃橘綠時蘭渚名流鶴更詠觸別墅畫（元亮閑情琴與酒右丞藤事）

兼詩清涼庵樹今無主開到籬邊菊數枝（雨　三徑　滿縣　秋花屬陶誰　開向）

是詠梅花自中有佳字意可採則人在村

○、荷蕩納涼

陰〻夏木蔽炎曦曾為逭涼占釣磯十里烟波息泛

泛櫂家蒼幔燕飛〻湖光映日麗於錦花氣隨風清

上衣忽駐一聲漁唱起斜陽催送畫船歸

○石湖玩月

橫塘兩岸樓斜橋有客停橈夜是招月出樓臺浮水

動風清弦管向空飄舊游寄〻歸何處綠景年負

此宵家好治閣灯炮後倚船回試玉人簫○

寒山駐雨

霜岸楓林不可尋，一龕彌勒坐當門。寺經唐代名僧

古地傍蕪城跡僅存。滚滚松濤喧破壁，星星漁火照

前村。三更拈起鐘聲句，曾与詩人對榻論。

前村換易楓村

蘆灰劫換易塞荊棘

起以平

踏雪

一坏殘冬風雪此淹留，病雲作勢天如

襄幽宿家聲水不流，冬冬田園蘆灰劫，依依魂夢愁

晚規可能依稀草衣冠何自拜荒

松楸何事剪淨無江紙畫形家山當此遊

一十六字倩宋於此

墮灰刦搬易塞荊棘

前村搬易孤村

寒山駐雨

霜岸楓林不可尋一龕彌勒出當門寺經唐代名偏常
古在地傍蘇城跡僅存滾滾松濤喧破壁星星漁火鐙內
前村三更拈起偶然鐘聲句曾與詩人對榻論

堯峯踏雪

為築堯峯土一坏殘冬風雪此淹畱痴雲作勢天如
囊幽澗無聲水不流皋皋田園隱屋刦依依魂夢戀琨溟可能依稀草衣冠何自擇荒
郎松楸憑誰何處夢淒其江紙畫取家山書卿遊

消讀

亦佳已何如

顒字尚宜酌 研參

险韵宜於五古

和杏蓀硯白桃花詩元韵二首用禁體

春風吹動衆繁華一簇偏憐洞口花脈脈情同流水淡

依依影傍綠窗斜妝成虢國慵施粉浴罷楊妃正倚

紗欲向武陵探消息仙源渺渺不通槎

洗盡鉛華意自閒天然誰似爾容顏何來少婦衣偏

縞卻看劉郎鬢亦斑本色家雖諧藻俗韻根苗韻傍

仙山

能羨

仙山卻合流藍風塵裏自眠從他攀世間

不許游人取次攀

千紅萬紫照他衍自愛深藏在井閒

潘載宦丈以瀛洲遺向詩見示率和二首

此首似可删 研安

一望蒼茫野色昏旅居客不諳魂連天白霧迷迷眼拱地黃沙蹤（趨）一村境外怕看斜月閉城頭喜鼓鳥
烏啼衙門泌水輸君樂始信桃源在性源
此間形勝（勢）瀛洲彷彿神山天際浮地控東南歲路戶
水連江海扼中流風烟漠漠連（迷）平野蒲葦冥冥極遠

雄闊

微一事偏餘覊客恨絕無佳地共遨遊

感懷八首次杜工部秋興詩韻奉和載庭丈

不可 何處擬易蒂 以為何如

何處秋聲振遠林等閒景物變蕭森疾風動地黃塵

有悵求其賞之

感事草

起毒霧粘天白日陰富貴客為行樂計報難誰與論

時心東南杼柚今全竭愁駐西風萬户枯（京城）

急景駸駸日易斜旅居空憶舊繁華時來空遣悵投（爭）

筆事古悚寒早鑽泛槎天外幾人倚長劍城形何處不（芭）

吹笳吳宮回首增惆悵踏遍三千殿腳花（倚長劍易空　倚劍）

來旂三丈飄斜暉大將星明耀紫微寶帶錦衣磨蕨

錫再致燕頷舊高飛可撫茲振書徒讀都嘆深源

竟速何以早為終養計晨昏枕臥年甘肥

悵易爭日久　說似不如早　何要求三窮　謂易有　子竹

顔字似未穩
病在當字
掘易对字以與下答
戴記答陰之義也註
答對也
陳文忠說究竟
當字拄出

青局誰援一着枕三吴荼毒劉琨悲張巡嘗蒿空嘗
日下臺挐拳遥爪时天地有心朱封運英雄無命效
驅馳回看三孽平何處獨立西風有所思
未堪立馬望吴山鼙鼓喧闐兩浙間曲逆計多奇卻
敵賀蘭援絕竟開閫死無遺恨全臣節生有孤忠對
聖顏此日大名垂不朽歸驂貸尾証仙班
見說元戎正默黑羽登坛號令肅如秋一軍立處旌旗
色四境猶餘戰伐（餽餉）愁草澤及时殲狡寇江湖隨處開捷

鷗當年侍坐偏多事鑿空遙通海外州
乘時早建中興功只在　吾皇一怒中干羽兩階舞
盛德衣冠萬國懾威風勳臣歌舞頭從白戰士弓刀
血尚漉紅會趁謳吟盈四海村村擊壤遍阡陌
故鄉遠望路迢迢舊業蕪荒草滿陂蟋蟀有心吟敗
砌鷦鷯無意占高枝窮愁愧我詩難好恬淡知君性
不稱歸去空齋螢兩榻也如白傅待公垂。
題吳清如先生乘桴小草。

此處三作最爲雅潔不未未的 又

果字似宜酌改易嶽字以如何

蜀道銜文峻，樞廷視草忙。及門羅節士，謂寫文今之培元知己

御宸皇。先生丙午歲考試差，宸廟謂輔臣曰：吳某寫作俱佳，何以不入翰林。家國哀

年恨田園舊業荒。不堪經浩劫，搔首感滄桑。

吾里稱詩者，何人不奉以大名。魁七子，老學貫三通。

雋峭黃山谷，先生壯歲爲詩，松脈磨黃涪翁，見所著儀宋堂詩清雄陸放翁。先生

嘗閱唐宋詩醇，一編殊珍重，尤愛陸劍南，勿使落瀛東。

銜杯聲初斷，宸灯影尚明。一宵酣蝶夢，百感赴雞鳴。齊句

因家之作最爲難得不可不存內也

草字似宜別爲易檢字以如下汽

蜀道衡文峻，樞廷視草忙。及門羅節士（謂嘉文令培元），知己

徹宣皇（先生丙午歲考試差，宣廟謂輔臣曰：吴某寫作俱佳，何以不入翰林）。家國哀

年恨，田園舊業荒。不堪經浩劫，搔首感滄桑。

吾里稱詩者，何人不奉以大名。魁七子老，學貫三通。

雋峭黄山谷（先生壯歲爲詩極胝膺黄涪翁，見所著儀宋堂詩），清雄陸放翁（先生

嘗閱唐宋詩醇，尤愛陸劍南）。一編務琢至，勿使落瀛東。

蜀道衔文峻，樞庭視草忙。及门羅節士，知（馮元為先生所得士，任湖北學院，殉寇難）知己託（戚）先皇（先生於丙午年出差，前三日，宪庙谓诸大臣曰：吴某写作俱佳，何以不入翰林）。

悵觸蓴鱸興，優游翰墨場。那堪經（宗国衰年，恨田園舊業荒不）小劫，搔首（垂老）（周）感滄桑。

今代騷壇主，何人不奉以為高？唐宋下榻具性靈中（吾里稱詩者大名垂七子，老學貫三通）。

雋蹟（黄山谷清雄，陸放翁先生壯歲極服膺黄山谷詩，又閲唐宋詩醇一編，務球重勿使落瀛東，儗問以何為宗，先生首稱放翁）

家國衰年悵，文章舊業空。平生辨系奉諡合在南豐。

晓枕

街柝聲初歇，窗灯影尚明。一宵酬蝶梦，百感（亦向）赴雞鳴。

簸逐青年逝，愁隨白日生。幾回南雪笳鼓滿吳城。那堪四首處

泊讀。

余於國初諸先生集頗已泛覽，最取其宗愜意者各賦四十字，凡十六首

。顧亭林

勝國有遺老，先生第一流。獨全箕潁操，恥應廟堂求。名並管甯重，心懷賈誼憂。著書待來者，此意足千秋。

眞

。吳梅村

梅村老祭酒，未路以詩名。清廟明堂器，黃鐘大呂聲。

讀兼廬四子班歷魯誌生涯悴蘭咸感何人讀此情

侯兆宗

絕代佳公子平生事業何太哉驅奄俺高会沸筆歌
家國淪亡看英雄徒傑為文章千古事底用叢巍科

魏舜子

四海干戈裏山居閑畫圖乾坤餘樂土文史聚生徒
胸具霸王略心輕章句儒當年讀書處空々隔蓬壺

汪銑爲

我愛堯峯叟文章世共师 帝將儒者待人是古之遺老木堅貞性孤花冷淡姿區區私淑意惆悵不同时。

汸讀

一 王阮亭

一般鄒廓者誰不奉漁洋王謝風流遠（盛）江山嘯詠忙詩人例游蜀和子雅宗匠一身精華餘蘭苕翡翠光

朱竹垞

早歲白衣名聲名似 帝都談先推博物伯厚許宏儒老作林泉家歸譽譽稻區文光萬丈些微小長蘆

部書門

知己堯峯在當年曾定論品高陸魯望文亞柳宗元鈍翁說鈴稱書門文章似柳子厚人品似陸魯望上家諸侯在名山一席尊舊交滿海內荐稱堯峯門

閻百詩

昭代儒林盛先生集大成侍經今伏膝稽古舊趨榮

餘事文章擅高年几杖迎崑山曾許玉謂亭林先生南北兩書生

查初白

自昔稱詩者，無如敬業堂。性情符白陸，壇坫讓朱王。流水心無競，浮雲物與忘。平生相契處，不獨在詞章。

方望溪

道乃文之本，先生洵克敦。門牆千仞峻，山斗一般尊。大樹誰能撼，清泉自有源。歐王今不作，兹事與誰論。

李穆堂

當代誰豪傑，封疆有我公。性存三代直，氣稟萬夫雄

浮眾臣心切全生　帝眷隆宏文一披覽朕長歎屢嘗

沈歸愚

溫厚詩之教歸愚極宮牆遭逢際堯舜唱和契君臣

世仰風騷望知生（全）老壽身至今閱（平生宗）正始不數宋元人。

袁子才

獨立空依傍千秋只此翁詩如唐白傅人似晉王濛

山水供清福公卿揖下風倉山墓尔地占斷六朝中。

趙甌北

作者紛馳逐雲松別拓奇胸羅全部史手定十家詩
豪傑雖拘泥聰明自得師寞々當年袁蔣外旗鼓有誰持

又題一絕

文運常隨國運移數公蔚蔚擅英奇文章理學兼經
濟正是　昌明極盛時

題鈕蓉莊槐廕抱鼓圖

黃農虞夏忽已古寶物紛紛室淪及土巾机空侍軒后
銘諫諍誰擊神堯鼓猶有石鼓歷千劫聲價巍然重

天府鈕君好古畫好事兩載榥歷生摩挲因想周宣
睠御和皇綱墜地政不舉奔走方召與南仲撻伐玁
狁及徐鬻赫然立建中興功大筆淋漓頌邵武方今
天心正厭亂境于何狀伺斜陽知君懷古有深意作
圖思致山甫補

落葉

昨地西風動五更曉來落葉亂縱橫影從木末蕭蕭
下聲到階前片片清翻覺江山開面目須知天地有

许改为字

意能发人所未发 读研

枯荣雨露霜陨寻常事，留得高枝待发生。一片清商送远音，起看草木失萧森。纷开借落登高眼，离披枯槁入空心。荒径蹭残秋，撼撼空山埋去梦。况况只独支干亭亭立，一任风霜压剥侵。

菊花

秋风飒飒雨丝丝，开到墙根菊几枝。耐寒不嫌如我瘦，论交终恨得君迟。正当酒熟螯肥候，况值橙黄橘绿时。安得一樽同入手，陶然醉倒旧东篱。

有味

二诗叙胸词意俱高淡，饶有菊花品格

若收首聯警醒不少咏物詩此乃死徒作傾倒之至

絮華多意鬧三春（芳晨）籬下悠然寄此生知無言誰念曉

蹄鸚人影自蕭淡寒蛙閒傍穿秋初老粉屑蕭疎夢

亦清如向舊時三徑迴叢烟衰草滿荒郊

印目

七字人七絕也

淺水粼粼碧似油閒臨沙渚數雙眸萱花不失愁何（讀）

事也向西風掉白頭

説之謂宜然

恩

喜大兵近抵蘇城有作

喜見王師間道將軍下自天喧喧笳鼓震出雲船旌旗

色烽燧先清西壤烟入蓉功勳崇李勳通夷計畫洒
時驚迴讌衙師遥宣青壹豫侯道遥

大兵围困羊城粤寇扫卒逃窜克复有期喜作

半壁家山君棄捐儼凋殘蟲掃腥羶令歲士作飛騰
氣運轉天衙撻伐權嗟尔游魂終血污防他餘燄復
灰然殿勤為盼红旌捷断向江干探報船

羊城克復有作

王師聲勢疾如雷捷報傳來喚眼開此日備

戶一時回首向誰慶

戰伐連年若未休滿街血淚向交流千三百載陳編

在作賊何人到白頭

歸里有期悲喜交集口占一律

露布遙傳喜欲顛促裝便擬整行鞭還鄉家豈殊丁

令懷土人皆似仲宣四載親朋欣會合幾家門戶辜

完全只愁歸去際邛老行得空空壁四懸

懷先墓

墓門冷落閑斜陽，麥飯何從（逢年缺）莫一觴。爲問松楸無恙

俗地名似宜易去

詩樵生研甫注

狀元浜

田里

況味

自別家山忽五年，歸來風景迥殊前。一廛（家無元亮三椽）蘿薜楊柳

屋五頃從思[illegible]半頃一田，莽莽荊榛（連陌）遍太越，歲歲城郭（慘）

烽○寒烟四起，無限繁華景，劫後何曾恃一錢

辰光墓

墓門似倒亂山中，有將緣之訴寸衷，莫怪往行屢回

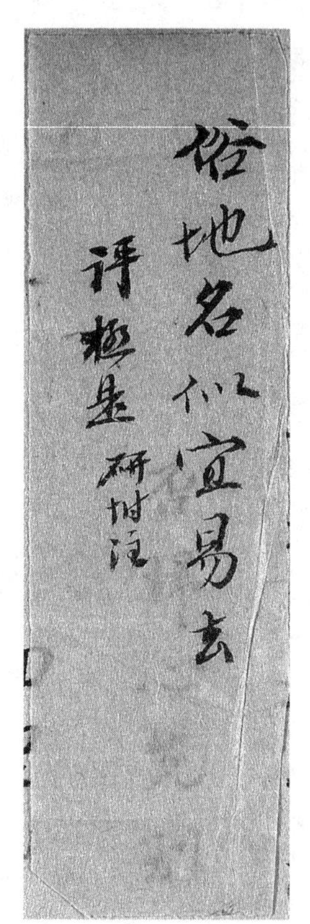
俗地名似宜易去
詩概是
研樹注

墓门冷落闭斜阳，麦饭何从（连年缺）奠一觞。为问松楸无恙否，归心先到状元滨。

田里

自别家山忽五年，归来风景（况味）迥殊前。一廛（家无元亮）难觅扬雄（三椽）
屡生半顷田，
宅五顷徒思种墅，莽莽荆榛迷大路，岁岁城郭枕（惨）
峰○
寒烟四野无限繁华景，送何曾值一钱。

展先墓

墓门倾倒乱山中，再拜依依只寸衷，莫怪路行屡回

首可憐（松楸）無枝起悲風

義人

義人抗節表（英）風崖彤管千秋姓氏存風（賜哉）雨梨花寒食夜不知何處弔忠魂

記得四首 泊讀

記得尋芳去行行御道旁野花隨意發村酒有時沽（山禽和對語野草自然）

無心子事絲騎佳人翠眼璫往來忙應接歸路皆斜陽

記得頻消夏宮窿古梵宮松陰濃翳日蘭氣靜含風

三字出處

難柰充庵盛，茶瓜待客豐。晚凉棋局罷，閒坐石欄東。

記得登高去，雲岩古寺邊。馬嘶山館雨，蟲語墓門烟。金粉千秋地，壺觴九日天。興來貪醉罷，直上白雲巔。

記得清寒候，深居動積旬。筆重斑竹管，茗煎綠蘿春。排架尊彝古，堆盤棗栗新。等閒如夢醒，解結一吟呻。

懷人二首

謝蕙庵丈

卅年厚意荷殷勤，惆悵天涯手忽分。想到家頻慰旋月展將蘭石感停雲（居以停雲法蘭石畫冊十二幀見貽）劇（百年）憐華屋空無主（廬居屋為一樹未收發）喜春枝秀出群畢竟善人終有後春風穩聽採宮芹

邱瀛仙

當年謬許樹知音晨夕相過樂素心促膝幾番話風兩四移一夕書人琴眠看玉樹凋零空腸斷金蘭感慨深此日墓門空（餘）宿草有誰取酒奠碑陰

寓中書感

此詩允推合作惟耗字稍弱吾擬以寄字代之請質 高

陰冬天地閉，寐寞憩簷隅。窮鳥㤃林晚，潛魚入水深。

干戈拋業舊，歲月耗閒吟。惆悵淹留客，因斯感不禁。

追憶平生四首 泊讀

平生爲遊具，往往恣幽尋。閒逐孤雲去，濤穿古徑深。（高衍臨眾壑）

山閒（懸）金碧畫，林肖雨龍吟。坐坐從塵近，棲遲愜素心。

言登翠微徑，信宿古招提。野果嘗寒蕨，山禽傍枕啼。

坐消春晝永，吟送夕陽低。無限閒中景，憑君自取攜。

曉窗幽睡起，攜杖出松門。沙路遙迤轉，山泉壓曲奔。

工秀絕倫

紅樹孤塔寺，黃葉數家村。佇立忘歸去，蒼茫野色昏。

塵俗經年斷（此間），時時憩小園（往句）。秋山名士骨，香草美人魂。

殘帖臨王廙，新詩誦許渾。閉門幽事足，世難不須論。

論古十二首

集中感懷古今人物諸律斷制謹嚴，詠而老穩，非具論世知人之識不能道其隻字。

張良

留侯亦人耳，竟作帝王師。御（讲）駕（智馭彿）驂彭革，經營（心空）楚（秦）漢（世）時。

（紫名看已熟，宗國美言遺）

掉憑三寸舌，戰勝一枰棋。獨有彿公恨，蹉跎不可追。

賈誼

此稿乃古人所未發

用舍尋常事，嗟生竟殞身。功名歸黨錮，綿灑遺人
慟哭言終驗，酬恩志未伸。印今流涕事，太息有誰陳。

東方朔

何物金門客，優游隱帝旁。居官等星曆，吐論挾風霜。
技術原游戲，神仙總渺茫。上林諫草在，長共與光芒。

霍光

一代勳臣冠，英雄博陸侯。學雖輸賈董，功不愧伊周。
變易君臣分，彌縫社稷憂。如何家婦子，陰忍釀姦謀。

李廣

束髮事從戎將軍氣獨（吐）虹一心思（當）大敵百戰始（見）全（英）功（風）

名播華夷久勳榆衛霍崇封侯翁少筆何必是英雄

諸葛亮

曠世君臣契千秋仰卧龍遭逢三代上經濟兩朝中（礼樂百年）

天意偏歸賊人心總戴公出師遺表在覽罷淚沾胸

郭子儀

乾坤壽再造黍（應運）遣降汾陽名冠全唐史功高異姓王

笙歌消盡感帶鶴與天都怪
廿四女樂滿百歲垂恩長凋悵灘草鵠殘起廟堂
滿床袍與笏百歲壽而康克歸蕭曹爲無
陸贄

（國哲凌煙極宦公輔佐勤賢奸剖細細名器惜斤斤
學貫天人理言符典誥文平生甘放逐未死忌忘君）
顏真卿

抱負何屈展悲哉竟死姦雍家清廟器悰慨榮宸班血淚至今殷
死不降節烈生如鐵抗祿山平原一隔地英氣滿人間
白居易

不待宦情闌優游早挂冠笙歌娛晚景花鳥助清歡
黨禍消牛李詩名配杜韓宗悴年少日直節勁猶端

韓公

道喪逾千載之來日再中泰山雄氣象衡岳鍛精忠
勇奪三軍志（師）文稱八代風潮州遷謫地廟貌（祀）至今興（崇）

送潘載言丈歸里

故鄉風景久縈懷一棹今朝緩緩歸掃榻垂簷花裏
徑編芳深護竹間扉行逢親舊聯情話坐攤琴樽靜

石如注

息機試向藕臺高處坐，禪宗門卷未全非。

里居書感二首

嗟我身猶在，還鄉許屬無。枯魚依涸轍，老馬倦長途。

擾擾黃巾黨，紛紛白面徒。亂離愁未已，捷報盼南都。

偶瞻余季屋，草草置妻孥。日氣懷空巷，風聲撼敝廬。是夜大風屋瓦皆震

檗軒爭過雀，彈鋏漫思魚。已悟浮生幻，同歸一夢蘧。

讀清如先生近作即次其原韻徐玉臺詩韻奉陳

先生今之楊大年淩雲健筆仙乎仙印覩八法亦佳
妙行草直到近時類少年馳逐名場久角藝時時會
文酒作爲篇章已滿家聲望巍然重山斗中間登籍
多知交意氣突兀似詞曹口含天憲持玉尺門下
羅列皆賢豪紛紛執贄競謁見歸來更不憂貧賤
吟重然於郭社佳會時赴有良宴無端毒燄從天來
劫火煽動昆池灰蒼黃東出走避地忘南北滿耳愁酸角何異杜老江頭
鐵鎖截角聲悲紛紛動地聲悲窮途躑躅心悲哀
哀印今依舊承平似侍歸喜有趨庭鯉無朱復得靚

中興感激書懷　聖天子中興憂患豈能侵好把閒
情付短吟早晚推枰更相過解衣磅礴坐花陰
清如先生賜和韻是爲再次前韻以詩再疊前韻奉答十首○
先生墮地八十年方瞳綠鬢如神仙等身著述造絕
者筆妙直到秋毫顛平生清福享未久餘興往往耽
詩酒嗚呼太白和百篇驀逐酒于醉一斗即今零落
舊知交紛紛輕薄快見書翻雲覆雨等閒事黃標奪
得誇雄豪先生視之笑無見乘時有心及淑娣往時

蒼皚郵公厨此日重陪童冢宴自憐蔬䰟空帰来刑
同槁木心死灰積書滿屋有何羅竟遭楚炬真堪哀
不知生計究何以任她騎鯨跨赤鯉三山縹緲空不
達又聽迴風拒從子人間歲月苦相侵聊把熱心付
越吟問得公家國振李門牆傳許繼清陰

克復金陵試帖四首

有道揆時出帝京扣以衛命稽書征事机毫不遲四叔元老裴中令
中制袁幣濠涷上衛千里似揚旌旆動三軍凜
八省通侯蘭士行旌旆與飛揚晨拔隊鼓鼙聲勢度錦鞍

還將二字似欠重易重字可也

鼓鞞聲　聖朝威德原無外寇匪匕不足平　小醜

捷書喜報復南都急望武香氣集錢鎮江中沉賊

恭〻中外咸忻豪廟謨

壘全頤海內固皇圖重固積島戰難越十網鯨鯢快爽

烟消漸免爭投死　與酒

伏莽自是登壇操勝算不留遺孽曠天誅

失喜今朝收敎筆　穴空　網獲擒撒

十載昆池掃劫灰　王師爭唱凱歌回　朝善受

群臣賀獻藏還將　重　太廟開講將璽甸河簡元戎

圖畫上雲臺誰樹柳旌旗碑手重為中興作頌來　冠劍　如

瑞日瞳匕照　紫宸於坤整頓一番新雷霆嚴勵千

官志賡澤環(濃)流四海春力挽奢風歸樸實廣真文教

仰陶甄淞生白首容他酬(坐得常為龍敵夫)向嶼解述逸民

清如先生過訪不值賦謝二首

不怕論交(從游)晚趨承得所師名高耆舊傳品具廟堂姿

雲落文千軸酒廬後一卮清貧公勿厭留與後人思

新秋門巷冷寂寂掩柴荆忽枉過(高)軒過偏遲倒屣迎

交情忘貴賤老景享承平擬訂中秋約攜樽就月明

清如先生以袁君春渠之命招飲綠雨未赴詩以

奉謝

秋來高会集群英，韋氣新知折柬迎。雨勢沉沉抛閫（共簡何緣到後生）

入文先訪訪綺筵，明承平兆已開，游讌貴賤交原論

性情特眠題餞佳節，玉擷楷準擬就（叢荊先生）

泊讀

。奉題袁春巢先生印次其集中題清麟生韻。

揭來把臂締交新，蔑蔑風姿不染塵。百歲纏衣嬉壽

母（不必諱）太夫人將（開九十壽）下床，斑管錄詩人（先生近刊瀧上題襟集）。喜看珠

玉盈題壁，愧把文章浪問津（先生以瀧上集見示索序）。宦是中秋風

錄字從易　兼字不必改

今人執表

錄字只可刊詩字，貴不可人字，兼字直是詩人二字，都兀大此，未知其意，甘把再注。（其上班管似不隔膜）

雨惡相隨未得岸綸巾

平生經世事多紛，閱歷年深鑑義永。筆有千言雄掃敵（不必注）（先生著有言獻疏、欽憲印垂办防勦事）。家依雙塔近蓮傍，茶烟（爐香）清畫披國史，蒐（校注）月良宵酥（敘）友用。翹首龍門常在望，與君攜手更同登（謂清如先生）。

題春巢先生適園詩集二首

絕代袁臨海，風流契我思。清談參魏晉，高卧夢軒羲。閉戶陳玄已，焚香韋左司。紛紛車馬客，世路任驅馳。

泊讀

刦灰埋不得一卷喜親開節草江花白班香宋艷才
護持煩鬼物珍重抵瓊瑰不覺心相印挑灯誦百回
咫尺孟溪路遥期唱和春

丁卯仲夏十八日讀畢僭加丹黄圈點希
起任謬　此冊數十隨初稿多逼健之
作殊徒以不盡宋人之境亦多佳摘想
見功夫與年俱進不勝拜倒　小木雷浚

丁卯中春錢塘王壽起拜讀於吳門寓館

丙寅季秋元和柳商賢拜讀三過　時方惠

乙丑小春弟管蘭滋拜讀三復尤心
佩並注以小木印

丁卯初夏弟眉壽拜讀尤心折者以小印
誌之並妄僭墨

丁巳中夏仁和吴步韓朱康壽拜讀并輯入澂雲
仙館讀粹題今蒼雨集內

戊辰又四月茶磨山人汪芑拜讀三過

己巳孟秋白門薇小弟李畇拜讀十過
於吾中書次無任欽佩

庚午冬日小弟秦雲拜讀三過可存者於
詩第一行下以雙紅圈誌之

擴高雅之襟期發牢騷之蓄念弔古傷今别有懷抱古辭渾灝
流轉氣盛言宜律絶句跌宕昭彰思形筆隽非浸淫於唐宋名
家不能臻此粹詣

同治丙寅暮春之月下澣王峯教小弟徐家疇拜讀

大作各體均有逼近古人處然中之律尤爲精足蓋一時名流均當壓伏也

戊辰初秋八日小弟名拜讀數過爲綴數字以誌傾倒

同治戊辰中春教小弟當拜讀於花橋之知魚樂

榭其九心醉者綴以小印用誌欽佩

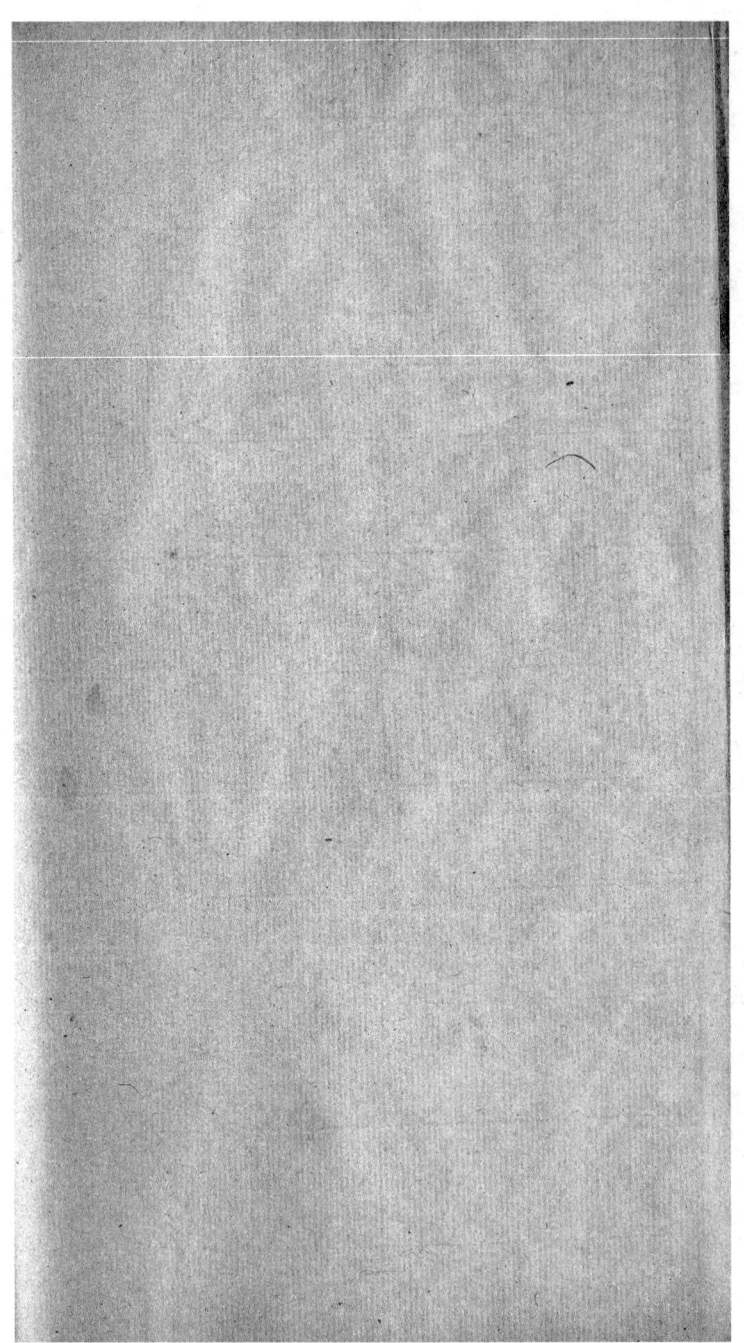

呈吴邑侯唐耕安先生

先生於二月中兩次枉臨俱為趙（同居）公館閽人所阻竟不及知近晤其幕友張君小尹始悉此事不勝感愧并許從便服相過而從逡巡不敢輕造然先生好士之心實不可沒惜施從之非其人耳

前題雜詠[illegible]

東風門巷[illegible]蕭蕭比屋傳呼令尹來豈有聲名傾里閈

東風一枕藉莓苔

黨敢勞軒蓋下蒿萊訟庭吏散閒按畫[illegible]淹閑撥[illegible]

晨評畫讀

少社陵花徑何曾掃張山蔚蓬門[illegible]

峯盈閣道臨甲窗戢遏白魅不是長卿凡手（擡峯）

峯世更誰能下士只愁無勝到（泛舟）

九月初三日雨中偕同人探桂西山歷游還元

閣崇陽別墅又至柏因社觀清奇古怪四柏越（麟生日招春巢劉拙庵醵尹）

二日返棹遊端園得詩五首（蒯本作五律四首抄）

襄糧曾記作春游滌老潭清又泛舟登眺家難逢勝

日招邀且喜得同儔推篷塔影披雲立欹枕誊聲帶

瀑流閣道山中多桂樹苦無一樹已入遊（蒯又以五古四首抄此首而刪）

間携笠屐叩禪關雲散（飄渺）浮嵐隔水環畫意天開湖萬

項詩名人占閣三間（閣中懸有宋牧仲沈歸愚莊容可三先生詩牌）遠帆烟
外時明滅高鳥雲中自往還歸去家家争送暝石樓
咫尺阻躋攀

久闊別墅擅滎陽游願從來竟（若）未償到（無）日亭臺荒四
壁何（有）人（附）花月醉千場藤蘿裊裊碧垂池橘柚纍纍黃
過牆安得經營分半榻掩關永與世相忘

不隨劫火同成薪古榦千年附柏因模繪憑誰寫此
狀（時里人陸紹松擬將四柏模刻入石）品題當日定何人學空勢与風

雷搏卧地形同虎豹馴一吸欲呼山鬼問將毋四皓

是前身

歸棹至後溪水濱庭門猶有老園丁池邊樹色添新

綠層後山岩失舊來隨處湖山空浪跡生來物我共

忘形還家又值瀟瀟雨今夜挑灯五更聽同遊共五人

題王梦菘抱琴賞酒圖

杖頭無錢沽不得磊塊胸前起突兀兀身點檢舊焦

桐判向爨爐拚一擲人生適意即爲好長物區區何

豈道從此朱絃且輟彈，不緣耳聵賞音好。醉鄉歲月良悠悠，一酌可以消千愁。憐余欲從漁蓑興，偏值滿城風雨秋。

重陽日偕劉拙菴鹺尹同遊拙政園

前塵真覺渺山河，載酒何緣復此過。萬種滄桑隨境變，百年樹石閱人多。草迷荒徑蟲相弔，花落空庭鳥自歌。回首繁華如夢醒，忍令佳節更蹉跎。

歲暮雜詩七首

歲暮天地閉萬類皆摧藏有客自南來貽我書一章
上言結詩札下言羅酒漿豈不感客意自顧無寸長
愆尤日以積學殖日以荒豈可不知恥追逐翰墨場
不如掩關坐頹然仰屋梁

北風夜淒厲吹我庭前樹柯葉豈不繁零落抑何遽
雞起坐檐端切切為之懼盛年不努力奄忽成日暮
是身等草木安能久牢固願言守本心毋為歲寒誤

陽烏方西傾明蟾復東上晝夜不停晷迫人竟何往

回首少年時，風流頗自賞。憂樂逐相尋，白髮忽盈丈。
感彼泉下人，朽骨空骯髒。誰能躡飛山，高舉離世網。
名士習詞章，市兒營貨利。雅俗雖不同，操術殊無二。
古人具特識，論士先德器。華不副其實，終為物所敗。
墉無基則顛，木無根則壞。君子當鑑此，凜凜以為戒。
古人重立言，本為不朽計。非徒殉時好，實能與古契。
會意
嗟彼驟名之，標榜逐聲利。沿襲靡曼詞，標榜逐聲利。
於道本無契
特此角詞場，器風所以熾

驪珠委泥塗燕石爭寶貴時俗不加察志士甘見棄
在屈思求伸變顯必矜異於性(物)苟無爲(蔫)遁世終不悔
泣玉玉何知徒令識者慨
豺虎昔遘虐遠身適海壖歸來人事變居室幸苟完
時於東軒下手把道書觀(時沈專山司馬以楞嚴經見示)性空物罣
寡慮澹心神心壺觴雖不具薄酌聊言歡即此沒吾
齒萬事殊等閒

集中如等句皆可損之庶存四化板之藏

過芳草園探梅主人金循之以詩索和依韵二首

桂岩為余三十年前舊友讀此殊深感舊之思

故家留木比如何此地猶餘安樂窩花徑岳清雲硯席詩壇事往渺山河怡情泉石渾忘老稱意亭臺不取多翹首師門今在望那堪頻歲失經過（林）（間壁為胡桂岩師宅）

應吏兒孫不諱貧幽居珍重若吟身園亭自古需賢主風雅於今有替人常與竹松為老伴肯隨桃李鬥芳春款門倘許頻來往願結衡（園）茅（蒲）共養真

題麟〻神仙眷屬圖

逋仙逝已久誰能繼高躅之子獨古處倘然離塵俗

偶結梅寉緣意不在梅鶴鴒袂風前舉清唳雲中落

寫此伴閒身前塵付夢醒

瓊兒王姓幼孤為某氏子（童）養媳其姑百計使為

妓卒不從有貴公子艷其姿欲納為妾瓊兒遂

逃歸依兄嫂以居（十指自繪）姑復謀劫之瓊兒知不免仰

藥死時咸豐九年八月十四日也

松柏不改操金石不移性惟女（人）亦有丁甯死肯失行

女兒幼失怙恃委身惟姑命豈知姑不良逼使入陷穽

勝息古人自識
傑構從何見得
言是上言乃至之物

清句

貧苦甘如飴，恥與人同枕。歸依兄嫂居，辛勤事織紝。
姑意竟莫回，百計强扣追。呼親親已遠，訴天天不應。
八月廿四夜，圓月照空窗。整着兒衣襦，羅繫兒雙鬟。
寄言謝鄉人，願以身相殉。我欲竟此詞，腸斷口為噤。

靜坐

靜坐泯閒見，悠然一室中。風簾颺新綠，雨砌濺殘紅。
多難催人老，長閒坐道窮。寸心頻檢點，深恐便墮塵蒙。

夏日早起游藝圃

入门主未起，解衣憩前楹。風荷似識我，動摇覺有情。
孤亭懸屋角，竹柏相支撑。斜陽漏無隙，夕露零有聲。
靜觀與神會，衆妙隨境呈。可憐青瑶嶼，歲久猶見傾。突兀偏
何當剗苔蘚，題名認老兵。

題葉調生先生鷗陂漁話

石林舊學遜當年，白首依然手一編。漁話中有海外二奇人事 天自傳
回頭依舊守殘編，因倂事蒐羅到八埏。
青把科名讓餘子，有獨著述謙讓
與精神實壽世，人將姓氏當前賢。百年家入滄桑錄，共說吳中盛文
先生舊居已燬於兵戎 四海同交深聯翰墨緣，莫恤聲名重
作半弓地占烟波境

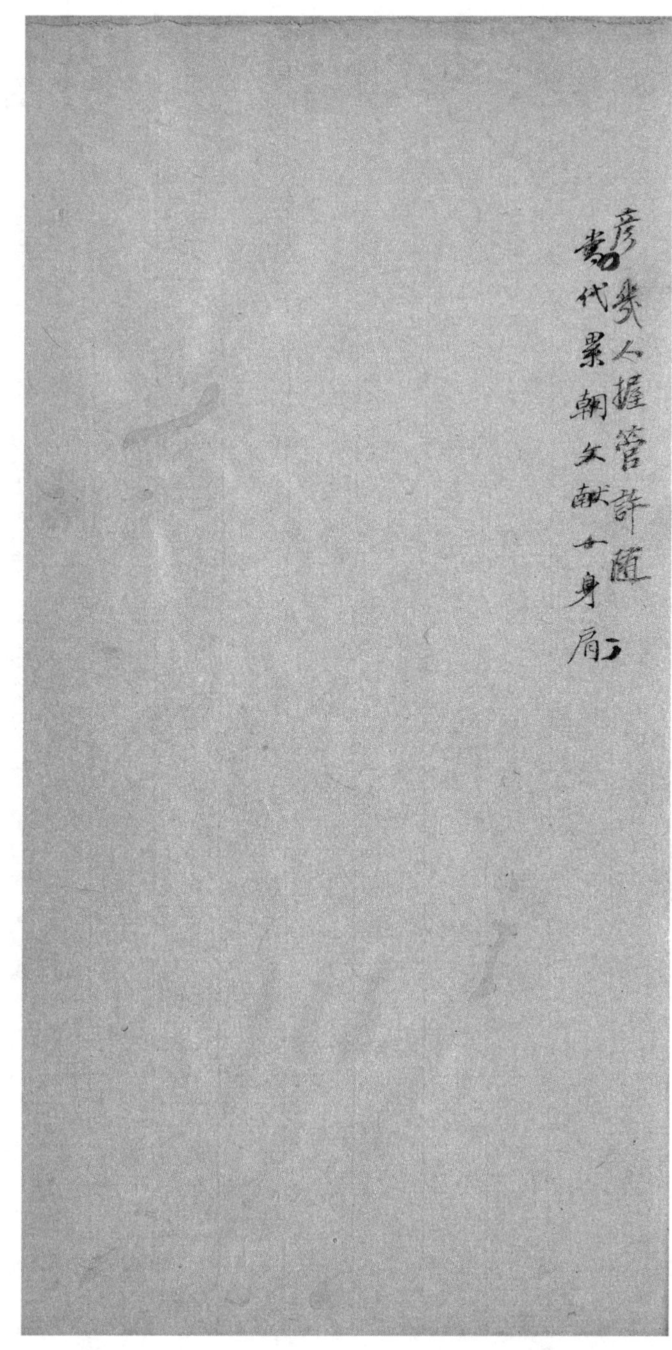

彥幾人握管許隨
書代累朝文獻一身肩

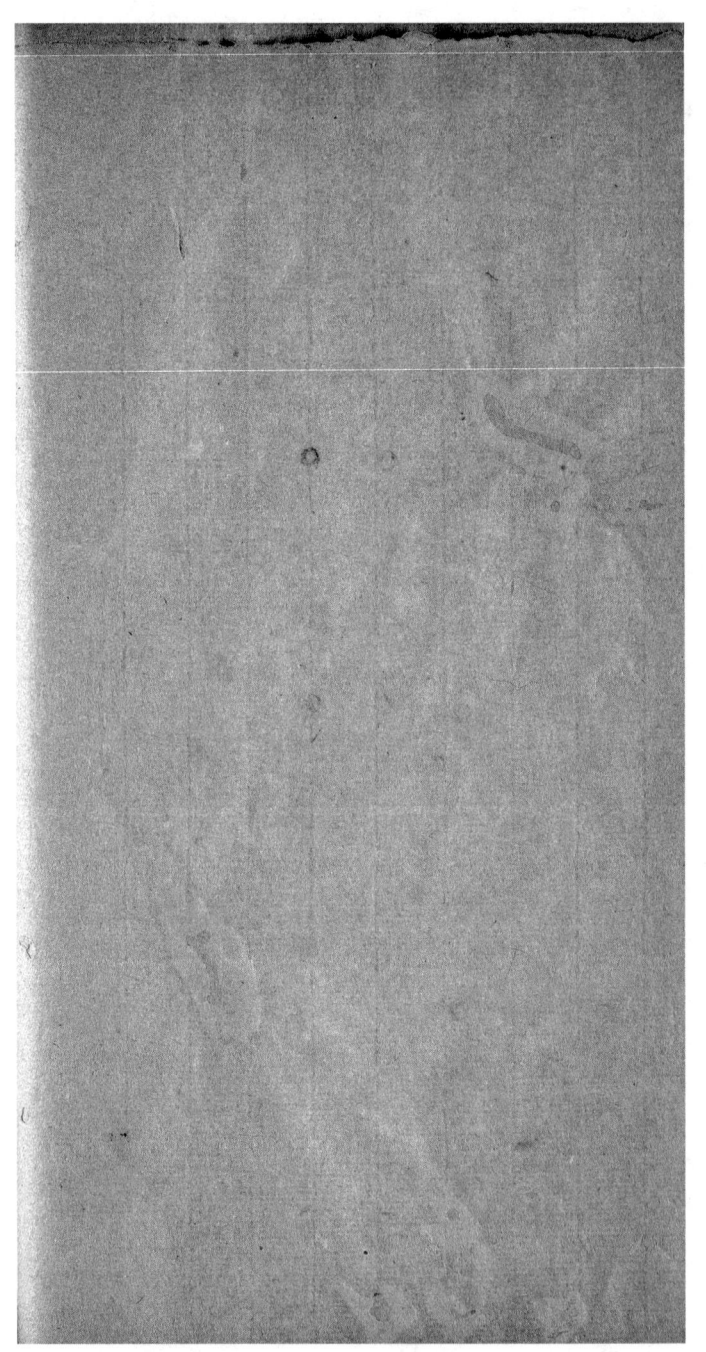

默癡廬小草

汎太湖至西山

夙覽具區志，未踐具區勝。涼秋風日佳，悠然動遊興。
扁舟出胥口，蕩漾入明鏡。矯如輕鷗逝，飄若飛鳥迅。
湖寬萬象涵，天闊一帆正。雲水互相盪，心目為之淨。
扣舷恣眺望，前山忽橫亘。此中富邱壑，彷彿桃源境。
計舟少焉艤棹入，雞犬聲四應。山市百餘家，煙蘿深覆

徑明堂覓尊師徧踏蒼苔磴

石公山

石公棲隱處千載名常擅我來恣幽討遺蹤不可見
惟（祇）餘石林立奇巧具萬變疑是巨靈劈或經女媧鍊
披草入風弄狹僅通一線攢身出其頂崇項豁然現
返照射湖光懍恍目為眩捫壁認題名苔蘚蝕將徧
人生可倚處窮假片石銜乃使太古質剝鑿失真面
山僧頗殷勤肅客憩前殿碧雲淡於水黃雲飄如霞

遲延不忍别，（時桂花甚開）出門有餘戀。

法華寺

松風颼晴閣，霜雨添秋漲。洄遵狂流，迤邐趨深巷。石

磴風千盤，林壑非一狀。精舍依岩間，締構羨心匠。群

山四面合，回環列屏幛。層樓垂涼陰，池波漱漱浪。仙

梵陽雲度，萘烟香戶颺。清氣入毛髮，百竅老舒暢。[illegible]

俗讓剖厌鐘，魚聲無恙。安得營十笏，面壁消諸妄。

林屋洞

洞天三十六林屋居第九傳是龍威宅恆有神靈守
石色潔而瑩土脈深且厚不知誰剝鑿廓然成戶牖
秉炬入其中奇觀得未有瑤草無孫花乳泉味若酒
瓔珞紛倒垂一一肖乳走蛇行更前進沾體并及肘
濤聲壓我頂訇訇怯舉首試覓隔凡處靈蹤閟已久
何當叩仙闕玉函諷蝌蚪歸去歸同人俗塵撲斗
宿山館主人周某爲因和詩人覲侯先韻
年鈍翁稱堂話老游西山皆主宿其館

群動晚來息，空山獨掩門。月華侵被冷，嵐氣漏燈昏。

松疑遠人聞，室與老屋存。因君念耆舊，細認苔痕。

登東湖亭

盡胸湘萬派，不極登臨險，安知俯仰寬。

鳥闊俯層臺，憑闌得縱觀。澗疏秋更動，山木老逾寒。

雀自何年去，龍常此地蟠。陰風一長嘯，響遏白雲端。

泊水清夏灣

荇藻碧連空，舟行路忽窮。樓臺紛樹杪，雞犬白雲中。

地納全湖景，民餘太古風。吳王此避暑，何處覓遺宮。

由清夏灣泛舟遊大十就渚暮登石蛇山回望

秋空四面天無風一葉浩蕩隨鳧翁問誰鑿此萬玉

骨玲瓏鄉向波心中濤舂浪戲不知譏力與珠宮作

保障閎道山根匍蛙蚛繼幽安得窮其狀

日落未落波有聲憑艇如在空中行何來奇鬼紛[突]知

搏還豳[案出漢書之張牙]舊爪欲攫人攀蘿一躍忽超踐坐摩白石剔

蒼蘚遙村笛鼓打初更隔水漁燈明一點

銀漢耿耿當頭橫湖光一碧連天明纖雲不作萬籟

息何妨玉笛吹滿聲我引乘槎犯牛斗滿酌天瓢一
杯泥倒身醉弄支磯石俯視山河等培塿
平生胸次頗空闊落墨纏身苦難割今朝振衣真飛
舉亂踏瓊瑤掠秋月菰蒲葉戰風蕭蕭滿湖雲氣隨
奔濤塊然四顧留不得一聲長嘯天爲高

暮往楊塢

夕陽忽欲墮策杖返林間荒草深埋殿鷲濤湿濺裾
丹黃隔嶮樹灯火遠村泡安得遺庵事稱家此卜居

紀遊

晴空矗立秀芙蓉，疊翠浮青千萬重。却怪滿山秋踏颯
徧，更無人識碧蓮峯。

茂林脩竹蔽層嵐，一徑深深入蔚藍。絕好山中栖隱
地，不堪冷落橋香菴。

石壇何處訪毛公，神景猶留舊梵宮。黃葉堆階僧不
掃，四山伴我醉松風。

秋風兩槳泝流光，蓮葉田田綠滿塘。一勺靈泉秋汲

耿楚侯先薦水平五

雲岩感賦

簡與[蠲庵]來往[往]白年已，家好藏秋[霜高]九月天。記得山空人靜

夜亂[滿林黃葉一秋]飄零裹枕雲眠。[畫譜圖]

不堪[剗除]重認舊苔痕，蔓草荒烟對客迎。莫怪藤蘿亂靡

康樂家山館已無存。

滔滔狂歌哉少年，風流回首渺如烟。無情家是峯巒

塔，閱老真亡為巋然。

和人登北寺塔次韻

極目長空夕照陰憑高有客眺秋深萬家烟火環城
動四面雲山傍檻臨宮殿翬飛猶懷昔滄桑事往漫
傷今何當擧首游天外散髮同為放浪吟

挽葉苔有先生

歲冬百卉凋果木老落實如何七尺軀委化同一律
昔我過地時尊俎侍吳寶清如先生經綸挹及君謂是古
遺直是時各離居相思不相識昨歲君遂歸踵門揪

進謁敢忘名價懸獨床照遠客豈知握手欣相親成
莫逆披襟露肺腑傾囊［倒崖］出著述吳中盛文士所業率
佔畢局促守經義［揣摩窮制藝］誦說假儒術惟君學有源沈詩兼
任筆考證窮古今冥心多獨得庶冀［保金石］期歐壽永為吾
黨式赴音一朝至天道渺難測旌膺豈無人誰為視
易簀著書高尺許誰為任刊刻人生百年間憯若驥
過隙所恃身後名不隨崖滅沒作詩告靈几悲風刺
吾骨

正月初十日雷子甘杞潘子麻生邀余同至芳草園探梅遂訂先福之游

滿城簫鼓鬧如雷難得良朋結伴（携手）來閑戶不知春早晚試携節履探園梅

踏游屐好溪晴天山抹淡雲樹鎖烟料理茶鐺與酒榼吟魂飛度（早陸）屏山前

十三日同人泛舟至先（福）探梅

東風吹夢醒開眼但清詞扁舟指銅坑未至神先往

駕馬登字
何太

春波屋曲流西山落亭遵塗印湖閣閣在大崎憑檻窗
前象雲水互吞吐看顏有時響依依村落閣炊烟盡
倦上膝地君種棄洼福難飽享歸就筆遙惹眠踈星明
三兩
曉鐘催客起結束駕登籃輿松林層綿亘石路盤紆行
春風到我日景物已自殊幽禽逐水逐垂雲飄盈裾
草堂材結構一弓占奧區秀雲草堂清雅之太卯則登門閉不得入主人
金閨彥翰墨時自娛種樹高過屋積水穿成渠擅勝

林泉勝到栗城市居花開不早賞花落晝何如
石棧幽且邃石壁空而曠昔我借遊侶於茲窮眺望
拾手來長風舉足蹴奔浪今來復誰在矜知幸無恙
人生焉有常過目便成妄安知更卅年余於辛丑歲始遊此山
物我作何狀能游印為故莫發老與壯洽玄向梅花
者當我次訪

早起梅花下作

四山穿花睡獨立澗之曲隔鳴動晨烟雜聲出茅屋

綠萼待誰羨含葩不肯吐似矜風格殊羞与凡梅伍
曉霽霞平疇晴雪攢萬高枝翠羽鳴啁啾花深不知處

由先福舟行至東山

欲趁太湖陰回帆泝溪川野檣將板架村屋藉茆編
兵燹少完堡坍荒多下田行行舟忽艤目對碧峯巔

謁倪文貞公祠

闖闕帝死身厄運際艱屯時代滄桑換湖山俎豆新
魂終依故國天不祚孤臣愧乏溪毛薦殷勤肅拜頻

隱梅園爐主人

身與梅俱隱幽名偏得名依山成小築避地（閑户）愜幽情

花影晴欄韻茶烟午枕清岩棲吾志得何更卜柴荊

白沙嶺遠望

萬象蒼涵處逢岡壯奧（要）區湖流匯諸郡地勢控全吳

雲岫看將滅烟帆辨有無千艘於而下輕捷駛與夫

古雪居

劫火燒不到幽（禪房）居此（數）家（椽）便湖光點屋角雲影墮簷前

幽尋得勝

或作山影　地僻踪（少）游跡傳高也（多）大年　數聲清磬動（晚）歸

立窗前

覓渡引船

石湖

春波淼淼軟如羅一角楞伽擁翠（碧作似）螺比邑吴山清絶

地不須畫舫載笙歌

斜橋楊柳幾當（綠年）年占得田園樂事偏檢校菜籃与雞

柵風流合（終犹推）讓石湖仙

海潮菴

補遺

誰開石壁奉瞿曇象友精嚴愧未諳却怪紅男并綠女進香群集海潮庵

探梅回春巢丈有詩見懷次韻奉荅

香雪千山一攬收衝寒憑徧宿高樓峭崖霜滑趨俱艱空谷烟籠樹別浮梁蹇童花携酒榼掩蓬人更擁詩囊麟生携香稿研堂詩出校知君閉戶添吟興襆被何時更共游

桂破園

名園無恙主人非往日尋芳此宿宜緣地幸能留劫
後可惜負遊何也雲花時四環水木紅欄映群靜房廊碧
蘚滋惆悵平生行樂地衣香鬢影費餘思

四月十二日藝圃印事次鈍翁韵

綠陰四面不聞譁老屋狀侍副使家歲久亭臺頻易
主春歸桃李已無花壯懷耗盡三升墨清話閒消七
盌茶儔侶偶然成小憩憑欄坐待夕陽斜

劉張後峯學博捍海塘歌後

長隄一綫障滄波，椎築勞勝耗力多。吟到皇天后土白，海枯石爛不消磨。

麥秋

麥秋天氣暖還寒，幾度憑欄（沈吟倚遍）意又闌（闌）。入座（清）微風將（如）窗

待（竹）暎階幽草當花看。無（有）心作佛偏（雖）成果，有物營懷度（忘言求仙遠）

鮮（得丹）歡鳥啼（僊卧）莫嫌。斗室小，神遊足抵海天寬。

微夜

微夜雨綿綿，灯殘耿（人未）不眠。可堪三伏日，竟似九秋天。

堪歎年難卜陰陽序或懲焚香勤發詩難免寸心懸

消夏三首和拙菴

觀棋

何計消長夏閒評一局棋疏簾清簟畔斜日晚風時

真覺攻心苦窮嬌落子遲可憐無益事枉自費沉思

曬書

何計消長夏時還曬我書閒經梅雨後攤趁午晴初

反覆從頭展雜叢滿腹儲平生無別物留此伴吾廬

坐月

何計消長夏，當頭月正明。清光流竹簟，涼意透松棚。悵望關山態，徘徊兒女情。玉階成久坐，陡覺葛衣輕。

六月廿二夜坐

不待一葉落，倏倏滿院秋。香灯斜倚壁，殘月正明樓。若被詩書管，難為兒女謀。吾生行放下，未雨莫綢繆。

題金陵胡煦齋通判印刻其詩集後

其人咳吐亦風流，落筆颼颼滿紙秋。歌舞使清花月

夜流梁坐閱帝王州胸藏杜老千間廈氣壓元龍百尺樓安得黃金把君鑄新詩吟罷欲低頭

山林鐘鼎兩難營浪擲年華愧此生老驥空餘千里志雕蟲肯競一時名已甘姓氏隨身隱安得詩書教子成（宗姪新刻六經）翹首秣陵山色遠扛思寄易寸心傾

藝圃白蓮和韵

葉擁三面傍池開嘉種知誰手自栽月冷風清湘有影曉粧西子浣紗來

小小芳塘半畝寬，玉盤承受露初乾。武回欲寫亭亭態，粧點無差樂筆端。

李心齋桂過以詩集見示并作長歌即用其韻酬之

閣風伏雨愁天出，生守環堵等蟄蟲。賞奇析疑誰与同，與桂嘉賓鍾遙遙。從憶昔過地東瀛，東早於圖畫欽高蹤。面雖未識心先通，誰遣作合來吳中。倩稿一寸披殘叢，珠圓玉潤光熊熊。篇終詞窮意不窮，游然百丈飄晴空莫怪吾家老（卯）翁低首柳〻趁下風今舒剝啄來詩筒開函十讀不忍終瑯章藻歎學未充識勞称（若）說欺愚蒙平生砥〻抱寸衷願質滿望他山攻如金〻煉穀〻舂丸藉人力難為功何時將盡披心胸為我一〻加磨礱

送人歸白門

握手歡未已，離情滿水涯。那堪垂老日，復值送行時。泛綠秦淮舫，花紅甫里祠。迢〻一水隔，何計慰相思。

丁卯秋日偕同人冒雨遊光福諸山補作

夙躭邱壑勝獨往苦索寞幸茲三五友生不受羈縛

鼓棹出胥江水窮雨面拓漱雨何（從東）處來（雲表時）濛濛黯山郭

（濛濛雜雜）

深樹煙迷離人語出籬落圓紋逐波生急響因風作

疎花夾岸明衰柳幾村繞差日舟輕颺搖搖入澗曲

晚泊澗上步至柏因社

暝色裏四野欲詣迷所處深林斷人行蒙茸似有蹊

衝泥（苦）慈滑滑一步一傴仆低枝絓我帽敗葉粘我屨

幽閣清梵音，引入招提玄。竹柏翠圍檐，瓜瓠綠盈圃。
山僧揖客坐，樸訥詩真趣。剪灯談往事，探梅數前度。
而我不眠憶，嗒然澄紛慮。隱几倦（言）遂歸，佛火消一炷。

自柏因社歸宿潘氏墓廬

群山寂寥睡，出門默懷抱。月黑徑錯雜，寘行臂難棹。（月黑山群寂，出門天寒。寘行無昧所適。不敢）
誰家槿籬疏，篝灯如豆小。登堂感主誼，薦榻爲客掃。
餘馥（嗅）殘桂，清香裊叢篠。山深境易寒，夜靜心彌悄。
似居不煩擾，數焉散物表。惆悵夢初回，檐聲滴清曉。

山中晚坐

早起群動息我懷與之靜溼雲不肯收漫漫前山嶺
烟林積暝色水蓼涵秋影羅子荷擔來滿筐貯松菌
此事皆所欣法心物能領隱隱一聲鍾隨風落銅井

九月廿六日獨行至南皐得詩三首

獨行何所適一路逐芳菲蘆漠朱樓閑笙簫畫舫稀
種花漸成市積水每平磯坐坐天闊近高吟倚落暉
俠骨碑三尺香魂土一坏滄桑終古恨名氏至今留

霸業埋何地，雄圖賸此邱。憑高試回首，愁見水東流。

莫問真亡事，摩挲石幾拳。鐘聲沉斷壑，劍氣閟寒泉。

烟草傷心色，風花過眼緣。從察不堪想，信步自留連。

十月初七日麟生招張筱苹先生及諸同人天平山看紅葉

春來苦擇花以祠，風雨欺人困不支。恰好今秋償夙負，落寒時似艷陽時。

孤亭拔起勢崔嵬，放眼秋雲畫境開。那得巨靈施妙

手橫空劃取太湖來
遥谷幽岩（曲徑深藏）別有天清茶閒試白雲泉十年無限流亡
若輪與山侶自在眠 謂德园
冷落平生幾故知丹楓林下坐題詩壽（眼）前詩襟（覽派）分明
在平淡終輸絢爛奇

十四日招同張筱峯麟生書巢廿杞拙菴集古
藝圃即送筱翁旋里
櫻筍送闌記昔年一樽復此集群賢狂來鬭酒渾忘

敵（扶筇於飲）豪　老去看花意少緣（園中白蓮特盛余苦未見）半壁湖山新戰壘百年樓石舊平泉　欲知後會須何日　春水初生好放船

詩特一藝耳然非用功深也不能到古人地位余學詩三十年竟無一語道著（是處）痛癢可謂淺持不已不深可愧哉今老矣知不能更有進境（宜嘗）甚矣筆不作矣（書此以誌）己巳季冬頑鐵誌

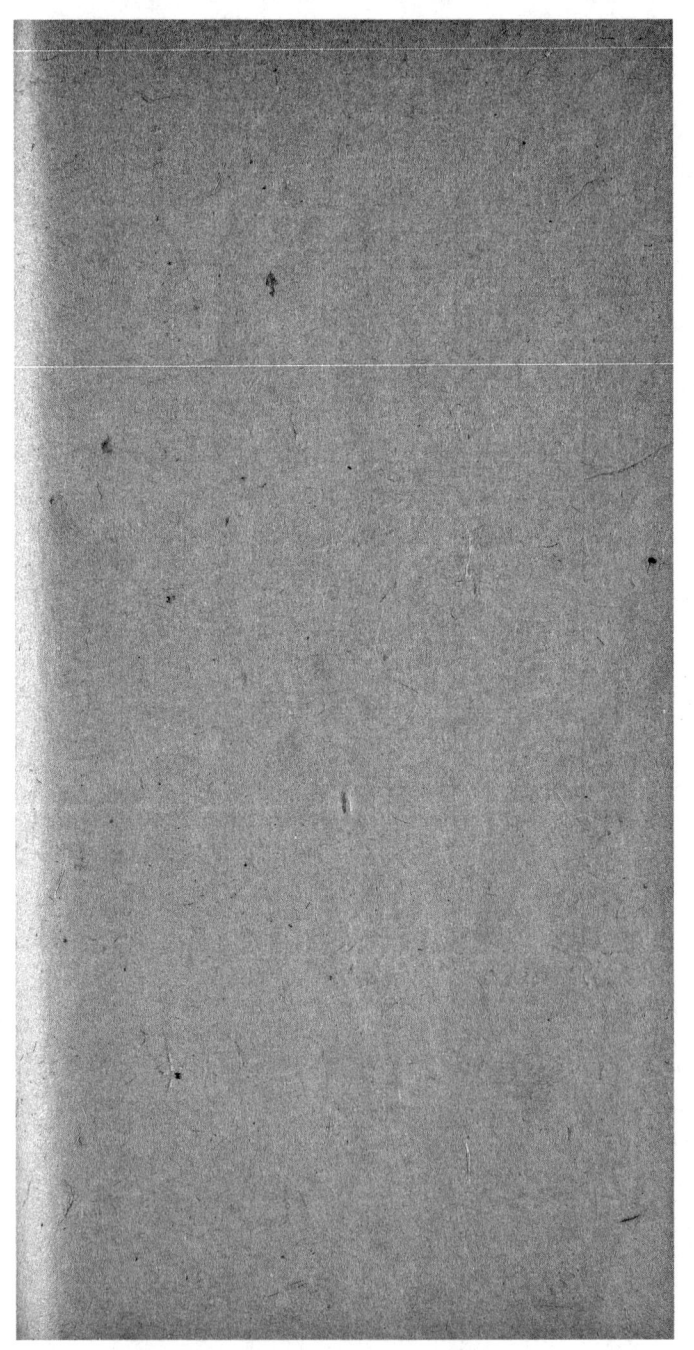

麟生採梅芳草園用東坡韻作詩見示并訂西山之遊率和一首

恍然置我梅花村，清氣滿紙瑩吟魂。徑欲呼朋蠟遊屐，一洗放眼開崖昏。鄧老逸興兴早勃發，尋幽先我來名園。紅芭綠萼未為異，難得風日和而溫。昨晚天色更慘淡，對睡竟失東方曦。起視紛紛眾花落，時紅綠梅已多謝落。便從芳草坐重門，看山者約空須踐。入林無分休煩言，明杏根衣第峯頂，喚取群玉仰金尊。勞年仗鐵杖者紅年歷江山隻手勞

代札琴侯昭府壽曾相國

江山六代兵戈爭，賴有元戎起蕩平。申伯生從山嶽降，羊公功自峴山成。雲臺封[illegible]

手提一劍奠三吳，似此書生曠代無。帳下偏裨皆國士，腹中兵甲盡陰符。河[illegible]

帥麟生西太室旂常勒大名

山鐵券酬功代冠佩，雲臺入畫圖。留得甘棠郇黍在，至今歌詠滿南都。

德望如山眾所崇，登壇親秉中興功。朝早有大臣風。上蕭文武裴丞相，名重華夷文潞公。

國感知臣力瘁志身詎為　圭恩陰極天事業初無異只在敦詩說礼中

洵是　巡朝柱石臣調和中外東海鈞勇惟經綸真經緯權衡雖專善屈伸一

統　皇圖資坐鎮千秋金鑑待重陳蒼生此日喜餘頌但乞長清滄海塵

詔許東南借寇恂福星臨處盡欣欣年年比岡陵永職將社稷勤萬口

齊聲頌黃髮幾人得意附青雲詩成敢厠鄒枚列研削還希大匠斤

題陳昭府淨峯蓴恩圖即和其韵　昭府名某嘉慶人時知青浦縣

吟情似水清無滓宦興如雲淡不流收拾功名付圖畫不教張翰擅千秋

秋風瑟瑟動人衣且得溪山興欲飛此際鱸肥蓴正美故鄉雖好不須歸

一官隨處可為家况復鳴琴治足誇料想訟庭人散後胸心還要問桑麻

山影當窗水繞廬青簾風景未全殊何年買得閒篷艇白煙波狎釣徒

首相國壽詩　代進琴侯刺史

德望如山眾所崇，登朝早夙大重臣具有貫風，才兼文武唐裴令，相名重華東宋潞公旻。

國咸知臣力瘁，忘身詎為主恩隆。極天事業初無異，只在敦詩說孔中。

載持斧鉞領專征，半壁江山隻手擎。申伯重從嶽降，拜將帝先知國士，封侯人盡仰書生，羊公猶自峴山成。南方功在上流

雲臺冠劍開生面，太室旂常勒大名。留得名棠郇黍在，至今歌詠到編氓。

雜使中興氣象新，淵是臨朝柱石臣。羅宮氣度抑何鵬，垂拱海清麓，靖韓洪鈞，勇惟能忍真經緯，權奇難，剛能難通，事妙屈伸。

一統皇圖資坐鎮，千秋金鼎待重陳。調和中外氣非易，歸與我民，此際洵是保，長濤瀛海塵。

詭許東南借寇恂，台星一路照元勳。精神喜與年俱長，福祿方如日已見。

甘霖數四海，泥閱老學翼三壇。祝公敢作尋常語，願取心傳法聖君。

繫匏子詩詞文存稿

李齡壽撰。稿本。一册。

李齡壽（一八三三—一八九〇），字君錫，號辛垞，江蘇吴江（今江蘇省蘇州市吴江區）人，廩貢生。曾與修《（同治）蘇州府志》《（光緒）吴江縣續志》等。屢試不第，後棄科舉之業。工古文。與熊其英（純叔）、柳以蕃（子屏）、凌泗（磬生）、凌淦（仲清）等人交好，協助凌淦編輯《松陵文録》。曾結小滄浪詩社。中年後致力於醫學，批註凌淦《退庵醫案》，校輯重刊俞震《古今醫案按》等。著有《匏齋遺稿》五卷，其中文一卷詩四卷。

此李氏稿本以無界欄稿紙鈔寫，書衣題「繫匏子詩詞文存稿」。有朱墨筆圈點批註。有多處校訂修改及删選記録。書中《繫匏子詩稿》《繫匏子詞附》兩部分存詩詞若干，另有文四篇。詩多酬贈懷人、感時傷懷之作，對農事也有所涉及。

李齡壽「才氣通敏，爲文操筆立就」，然其詩文多散佚。此稿本可見其部分詩詞原貌及其修改增删之用心，可作爲研究其人及其詩文的重要補充資料。

（賈雪迪）

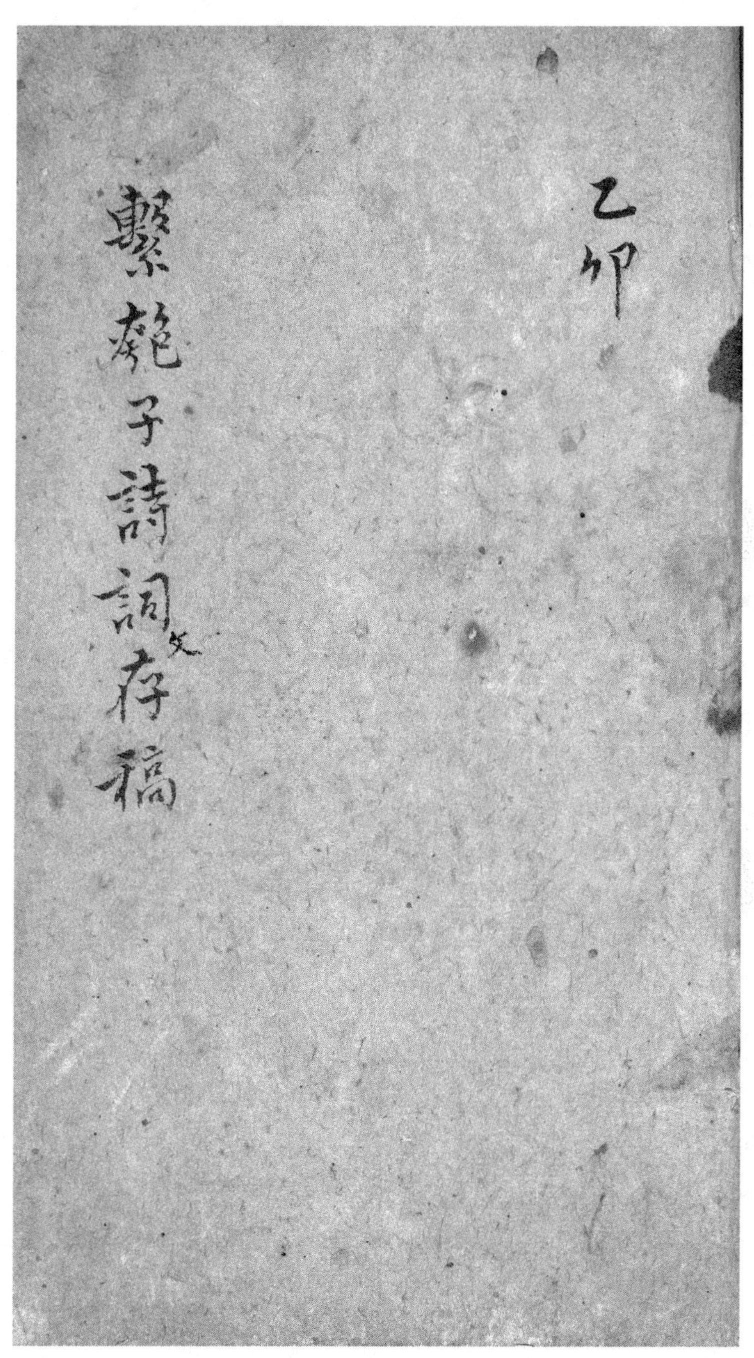
繫匏子詩詞文存稿
乙卯

繫匏子詩稿
集字
五九八
第號
部集
類
清李齡壽
不分卷
稿本
一冊
國立北平
圖書館藏

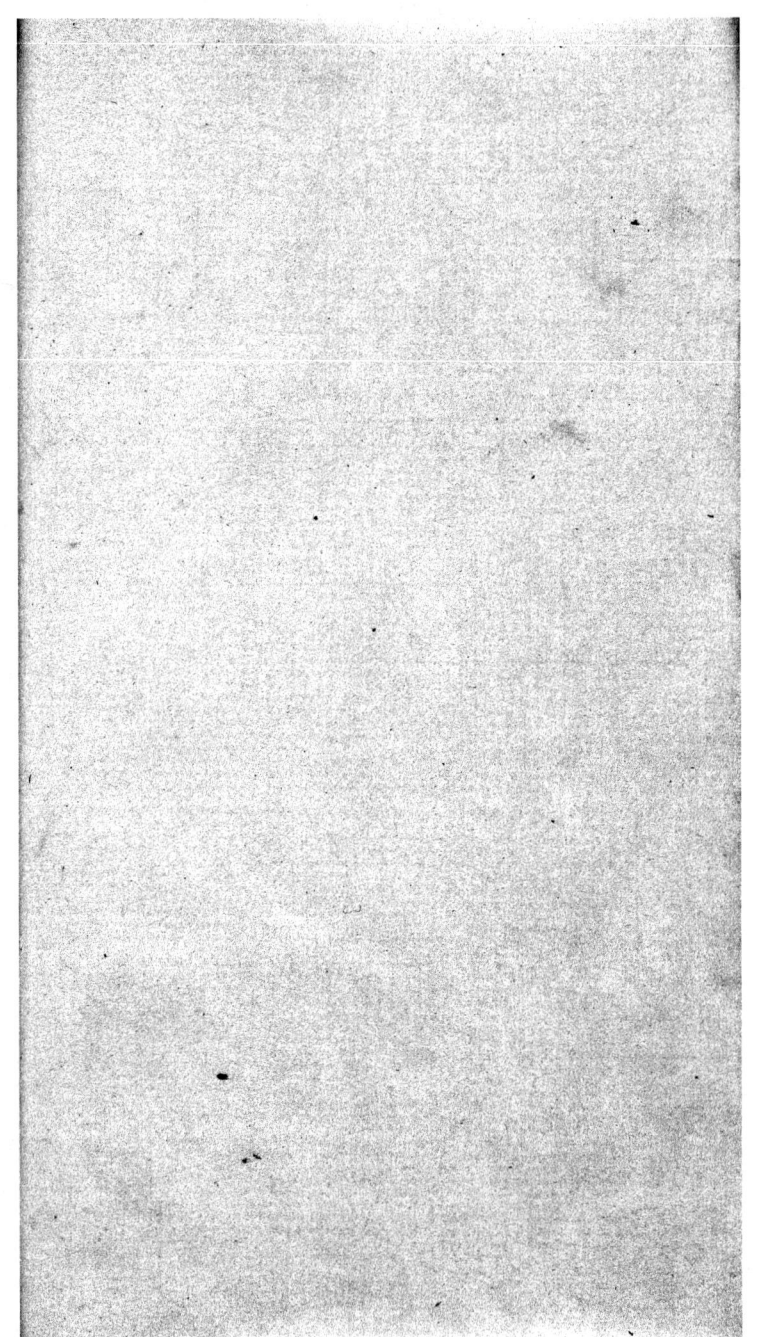

繫匏子詩稿

吴江　李歐壽　君錫

乙卯

贈陶銀蕃紹原即題其吟稿

百年草草總成然棄筆依人搖落飢到處江湖有悔夢

無端明月寄遐思寂寞眼底真名士惟悴人間老畫師

已歎風塵書畫賤問君何事復題詩銀斧有句題蔣雯竹沈頤生詩畫壁

云狼籍風塵書畫賤不堪著我更題詩

一卷瓣香姜石帚知君於此見生平藹乎發籟成宮徵

鷗鷺同盟識姓名數重送迎然世態歸來風雨且閒情

淒涼飯顆山頭語我亦孤吟太瘦生

偕錐庵郊行

入春少塵事晚步到郊原日落都在樹人稀惟有村荒寒成個地寥落見柴門孤思誰能會稍望野色昏

獨飲

獨飲深宵坐小樓晉擕醉後只垂頭休休鼻息坐成睡暗暗燈光燭不收風雨何人堪對語河山如此最添愁男兒身手成何用容易尊前灑泗流

生涯

生涯流轉竟如斯多事供衣果廿年載似勝兒道歲華四壁遲月有不為魑魅書

刪

心應不許思神去風塵慣識飄零況貧賤方經憂患時
萬事輸人真痛惜側身天地一孤兒

坐雨

刪

一庭新草溼于酥小院簾櫳薄暝天誰解詩人無賴甚
鬢絲禪榻杜樊川

二月四日利叔招飲萬雨龕同匡生念東訪臨榆
城

塵寰百不堪闌地得幽屏吾儕所作事輒取似人哂橋
子軍中歸驥良苦未騁草間事就情願貧聊荒梗今朝
載酒來相爲盡日歡軒窗臨水闊長天墨雲影湖寬一

亭畔林秧翁筆隱是時春未深蔓草僅半挺枝滿紫遮
烟出沒見漁艇平生孤往心晚趣誠獨醒溪流清可啜
倚檻觀魚游翳我雨聲密多事常夏晴百年半哀樂人
此易忘惆我生安用此隱風與偶簡

春暮懷陶銀菴鴻上降雲間
往家來三泖飢軀不救貧懷燈影蹈地跡皆隨風
雨雖沽酒難書又送春扁舟以策此去計謝風塵

過吳巨菴同利樹居壬昧
衆綠山門合蒲團草色深有射何所住彈指又歐今也
鳥自然下物無不可尋意不失約同語此小參

齋中坐雨示沈勉之儈

窮交安得風塵俠，獨客常如退院僧。與子論詩差有味，笑余狂飲病近雖勝。鼠肝蟲臂原皆幻，蠻角牛毛散自矜。對坐齋中十日雨，苔痕綠上壁間藤。

蘆雨龕在野水亭之西，龕本□亭廢屋，去年冬諸同人□相與輯而新之，額之曰蘆雨。憑欄而眺，全湖在目，斯湖之勝，數十年來無能顧而問者。龕既新，遊者相繼，多留詩于壁間。五月□八日，余與子達輩消夏之會于此，扇上題詩，分韻得時字，成二絕句，竟意不能已已，悵然

老樹斜當此水湄，荒菴寂寂洞誰知。昔年瓦礫今亭榭，
過客留題又一時。
逝水潺湲流自終古，春山如洗定何時。酒懷樵話悲興廢，
後日何人讀我詩。

屠孝子詩 并序

國初我鄉孝子屠，朝廷旌楔旌閭，百年以後動人
慕倖之歌詠。孝子當年值父病危，禱天禱天以身，
誠一夜神人夢授之以藥，餌父命得延，閱廿載終天
年。孝子血淚常漣漣，一坏未封柩在堂，朝夕臥起依柩
前。何來嘻嘻復出祝融，因風狂入室，斫其父柩急急術

孝子名某某，字某某，康熙間人。余於乾隆庚午秋於浙中鄉賢祠見孝子載於烈兩首歸詩，而孝子孝志未及也，因補是詩。

刪

以身孺根子力竭。根。上。孝。子。身。根。中。孤。知。前。知。根。孤。楚孑。勤。彌。呼。知。和。降。氣。克。塞。崇時假敵正蔽空無人將救將何從。神。漢。孝。孑。孤。蔑。根。火照迫根四其風之四出滅根天吹肌。與。知。根。兩。孑。蒿。天性生平驗倉卒責凡百世往曉仰骨肉患難與人祝呼嗟未從今如此至誠所感天地動請祝告鄉居孝子

道繭

三月蠶事營忙驗卷春眠春春春作繭繭成漚以湯釜繭釜中漚道繭抽抽香絲絲蠶娘手搓絲依復攜繅車從旁挽軋軋鳴針隨絲成繭隨盡繭白絲且長取以十

信收薪喜和口償付此小兒女與裁好衣裳

種魚

鑿池寬半畝雨後波瀾瀾意須作生計長租畫一水芹

來菊魚苗識識小菜撈一一付與陳東西復被水驚散

荇藻間長春順生理風吹潮漲嘍啄稻指魚鱗影

[illegible]

挿秧

一雨正黃梅田頭水足歸時嫌不了我要秧田保擁

秧先擲秧之擲如前來田翁來兩腳水秧分手擲

插且行從浮半及腹兩些共衣退但從秋成說秧馬不絡

芳腙秧歌互相迎四旁犁田時日夕驅歸犢
扉端棹收
值的不下雨田疇龜北坼農家挈來車方斜撞收入田卯
南渔翔鑼節江翅蚨骨苗如輪轆橫旋轉不廣鐵長貝
要携卧以尾振貝跌哭倚嬌參差長流注不竭雨足過
翁芳恢飯後當歌彎的挂屋數不用乾待折

燕子邀夜話

熱能使我情懷惡宵猶依人顏色依無悴寒成增懶惰
易從不寐感罷樓風麼嘶步脚隨泥滓世事何心議鼓聲
天許買山償夙願與君隨分托鋤犁

雨後

雨後河雲散木棉烹茶手自遣似彩霞黃昏不惱蛙聲起
今夜〻涼自在眠

哭姊十五首

入春雨不止日暮風淒酸作歌代長號悲淚當風潛我
幼失父母孫子久尠歡門庭有共六人零丁感在顏姊素
識大義聚語夜常闌勉我圖樹立勸我安貧寒姊今棄
我去使我摧心肝四首平日事俯仰想無端一〻誌我
痛風雨為助歎
姊年方十二歲父母命字沈夫婿維銛名僉曰韋璋品姊

幼寡言笑舉動見詳審惟我先大母愛異特為甚一食
必共桌一寢必共枕未寒手製衣方渴手與飲吁嗟年
華荏苒此景廿餘稔
適年姊適病姊病實危劇醫曰二三輩束手謝之策舉
家為傍徨大母憂莫釋我母夢一姥神蒼鬢半白為言
是女奇汝家德所積他年名在人今日適當危是女不
當死為汝千金易母常述此夢姊命實再獲
道光歲癸卯其秋姊病死是夏母命姊往家從母氏連
夜夢不祥驚悸不自已我母時適婿往來供省視姊
窺婿色閒終不以真言遂告姊歸家歸時秋方於夫婿时

病此夢良有以歸未及兩月凶耗入姊耳
凶耗入姊耳姊痛不欲生哭泣三晝夜水漿不沾唇舌
家爲姊勸言毋傷爾身親戚爲姊勸言宜節哀情姊哭
告父母兒身已許人兒身本當殉恐傷父母心惜兒身
可贊留兒志爲終成父母顧言泣欲落淚先零語兒有
此志願兒全貞生死沈氏歸兒身憐母難姊拜謝父
母兒心明目明爲銘父母言守此終平生
姊時遭此變紀年十有七我時尚幼小朝夕在姊側見
姊謝膏沐鉛華不爲飾見姊茹蔬菜脂甘不御食窮世
姊心苦私昵姊志決耿耿一寸衷姊事從此畢我今前

敝人亦身竟々御自顾々何学業事多墮失

乙巳十月交我父疾以终合家々小大號陶一室中我

母久抱恙仰俯氣常衝痛眩暈不交日食体不适我父

易簀後家事方苦葬母起任其艱如正羸其家母疾復

不治憂患交攻有子不能奉湯痛填心胸悔時衹如

疾詢佛祈母郎湯藥衹如周數年々借家哀哉戊申夏

母逝不得復撫呼四年間昊天何酷也

我母永逝後大母持家事大如哭我如詞緩毯深意見

女未成立奈乎姊竟棄尔不待我去我忘婚成果大母

年六十猪狂心力悴常㞐門户艱相依婚嫁計附悔年

早長曲体大如志貧苦日相共蔬糲商搭置此境杭日
前憂來點目記大母與我姊嗚呼俱入地
我母初殁時十齡遺幼妹姊憐妹弱小殷勤為教誨課
妹讀小學算灯雨相討歷覽古人一言行講解常忘寐姊病
妹往侍奉事不容額妹舊病近萃時狀言念妹再嘱我久求
問哉妹以不逮言羅淚不收此時我心碎
咸豐紀元冬翁姑鑒姊忱郎重來迎姊季冬月中旬姊
將登輿去時方風雪保道旁指相諳感歎淚不禁入門
無多病多病致与今悼晚先一女聊以慰姊心姊何不
歎志一諾珍千金姊今含悵負往事只酸辛

先大母去年秋八月姊时归省来脑[疾病]侍食猝姊

哭大母時肝腸痛欲裂夜宿对兄弟家常话頂肩後姊

許我归闽姊病时发我[遭]大母喜此痛方入骨姊又相继

逝嗚咽复嗚咽谁料两年间先後多殂殁人生不可

獨居常恍惚

姊病積已深入冬卧不起我常往视病见姊佩心祀閉

姊没岁日強起梳我理自知命不長时念我久弟抱病

復告归舅姊形神给姊来六十日日卧呻吟裹去未及

面向姊乎竟如此

姊未归殁时未替闽已葬姊急向父母问六兒所在殆

為丙翁姑家亭寅尺壤姊今引殯日我送之流上坑上
松柏青蒼鬱向姊魂其安此會當發幽壙陰風吝
然來對棺一愴怳
姊命將絶時神清了不亂我方與姊語姊猶頷借
姊言我願隨一死無遺憾我死在頃刻我目視已暗適
翁進視病問何蒼言未畢語絶目猶瞑霎時神氣散呼姊
已不聞一哭氣為斷言之有餘悲寧自謂懷抱
死生亦云大論之在蓋棺姊也一女子韓文行何偏可傳乃
姊死亦何憾人相感歎姊之生平節操罕聞　朝端姊
年不三十姊未能不利惟我骨肉情焉能遣懷於感於

[illegible]少孤人淚血常不乾況復遭多故即事成愁益拉雜字之將音歌哭思後音告悱之夜志而禁悱凡延荒暮之氣蕭瑟陰雨流孤烟

讀厲樊榭集

頭銜花隱住南湖花自徵君志去孤千首新詩銷綺閣百年名士在荒蕪東南壇坫人消歇明月維揚夢易無

補注樊榭老揚州主東南壇坫最久

應是詩腸鍊雪冰先生不免太清癯

以石筍送盧雨龕媵之以詩

宮庭中有石竹為侶名之曰筍不可煮幾年立我牆西隅塵勞慚我非君主蒙雨之龕林泉藪偏毋哉爾此間住

翁中亦有數竿竹，植石其旁不甚獨。諸物一一起動春雷

遍，忽奮江堤空去一番。新雨洗玲瓏，風前時下幽禽啄。

瀏

山中無石堅如笋，石根未長難撐拄。仙人鑿石豈作笋，

墳膊碎殘煙霞，石竹何年竹石埋，塵中向傑裏重款看。

舉之葉間不數尺，長遠而情背不知。不知胎胎孫依岸。

常伽嶮江露奇骨，（不）儒不食玉信晴。畢撥他年採薇蕨。

米老袖中萬石儲，漆以一筍良匠工。偏于無佛處稱尊，

一峯寶竟如璠璵，石突處前根崎嶇，斑駁苔痕過石膚。

野趣：饒筍作為劍，山石對客如人臞。

和

聞川四詩人即題其遺集

一九未延於滬寓
動容四家

偶出里中四遺集

王春浦士珠楓蔭草堂集

吳江漫老伯郭祥曾披菊妻水雲窗姚春復品題讀雲黄
金揮手盡容餘白首對人依府丹全林供豪宕一飯熟
難蓋慘淒枕剩志未致句何人能案與鐫梨　君詩已刊　六生晚年
所著數卷未刊

樊蔭侯徐雷學稼堂集

樊侯曾作粵東遊慘淡荒沙古馬蹄丁未風騷當共識病餘心情偶作吏
詩歸歸晚路河岐
百年病勞浪借流追人容思偏為崇帝影寒還只個秋
晴楚酒情角容思學稿有心田來買勞人揺園福
追人上場去集中句也
墨○ 諒○

題依一枝

陶梅石跋綠蓮山館集

聽雨

悼好田荷

失笑曾無半畝田

過一偶尋曠懷村舊蒼楠磨文字前輩

春樹過幾重閑窗階半落除間花開頭深低回風舊舊窮窠有燕歸一

自冷甘幸常今遇家歡蒼苔認遺蹤落葉滿階除

絕句

天風浩浩知無際緣緣琴眠獨與誰在深夜獨坐

明月高山不道寒

白秋海棠

瘦盡腰支減舊情閒愁詩字最分明晶露卻下秋無韻

羅襪移秋月到春池畫後蝶衣幽夢冷消愁鴿遠未心驚

徐憶忘去些鈿粉，悄悄西風吹不成。

織女詞二首

銀河一碧瀉秋水。對月來慵睡先起。擲中不覺萬千絲。
絲鬢年年對人理。錦上迴文怨織不知。未填離恨難拋擲。
無時今得天衣縫。刀尺裁量如待羅。因庭惜寒女年年賣休。
織素年年形總獨。
歸來鬢空乘槎客。人間傳有支機石。星辰不記漢時秋。
機杼聲中年代移。填河烏鵲秋風畢。天上相思不起怨。
朝朝尋杼為誰織。只今冰紈顏色好。忽憶郎君聘妾年。
持贈先償十萬錢。

秋聲館圖三首為陳二希煌題

陰陽遞舒慘肅殺成秋氣萬類各有託乃隨節候異商
聲善感人中宵慘不寐葉葉落梧桐切切吟絡緯風雨
積淒厲聲籟幽一嘯華謝出幽壑寒為天所使如作見
如情幽思亂我意草木已黃落霜霰行將至君看滿櫚
賦詞殊正多畏
騷人抱離憂心志鬱愴悅達士休爲歎胸襟入放曠物
數各攄類我情激健壯安能隨一世寧首悲秋表寸心
蒼冲秘乃与造化抗寫出秋氣真擺除衣裳累士當館
憂患何用入俯仰

吾思陳無已，歌之如懷抱。讀書一室中，閉門善自保。靜
觀甄諧粗時（小名）菜芦橋日用□摩動生意滿菊性情
一不持正氣，實易耗因人。以無一榮枯，結大造秋懷須
閑寫悶我未閑道焉能作苦語清寒學郊島參差誤詩
因双鬢似蓬蔗可憐春復秋來往倚人老

刪

訪沈南一丈日富值大風雨雨留宿兩日夜作詩

即呈

里蓉罕閑見結納數賢豪儕輩十數人志意半見曹先
生父事行汲引心常勞淵源出婁江（丈為婁姚春木先生弟子）義理
辨毫毛賤子稍知學先生猶見褒去冬一握手懇懇陳

兼高退後輒自喜有辱長者交一再通以書心投如漆
膠半載不相見使我以勞切扁舟特過訪風雨值連朝
燈壺將一指杯盤雜酒肴酒半示我詩天宮孤鶴翺翔
閑示我文衆派歸宗朝俯仰及今古千載遠莫逃敢道
有述作相與何寥寥百家各自鳴聲輕如寒蜩餘子各
自炫燐火互見消品評雜（時）被（歎）息悼古我心遙忽忽日就
暮夜飲燈復挑雨聲雜亂聒屋角風怒號庭中梧桐樹
徹夜勢如潮明天雨不已挾風走長濤寅朋六七輩走
聚不待招破此一日間硯墨借經說再宿夕深綠甜臥
復達宵飯罷乃告別思慕渴一據臨行贈我書因以通燕閑詩

錄見贈

重荷厚意饒我月旨詩梗我才如棄饒孫寵也卿

誉蔭植易渝漂自愧樗散材搭匠眼莫邀先生還我厚

語我非斗筲讀書与退法（持）贈我勝瓊瑤涇渭涵復清合

流性不漓賤子知勉之請開心中茅

贈張家麟

贈言有自古義取相戒勉張君請（介）陳子鶴（錫）持紙索我詩

我詩曷足重患告不敢辭晚近習輕薄紛紛世上冠

服佞能都白日供娛嬉君固我輩流方學攻文詞文詞

雖之猶尚非足道資讀不企聖賢義理為根基寸心遂

往古沈思造精微悠然漁想後与道大適時聲如江湖

求文章精微支支而失所源泛濫將何歸此言不輕發

常恐招譏誚如我蒲茯人口與動世違為君吐狂言請

君擇是非學道若不成坐此常寒饑不見同學輩車馬

多輕肥

束髮出徒安福以厭徽逐於冒萊吳逆自閩京碌碌蹤

跡窮里巷月乃作帽緯君返吳楚間千里遍凌波長返屋

資見閩江山窮君因避兵煤（歸故）鄉戰地經已數華葉矣

吉傑當道往食肉餘輩不足道棄材甘隱伏作此所知

哀肽之如醉大為君識偏之士下安得見厚辣狂世不容

顧之就槍未滿君以居省學成不在速而作詩之酹高

兄弟昭鶴天寒秋氣清毛羽西風肅

陳山人明賜治印歌

海鹽陳侯大好奇，短小精悍頷無髭。雕搜金石有深癖，
膏肓之疾良難醫。因中不絕石鼓字，匱底常藏岣嶁碑。
秦漢以來璽符篆，摹篆緣篆窮搜稽。棗梨羅列私印百，
象鑄銅玉石各光輝。審形察勢定古篆歐西，古磨錢作篆精鏤治。
君使寸鐵如使劍，縱橫揮灑不可羈。步趨規矩下不逐下，
手而未到神先馳。精之而繫臨一作，搖刀直奏窮單微。
胸中奇氣偶一寫，蟲魚錯落華嶔嵜。鈐以硃泥發光彩，
粘之紙上盤蛟螭。細者不繞揚者作，氣旋欲墜不能旁人驚。

踵門求者必相接浼君片石爭寶之愧之以錢笑輒受

囊空聊充買酒資近來此藝誰絕人龍志夢石吳江楊雲外

曹君推丁君獨擅不自炫那肯干人求世知蓬門日閉

窮巷底無方乞米常忍饑年時與君往來熟爲我治印

索我詩圖爲君作詩一欵息若心今日愛者誰世何如

文字久殘缺況之剝蝕時亦久保家在人間風雨千秋

神護持愧我生平讀書少一見奇字復瞠眙風落劍

皆是鈔桂說囊中空刺錐

錐庵齋中見寒霜劍拓本劍爲計小田大坡故物

摩挲一例國歎對紙上英靈走未馴猶射光芒寒懔烈

誰傾肝膽鐵崢嶸風霜搖落饒生氣戎馬倉皇大有人
神物不隨龍化去眼中想像到烽塵

秋感六首

西風日夕意如何每慟時艱一放歌誰為東人憂杼軸
更堪南國困干戈中天白日妖氛纏大地蒼生涕淚多
未有賈生治安策少年如我亦蹉跎

披猖狂寇漫淹留閩道堅持日夜收師老孤臣悲遠戍
（謂勝保）功高戰士半封侯紛紛未盡黃巾賊擾擾終聞紫
禁憂整頓乾坤濟時了（杜句）二三豪傑莫悠悠
草間狐兔久縱橫時事（大局）安危仗老成東下江河誰手挽（障）

西来戎馬罨心驚將星屢殞藩籬撤（謂江公忠源塔齊布等）兵氣
方深瘡痍生萬姓瘡痍猶未復漫將爭戰旌旗名
區區吳越東南地幾歲餽糧不自供敵撲應知民力盡
輸將未見　帝藉充轉餉滄海終然盜竇出　神倉庫
是功雨露恩高誰得受未邀長吏憫顛窮
于今誰是談河渠秦孤子歎繁條不舒愚春蠶之初將走鹿
黔黎同輩皆從為魚填溝往事勤勞拙沈[illegible]遺文講祀客
終古何人覓禹跡空防有使終停車
漫提一劍學從軍時事流傳那忍聞不少渡江如祖逖
更誰對策比劉蕡書生憂　國曾無補朝士多才野莧

総直為秋汎紛雪浠葉條江上對斜曛

剗盡年時百種情秋來猶覺亂縈縈月中欲免惱人影
楣下徵蟲尚我鳴憔悴已非顏色故寂寥常伴夢魂清
西風一夜添淒緊陡覺三更布被輕

一窓灯火影微茫照出微空庭月似霜響斷無端分動靜
但留何計定冒忙熱熱之詞總出何益薛侶屬法未是狂
種種鬚毛空自笑誰惱髮短志心長

讀出古有傷心事四首 今嗟往計非入世誰知懷抱苦

畏人常覓語之稀孤寒雲波藹高之着獨雁宵宵共冷白兔
一士孤窮天地內此生飲啄敢言微
來年風雨初華減笑聊變佩自憑閑孤兜霜雲之想萬
賤士莫爾傲世難免任寒寒一吟豈負人歲歲此儒冠
酒醒無為牢歌動獨上危樓分外寒

與蔡甫祿仰念東有觀潮之約不果作歌呈三君

一夜潮聲入秋夢吟魂飛去長飆送浪翻寒雪白於銀
八月廣陵天宇空醒來異景恍然失兩耳波濤猶瑟瑟
太息平生此破孤夢時翻恨醒時疾曉起披衣發興顛
三人去緊笑拍肩失喜一述昨宵夢精靈踴躍爭後先

信然無度洩收是撇瀟讀佩神人饑天公恐我奇氣不
可遏羅我兩足與曲前約異使我夢中見初時光怪不
論諍中依[illegible]生淑落常千年塵胸滌盪何無綠老天有
有心怪一款非閒風約難牢堅束縛未能即神境雖已
虎輪不得騁浮生一粟從云微何作豪邁我天寬路尋
前夢無由再高歌不眠夜達曉哪哪蛩聲語幽咽不復
魚龍之江海歌成逐逐家三五或有風湖依閒處

利妹秋榜揭曉後數日余之兄知其意未能平也
作詩以慰之云

席帽青衫客秋風落葉聲爲憐無事業未敢厭科名意

氣清杯酒顔難狀存生吾生等牢落相對此時情
戎馬歸來後風霜兩鬢華爨桐猶自泣曆火猶長磨
折寸心死孤窮奈事賒不須傷刖足我玉自無瑕

吳節婦

節婦維吳陳氏棄其夫光烈子廿年夫死後子死夫死
妾不殉撫孤妾心矢子死妾何以報君妾年已廿一妾
有夫廿二夫有兒廿三夫棄妾妾常為君髮君妾為君
髮君兒為君孤君髮不足道君孤奈猶雛育君雛成妾
妾志偷妾生畢君事兒寒與兒衣兒餓與兒食君留一
塊肉妾乾千點淚兒當無父時喊喊在襁褓死父曾未

寡兒今成立男雖孤苦兒未婚兒尚未婚妾將忘鴟鴞此西風霜殞室庭中兒病忽不起不弔皇天此皇天此妾命窮哭夫哭子卅載中妾苟不死有子耳子今死矣妾何情妾死不足謝吾夫繯投梁上經如雉呼嗟乎節婦方當夫死子幼日不憂隨子獨肩託孤責事成不成不可知繼以一死志聊塞與義竟于婦婦兒節婦女中一菊息

丙辰

金山王烈婦

金山烈婦王周氏咸豐五年殉夫死是秋八月疫大作

烈婦倉卒出求醫醫不肯來

阿芙蓉烈婦飲滿杯兩半飲

之甘之殉妾所殉妾所以妾衰親中一女托付姑備

鄰什器還鄰手上金剪擲下金翻妾惟一死不為鮮負百

五十年道相望接踵先時魯烏歸魯婦婦之事今猶待表

章賴有徵君賢徵君誰君志喜一時歌詠遍海壖里老嘖嘖猶自

蔣松陵先生講於湘南一日語此事爲歎呼其拉劉尉列
本末淵典史某作詩更示學者徒邑中薦紳深大義於陳事
孫鳴岡進歸婚之年二十七許字十週纔始結婚勞三
載春官盡至殉夫年紀三十先生寄我五歸詩俾我詩
中言之私室生感慨成此篇猶許使年并採之

吊吉安太守陳君宗元

陳君宗元字柳平吳江人咸豐四年以文選
司出守吉安時粵賊據江西安徽已久五年
十月城被圍無援食盡守二閱月於六年
正月城破陳君先服毒朝服坐堂皇賊入被害

長子名〇同被殺

茫蒼西江水接天，陸沈郎系後峰傳，寄答犀望淵橫〇

受命孤城破碎年，頸血[illegible]衣閃亮昧，[illegible]頭戰地當求全

之祀湖海千秋氣，而今英靈化杜鵑

吏民日夕望援師，合是狂閩為守隈，坐困同人為掎角

信危有子共罵賊，魂招安如生歸日，魂勸君王死報時

地下鬼雄衣戰甲，秋風一路見靈旗

讀閑校詩圖為王湘卿鑫題湘卿為歸翁陶經綸孫六有西齋遺詩作

圖山

一卷叢殘事可悲，收藏孫女足題詩陶君女詠琴為湘卿內陶促長子女母媛史

〇選詩留有題而歸　斯文後死千秋責一慨吾家老釣師陽湖御史稿搜出族祖杉菴錢菴翁嘗贈以詩有句云香花帽忽釣師并為寫圖茲遂以手稿歸後遺詩未梓故附及之生前落落錢江上付託居然汝女夫我少即深細舊識白蓮社裏久黃壤去年偕君雨倉詩社社中諸人計君歸隱亦後詩亦散佚僅閱湖詩讀鈔所收十餘首也

止酒

信習元揚一掃中坐聆十日酒杯空~~閑~~懶時東睡六稽中散醒裏狂歌蓋次公小病何妨指藥裏避人時復成羣囿醖醨畢竟成何事疑是靈均怨未醒

陰晴

陰晴作意弄黃梅輕鳩喚婦鳩午轉雷神手階前瑞蟻鬭

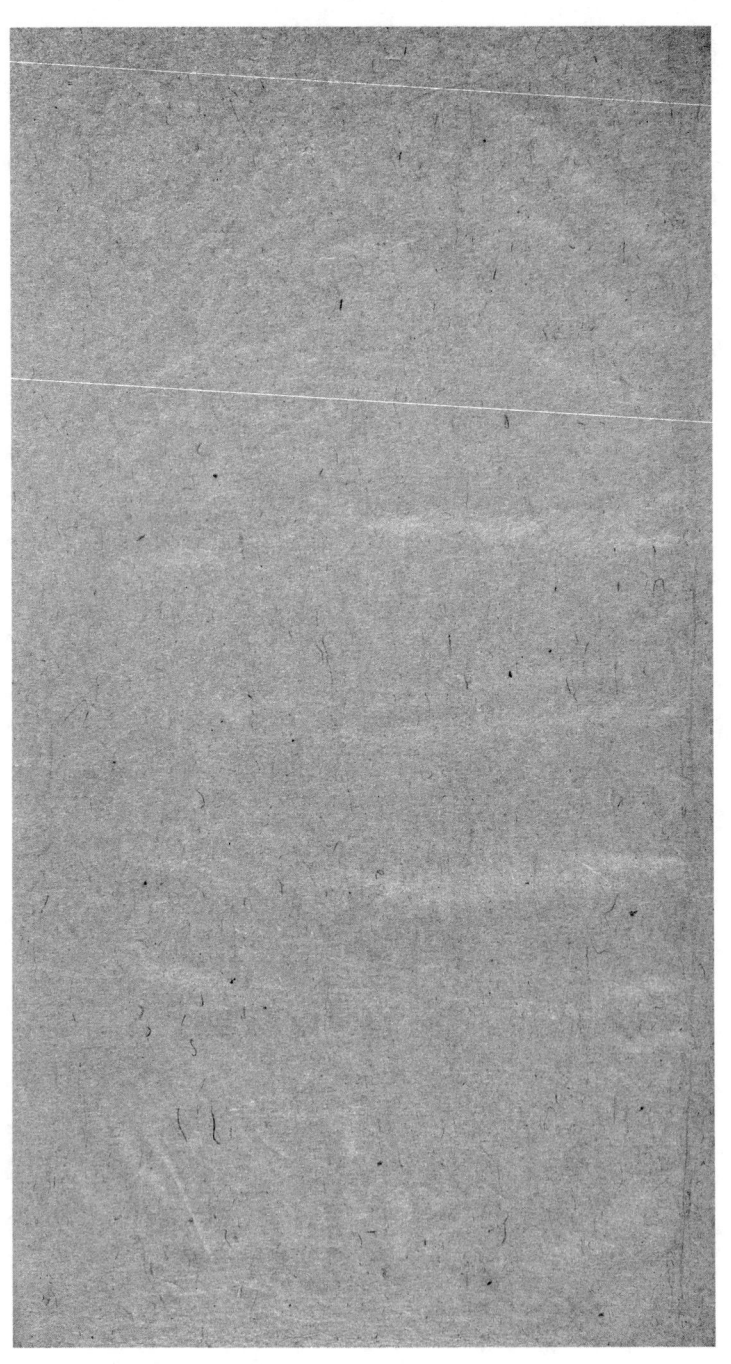

族祖耘菴翁遺詩跋

族祖耘庵翁輯聞湖詩續鈔甫脱手而翁病已甚及書方刊行而翁卯世矣當其編校時計文曦伯寓書於翁曰昔賦魚孟氏輯前鈔曾以己詩附令君詩當不讓前輩可援孟例以間世翁謙讓不敢曰請俟異日及翁歿其孫季明始出遺稿請於仲文子湘沈文南一陳文子松編存二卷附續鈔後仍援孟例也憶齡壽十二三時常以唐詩出入懷袖翁見而喜之許壽負笈書常與翁借讀朝夕至翁家見翁寒暑手一編未嘗一日廢也翁於唐宋諸家集及史漢以後諸史書丹黄幾遍多有

論列之詞皆未及成書故可見於世者唯此而已嗚呼
吾鄉諸老自萷殘蓋僅僅有存焉矣毓壽年未壯見其凋謝
不獨翁一人也能不悲哉續鈔之輯毓壽曾與其事今
乃繕翁遺詩時淚屢潸云咸豐六年某月日族孫毓壽

沈母葉太孺人壽序

齡壽之獲見南一先生也於咸豐乙卯之歲其秋七月齡壽風雨過訪先生命留宿其明日為先生母葉太孺人壽辰蓋太孺人於是年七十矣先生率其介弟童孫奉觴上壽齡者得從拜於後退而先生命為序齡壽再再讓不敢不獲命乃作而言曰孝弟之積於人大矣咸古感時人無不孝不弟和氣所充周無凶飢夭札之患而聚於一人一家亦得繁祉老壽康强而逢吉昔箕子之衍九疇也列壽於五福之首蓋壽之難得而可貴如此夫人子顯揚其親立身行義皆可以自致而親所得

之壽有則在冥漠之中有付於不可知之數而不能强者乃古人有所謂祈天永命者何也夫命在於天而人能祈之即天能永之蓋人秉其精誠感格之理有不爽者此可以觀天人之間矣豁壽少不能知太孺人衍事而觀先生之事太孺人則知太孺人之壽有未艾焉或曰太孺人儉而多惠貧而好施鄉黨嘖嘖稱賢母先生父曰琛崖先生廣交遊座上賓客常滿太孺人為供具飲食有陶母截髮之風及先生以文章經術顯名士大夫間四方賢豪來者益衆太孺人益喜其款客不異琛崖先生在時豁壽以鄉里後進始見先生夜與先生秉燭

講程朱之學太孺人遣侍者出果餌相餉且命先生子與齡壽結兄弟交太孺人之賢豈待人言而始信哉齡壽幼失父母不得盡一日之養豈吾兄弟不孝不弟不能感召祥和而遽棄吾親以天年歟嗚呼於生前之侍奉則已矣生後而思不貽親以羞辱方負疚於無窮也今先生為師儒菽水以奉母不求祿位於時後生小子所觀法而仰慕先生之執友世之名賢士言之詳矣齡壽復敢執筆以為文是非僭則妄也先生曰子之言謙退然有當於理宜書之乃書以為獻

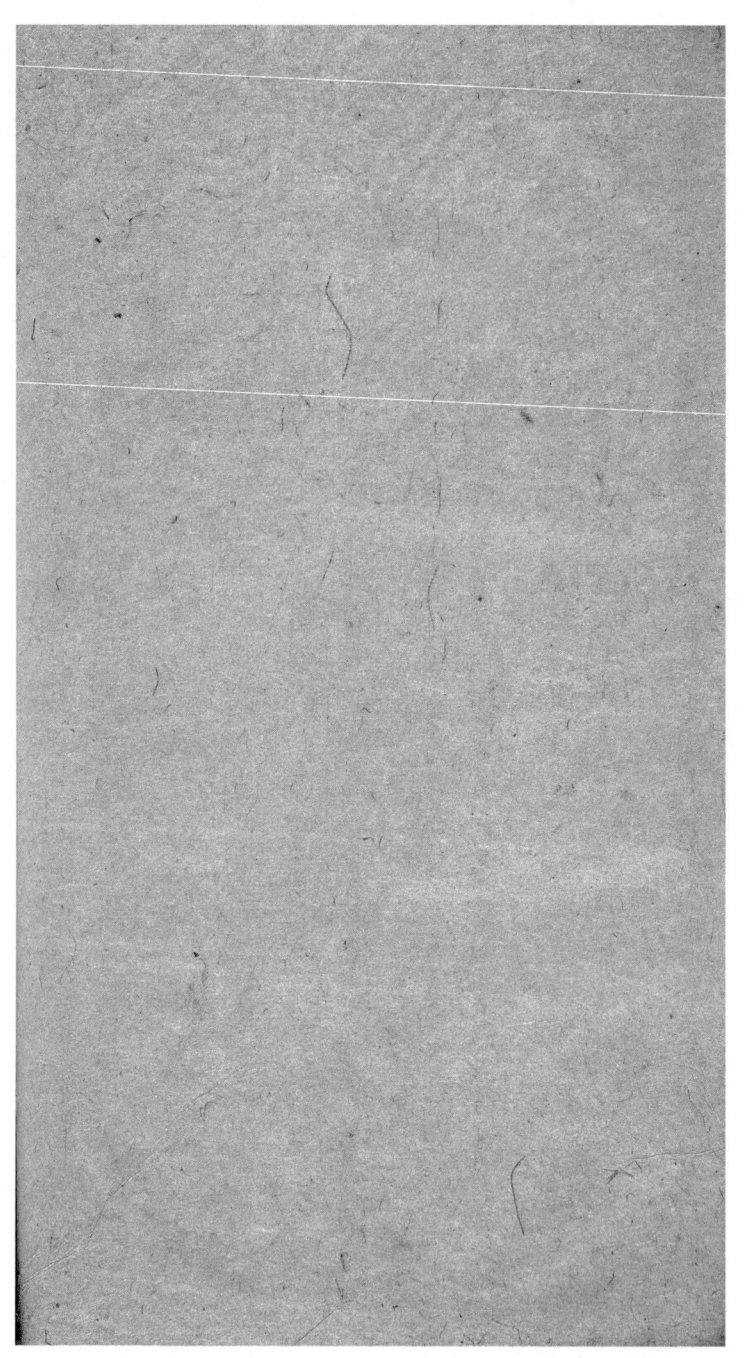

繫匏子詞附

吳江　李齡壽　君錫

乙卯

疏影　寄盛迦生

青衫無色經西風幾度枯似秋葉夜半寒燈獨理冰絃抱琴相歎淒寂落江湖莫平生況情事樓禽能識算年來風雨蓬廬寞尔著書歲月　戎馬江南江北家山烽火裏生計愁絕慘綠年華中酒番番頻恨異時擕雪如君不是風塵俗準共我田間戴笠思伊人一水蒹葭唯有野鷗明瀲

缺頁

摸魚兒 贈內鴻上

倚東風欄杆十二春歸完了花事一天細雨籠樓暗孤
坐悄懷之子間恨裏除卻度年華心緒紛難理欲消瘦
吟腰涸騷詩思茶懶難起　風塵倦消盡年時芳思
勞人常宦生計深宵一盞秋缸暗費寫梅花滿紙人棄
置斜陽暮畫蘭一幅將誰寄前遊暗記不見美人來芳
情渺渺微任付湘水

水龍吟

下石蘇綠埜村館第二圖紀金陵遊跡有曰
長江擊楫策蹇尋山隔溪憶舊曲巷尋春皆誌

事也翁欠歸道山金陵有粵賊蹤跡後不復昔日之盛今子紉石丈出此圖屬題為填此解感慨係之

江山六代西風裏此日重經兵燹中流破浪山河畫
傷心無限一行秋聲廣陵客未設兵畫變縱布帆無恙
夜騎何忘重來日愁難遣　頒旧風塵滿眼管弦聲一
時鶯啼渡江根葉那人迎得鶯恨燕燭底憐人誰陂
興感又添些怨悵當年幾許風流付與一聲聲雁

淒涼犯

錐菴為余作痛飲讀騷圖填此解呈謝不自知

皆言之總憤也

蕭蕭滿紙秋聲起憐君無言荒寺斷橋茅屋寒林遠近

暗雲如墨孤燈咽咽呼君惡影人欲出我曾來山鬼多

情容寵辱華脊　風雨照身無眠底花花猶至何益佩

蘭紉蓬歎往指家蛾眉猴展也難人要深恐酒惜難封詩（惟憐之閱樯鶴渊　人如夜愕）

狂呼草猶作但暗注

玲瓏四犯

去年為王瘦石題黃罏感舊圖瘦石作痛飲讀

騷圖以報近錄蒼茫中澤讀秋螢蟋蟀諸詞柳

鬱菴感觸金秋懷歸後嘶作之圖對之憶舊不

[illegible]復填此解贈之并索題句也

秋雨年時歎蓮花詞人兼諷青鬢滿目閒愁多事賦成

秋興虚著負了生平替我寫一腔孤憤儘荒涼似上上烟

雲湘竹漢漢淚迸　美人來草甌寒思訴衷情更乏人

省激楚狂歌浪閒歸也我何家强雨楚客羈魂但暮雨

一盞燈暈更譜成哀調呵壁今為天問

摸魚兒

會稽王四篁邑丞潤来莅吾邑以賞眉齋詞稿

見贈填此奉答

載扁舟一行作吏吳淞烟景無恙長官風雅人爭話日

午冷衙初放無多讓梅福尉當年吏隱神仙樣哦松漫
悵且好月底扶鈕花陰抱甕消受冷情況　新歌就付與
小紅低唱秋未曾拜清明晚風殘月見耆卿檀板淺斟
依傍歸路宕蓮社裏留題曾賞湖天廣曠謂四賞号雨龕題壁林泉
倦卷且淺水揚舲西風戴笠憑判一來訪

贈柳子屛序

咸豐癸丑之歲余與柳君子屛同補邑弟子員入場見余問姓字若素相知者後一再見即別去其明年余遭先大母喪又明年遭貞孝姊喪悲甚不赴試子屛見人時問余也今年秋學使者檄試吾郡士余與子屛再見於玉峯子屛則暱就余交得讀其所為詞且約余為燕都之行余曰人凡挾一材一藝而有志於功名之事則咸以京師為歸故言學問而遊京師則如入五都之市百貨之所聚焉而今日則為仕宦之途而已子屛曰仕宦非所樂也然不求所謂仕宦者則有窮餓死耳余曰

窮餓非君子所懼也而仕宦亦非君子所諱也然今之求仕宦者吾知之矣必也趨風尚習軟媚以投王公之好見人為愿謹狀不臧否人材不可否世事貴人之門則必時有足跡焉若此者子屏其能乎哉即能之其為損益孰多乎哉子屏高自期許不肯為世俗之為恐不能一朝居矣雖然猶有説焉不曰堅乎磨而不磷不曰白乎涅而不淄夫子嘗言之矣故君子之學必以無入不自得為極至焉子屏挾其所有不詭遇以求合浩浩焉落落焉行我之所當行功名之得不得天也非人也外也非内也若是則子屏進於道矣余以窮困無所成

就他日不免來京師以求一得故以前所言爲學者守經之常以後所言爲君子達權通變之方以贈子屏夫學至於無入不自得雖之夷狄可也况京師哉

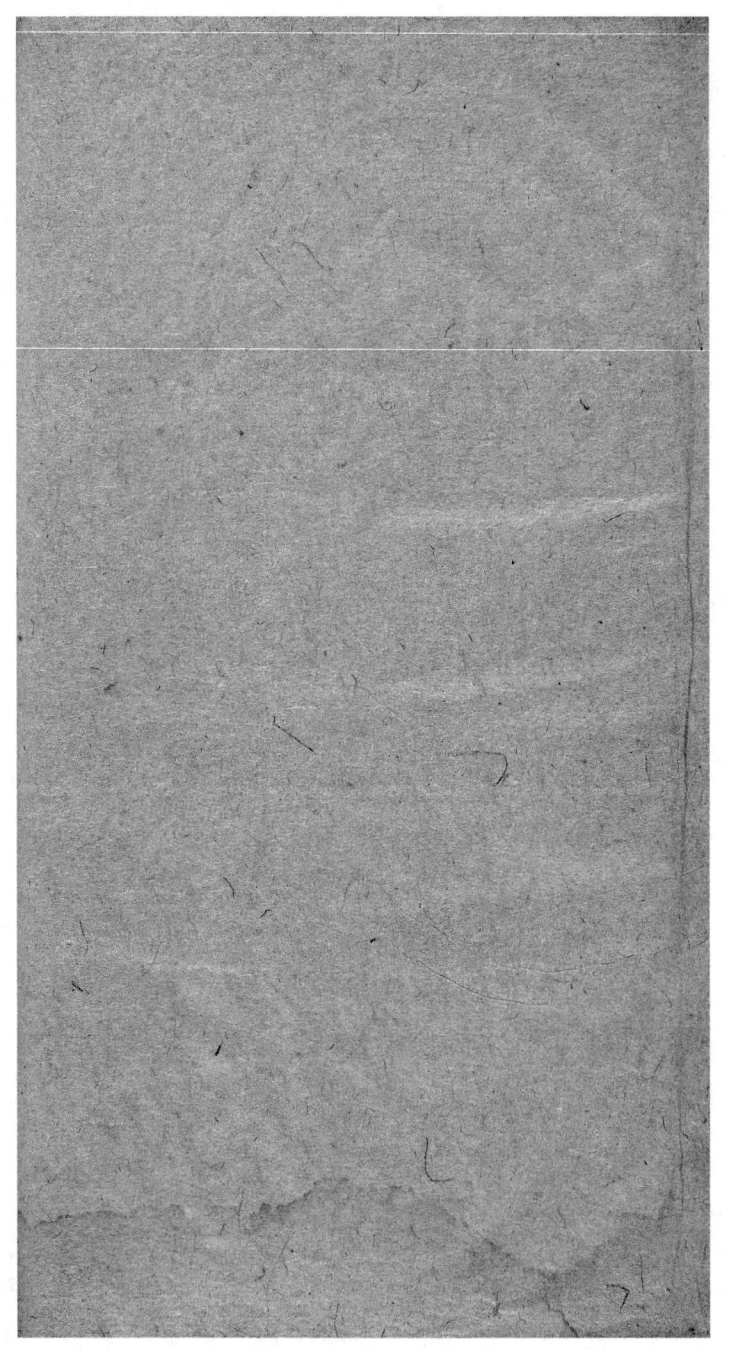

許希謝哀辭

余總角時即識許希謝。希謝與余家々戚，行輩弟于余。余在塾，常見君過吾師，從讀必日暮而去。每歲時宴飲相往來，因熟其為人。君貌甚豐，精力甚強，平時罕疾病，善飲酒至數十榼不醉，君頗以此自豪，作為多渾厚之致，詩亦灑然無秋氣，竊謂君得天厚，當享大年，而竟以今日死。嗟夫！去年秋九月，結詩社于小滄浪館，會余與君俱在社，飲酒賦詩，見君氣甚豪，酒後歌呼，嗚々自謂生平此樂為最，至今日猶未一年也。今夏復結社于芳雨盦，君意興如去年，未嘗一日衰。七夕之日，同

社諸人飲于錢君子余社中詩有蟬蜕骨豹留皮之句君
若甚自得時不以為意後二日而君病々僅半月而君
弱然後知此詩為讖讖詩書後思之有餘痛也數月前余
持素紙索君畫君諾々後遇余謂余已作其半未及成
而君遽卒君蓋不自知其將死余亦不念君之死也嗚
呼人生豈世其可知耶其不可知耶君姓許氏諱墉奉
謝其字自號詩箪自稱芳溪鷗隱年僅三十有七余識君
時余年幼今余已長而君謝亦僅及壯耳君遽謝不及見
余之壯余不獲見君之老耶為作辭以哀之辭曰
陰陽往來寒暑為災蠹毒中人年命崩摧歘然而摩

西厓君何不壽豈君雄豪而傷于酒营雨之飲朝陽夕
嵐君靈來此詩之酒與詞詩乎終乎君何歸乎君事未竟
君志其違百年之後以君爲詩人爲酒徒也嗚呼

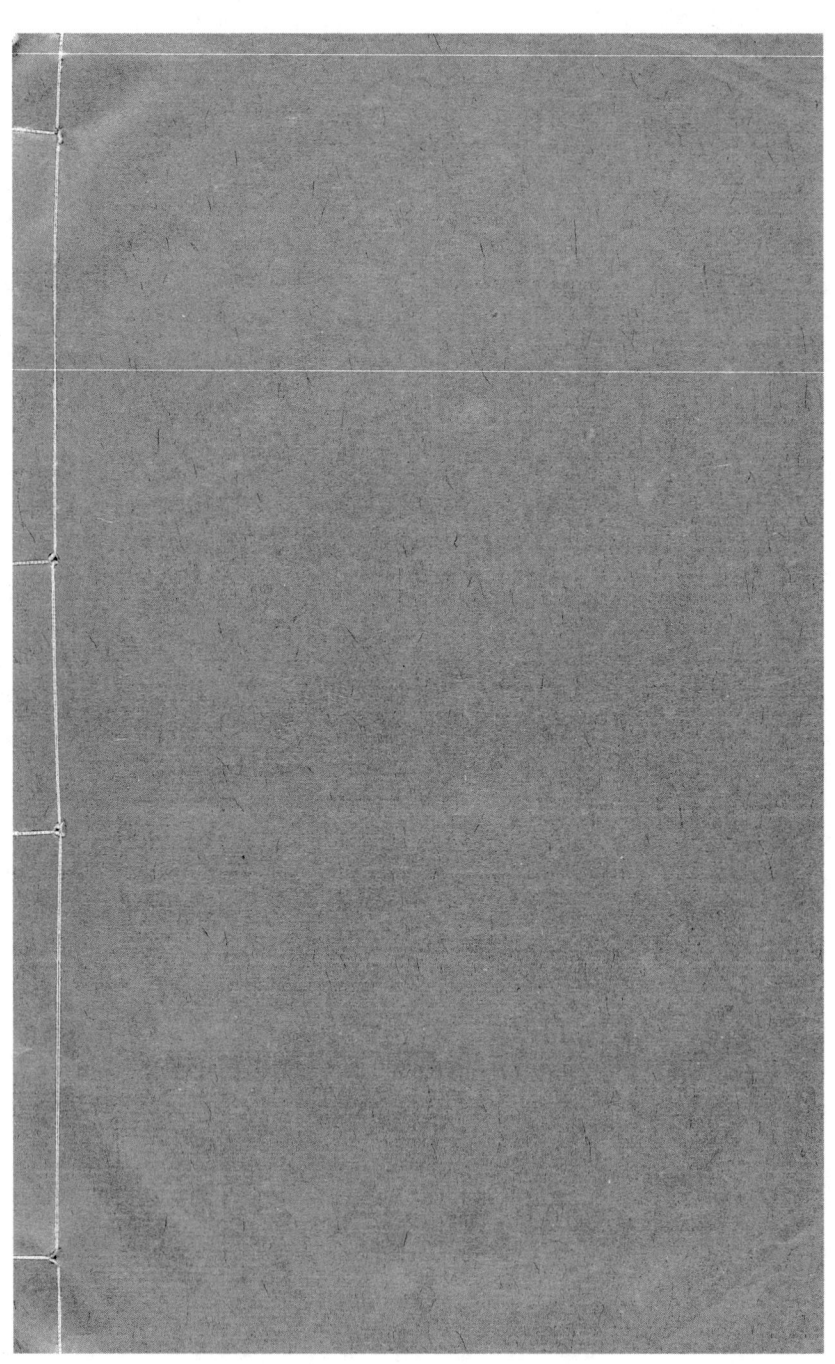

浣花堂閒餘草

李發撰。抄本。毛裝。二册。

李發，字春園，號文荊，浙江山陰（今浙江紹興）人，大致生活於康雍間。少時「儀表修頎，才思敏鋭」（杜應譽《春園詩序》），却屢試不中，遂遊歷燕趙，長期客居京都，期間詩歌創作頗豐，詩名大盛。本書收詩約百首，雍正十一年（一七三三）由其同鄉好友杜應譽得之，然未成書。嘉慶二年（一七三七），杜氏後人杜青來將詩稿抄録成册，是爲《浣花堂閒餘草》。

由於客居京都，作者常有「身似浮萍、壯志未酬」之感，故詩作題材以感懷、悼亡、送别、節令等居多。杜應譽高度評價這些詩：「以清幽靜細之思寫漁樵豚牧之景，以蕭條澹遠之致摹花木竹石之神。」（杜應譽《序》）有的詩作標題後註明時間，早有「丙寅」，即康熙二十五年（一六八六）；晚有「癸卯」，即雍正元年等。詩作以行草書於素箋，毛裝成册。字裏行間有圈點和評語，當是收藏者所注。書末數葉殘損，已修復。

書名據卷端題。書衣題《春園客稿》。又據杜應譽《考槃雜組》所收《李春園〈村居雜詠〉序》一文，本書亦名《村居雜詠》。據書前杜青來題詩，可知作者「善草書」，「工畫」，尤擅梅花。

鈐「春園」「臣發」「想見其爲人」「青來」「江邊漁父」等印。

（彭文芳）

杭州末經書店
第 類書目中
第 157 號
全書 2 本樣 本

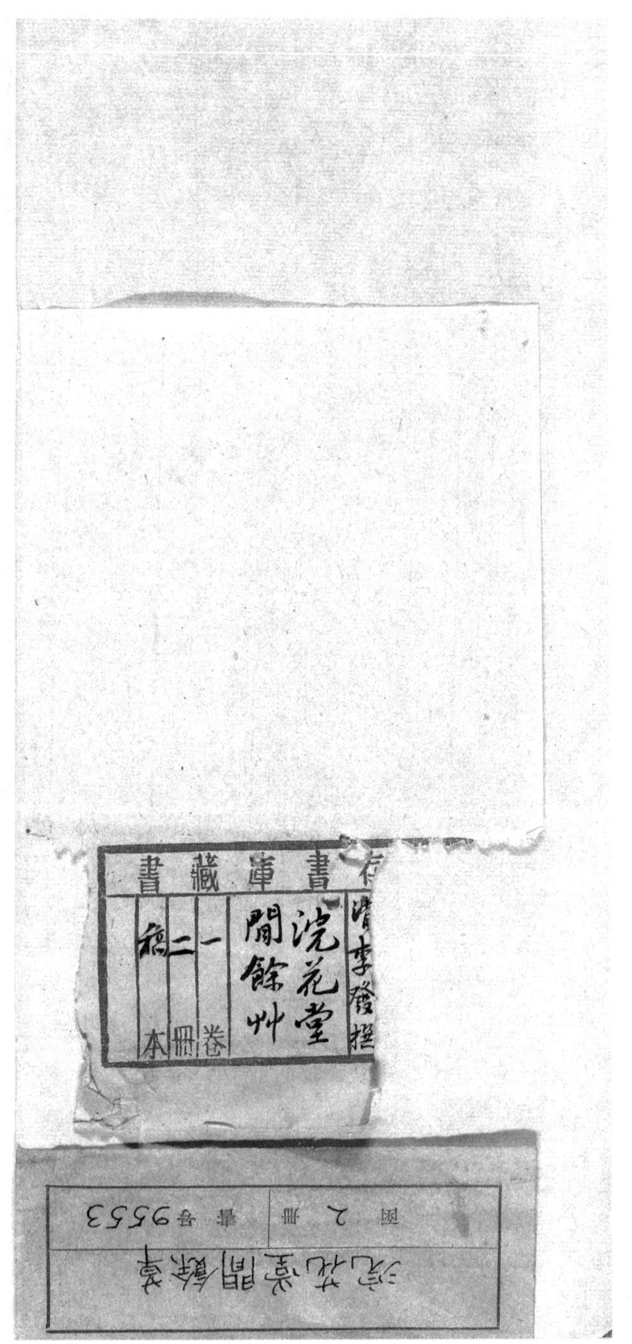
存書庫藏書
浣花堂
閒餘艸
一卷
二冊
稿本

（集）浣花草堂閒餘草二冊
稿本

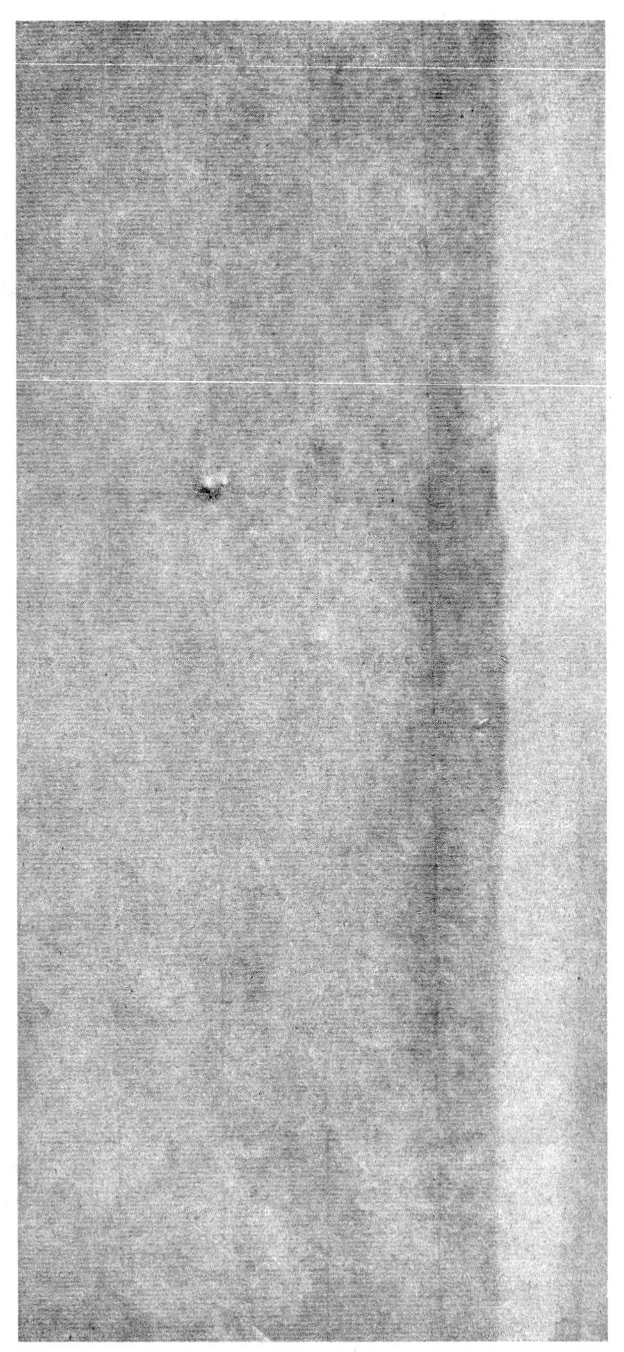

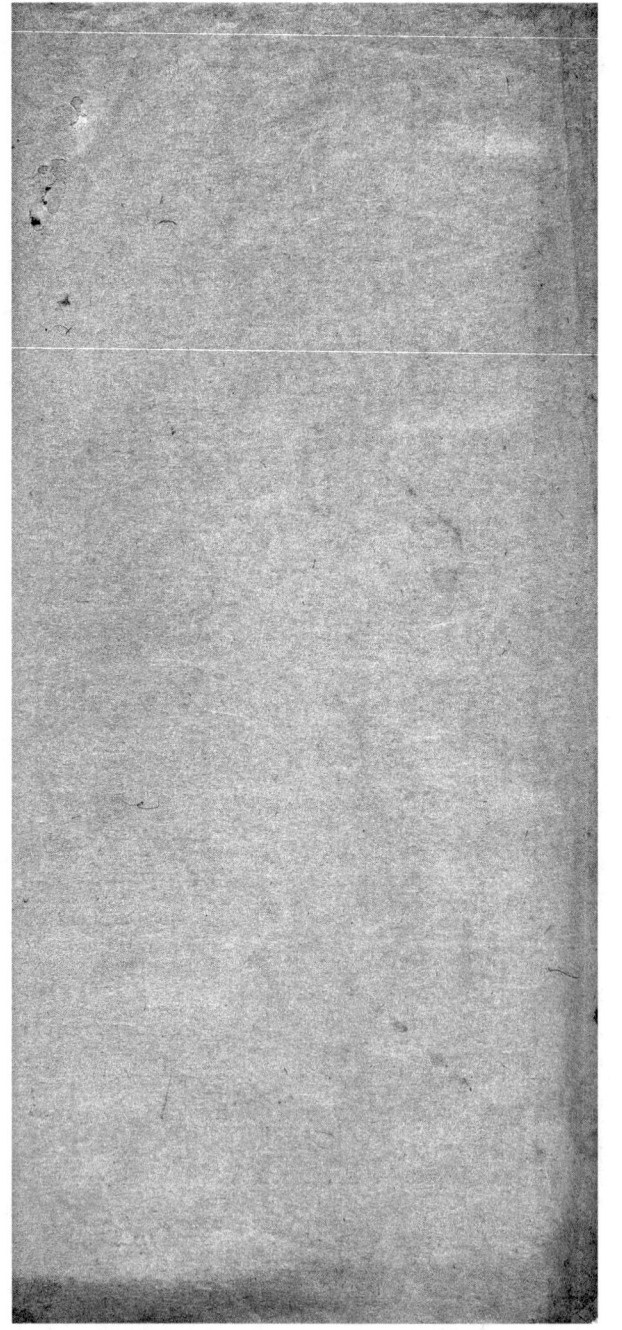

圭園詩序

曩在康熙甲子之歲　先君設教里門圭園學
長是負笈來游予因得與同硯席時方以制義相
砥礪絕口不言詩也圭園長予六齡予素以兄事
儀表修頎才思敏銳每出一藝同堂撰服方是
時圭園意氣之盛上思以高文典冊顯名於世

先君亦嘗以國器許之既而阨於數奇屢試不售又
以親老家貧爲甘毳洗腆之計游歷燕趙之東
都門而年亦壽矣衣食浪跡東齋西晉間雖
居同閭閈彼此不相見者幾二十年迨庚寅之
冬予以先慈棄養不及親自含殮挽恨終天陞
辭藩參朱公之辟杜門不出書園間亦歸里塾

得撫手稿閱其詩日益富思得暇時盡出其
錦囊所有快讀旬餘而書園以貴游敦促者
多家食時少未敢請也去臘書園自嶺表還
新正過訪出所錄吏稿示予受而讀之以
清幽静細之思寫漁樵牕牧之景以蕭條淡
遠之致摹花木竹石之神他人訪習者不

窒格格不吐者，一經畫圖括出，人人如其意所欲言，自非胸蟠異錦，管吐奇花，豈易得此？昔鄭鷓鴣、謝蝴蝶以一詩傳，趙倚樓、崔楓江以一句傳，有若此之多多益善，愈出愈奇，不必再有他作，有此卓然可傳矣。吾村僻居荒陋，素尟同人，今得此妙人絕代之作，出以問世，不

特奉園之名不雅命之即里中山川草木蔚以
壇堂豈非不朽之盛業哉獨是以奉園之才不
使之賡歌于巖廊之上黼黻
皇猷鼓吹文運而徒使滄浪者山陬水澨課
雨評花寒窗結老田燈同坐砥勵時相期
許者如斯而已乎此又予所以撫卷而三

歎也于是乎書

時

雍正十有二年歲次甲寅上元後十日同學弟杜

應燮寄蘇題

嘉慶二年丁巳七月七日後學杜青来謹書

春園留遺稿風韻足千秋自
歸家常話天然蹊徑進誰云奇
要絕宜向俳中求似此清新句
應推第一流

此先父綠園公題贈句也丁巳秋七月
青來又峯

已識春園詩興幽，為尊佳句到芳洲。公宗居傍芳山下皇

青蓮應自留家學，長吉何曾赴玉樓。

四海詩魂歸硯水，五湖風月入羅浮。公善草書兼長於梅花故云

長安多少風流客，獨讓先生第一籌。公久客京都詩名大盛

丁巳秋日係拈一律以深仰止之思不自知其班門之弄斧也

芳洲杜青來題并書

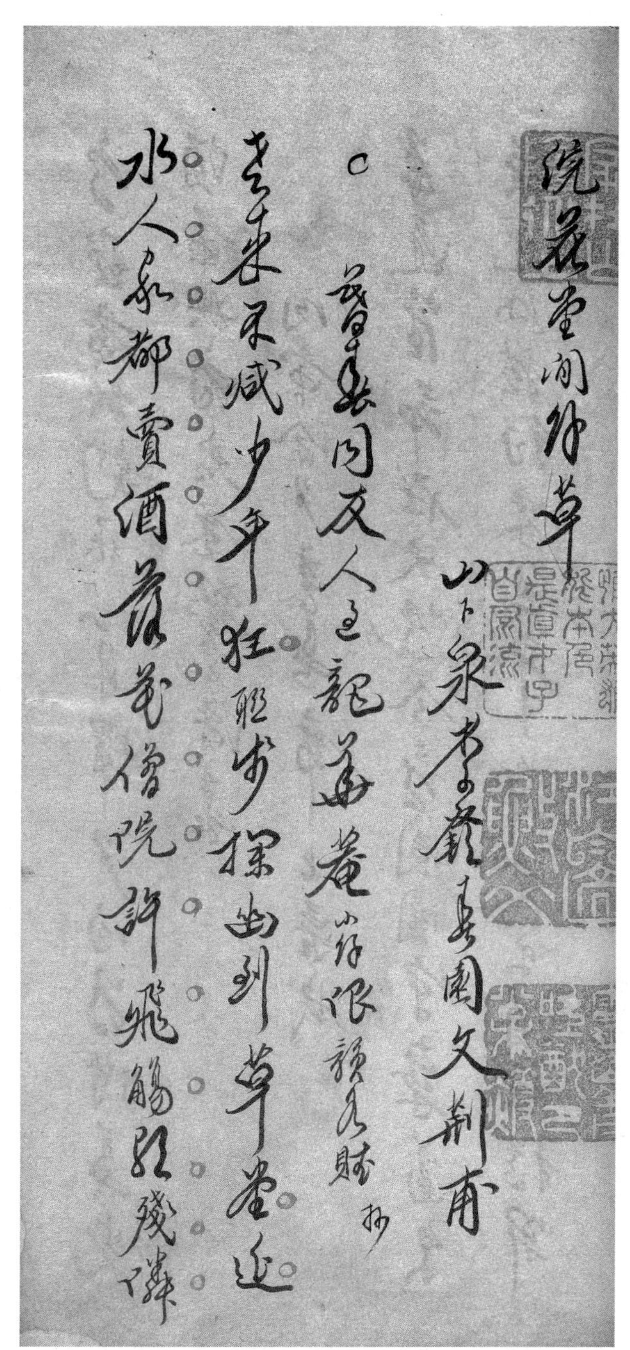

乍窺春餞初孫孫毋歸夕陽為惜春光

須盡興看君塵鬢絲絲氣　樂天風味

丙寅除夕立春席上書賦

每逢佳節在天涯今逢團圓守歲筵又

葉兒孫繞約來迎年新春不須賒樽斝

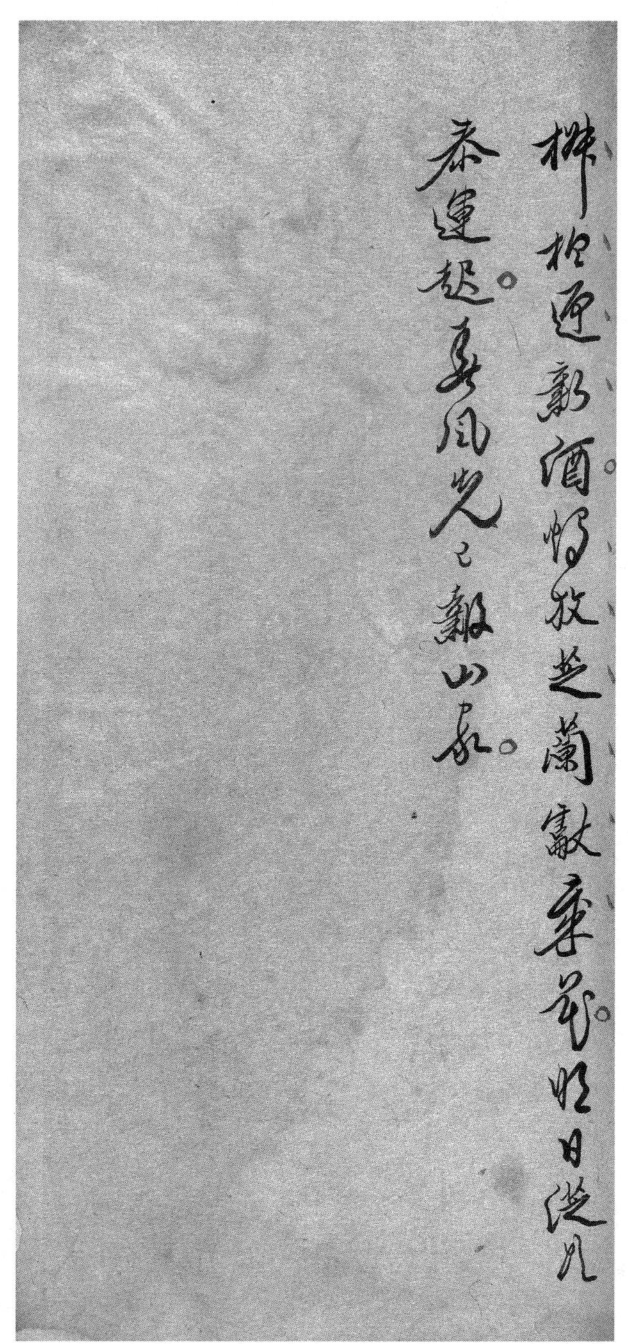

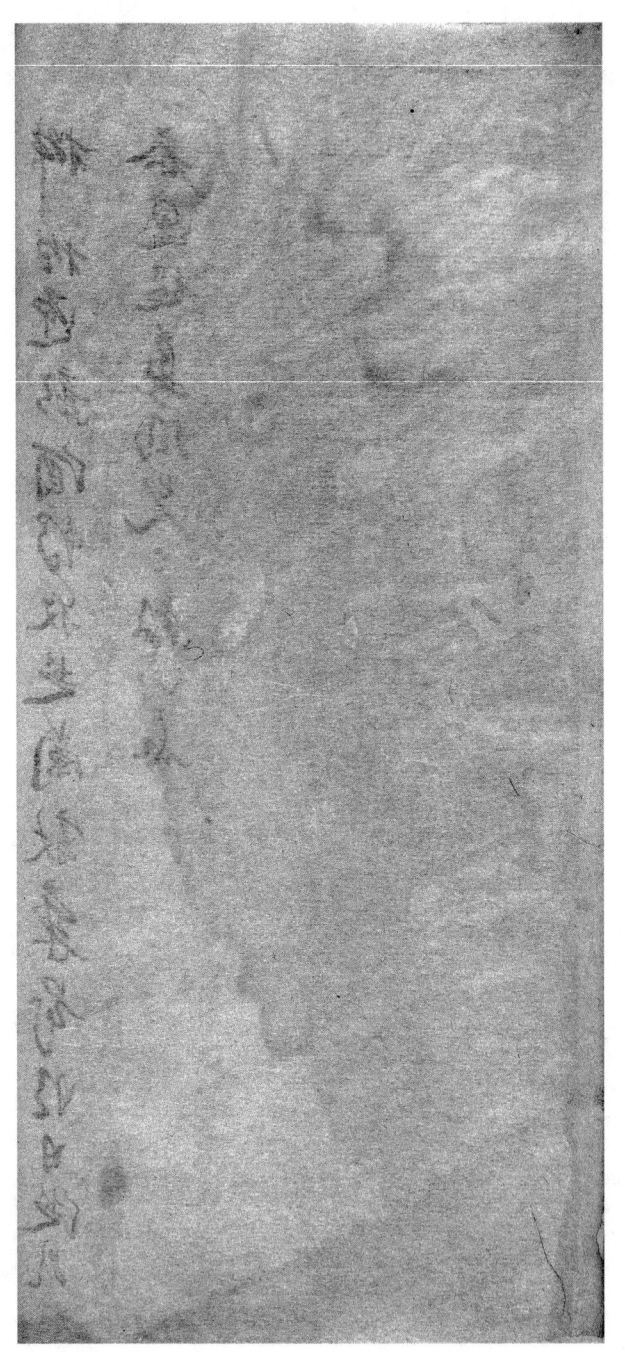

幽居

次韻恨浮文鶴齋歸每日只用八齊字 會題

金壺。天涯歸越溪。石林茅屋結山西。絲竿釣月罷
江北。月竹榻亮驚午漏鷄。教冠乳牧從來計。
土田深耕待秩齊。華除一點浮雲憲。不學題詩
聽馬歸。

穗植

題孟姜女送寒衣圖　集葩經

北風其涼，我心憂傷。袞我征夫，王事傍傍。九月授衣，之子無裳。豈不爾思，道阻且長。瞻烏爰止，示我周行。此何人哉，彼美孟姜。不啻自其口出

過錫也陳山人隱居

地僻風猶古，林深氣轉清。雲歸山劈綠，鳥語樹分

鍛鍊風香旅恭府荒老芋美一株餘歎曲久坐話平生

三四直逼晚唐

客中追哭先慈 八月二十二申時坤辰、

不見慈親面傷心迢遠遞罪深無可挽恩重莫能酬風雨悲千里晨昏土一抔土抔先生今異路愬（難）

倚門愁。

得家信

甲辰四月十八日接到

當時悔不學耕鋤。豈奈天涯兩鴻蹤。萬里飄零

寄看。空一家勤儉尚無餘。怕聞荒年傳來信。

喜接平安寄到書。五十年前還是。我未知

何日得安居

重巧　余寧　查山會作

佳期又數歲年中一度星橋兩度逢巧人
間難得再喜歸天上不嫌重銀河更見添秋
色牛女還看別帶處無限個情今在後輸第
塵質白雲峰

九日

三秋深風雨晚來殘萬鄉聲人思轉長客裏黃

花逢九日樓前白髮又重陽傳來菊早當千

里登高羈愁許山鬱箋度歸歸計拙此身

已是廢耕桑

長安道中丁節看了月訪張兵部
雲滿長安花。梅花何不必學。偶然采與去。
相與覓新音。色情天門淨。落在窮巷深。
歸來還共賦。登臨空山堪。

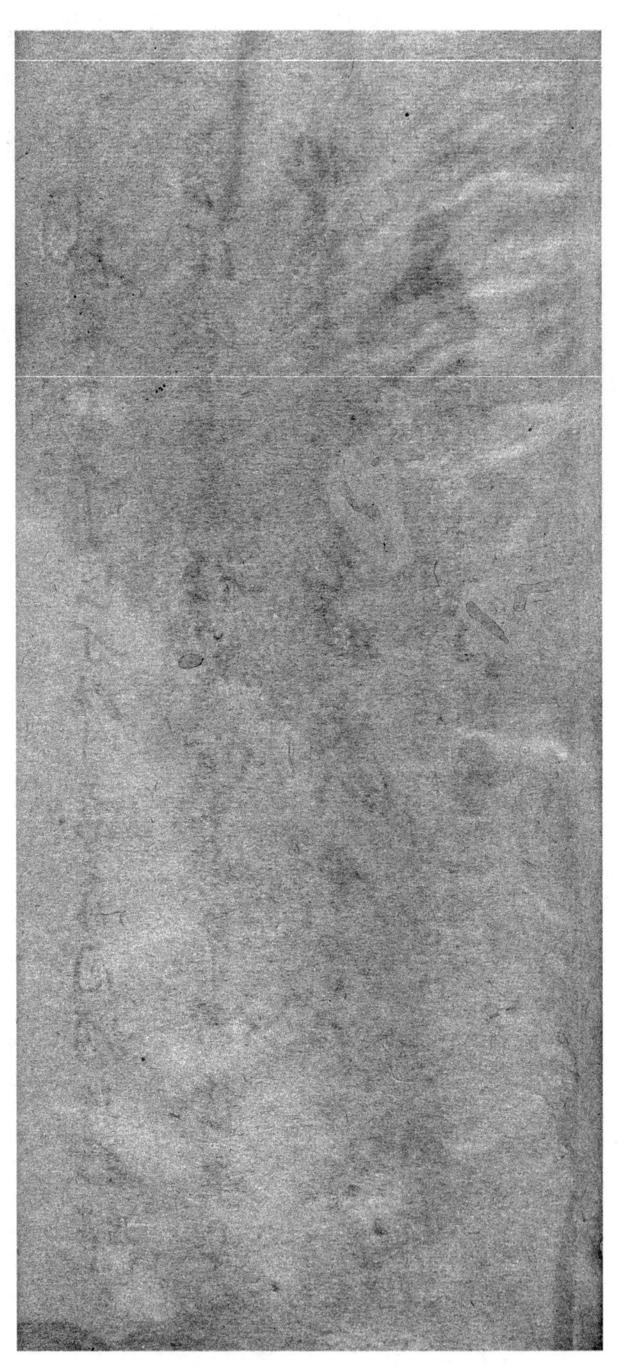

春夜賓至

崔客能來不費錢小園蔬菜割新鮮床頭酒
熟呼閑甕醉向花前月白天

歲暮書感

江頭忽聽鴈和迴沖氣遥看晴晴催接地烟光
生度日回天曙色動疎梅推將粗糲酬衰鬢

未必功名虛棄手。又是一年零落暮。蕭條人今將塊兒。

送孟將軍俄洛之任遼陽

金門新拜詔。鐵騎護戎行。鎖鑰將軍府。封疆細柳營。伴雲連絕塞。烽火動長城。斗拂旌旗轉。風鳴鼓角清。兔狐潛穴窟。塞雀待生成。節擁三邊逝（重）星（威）聚八壘，傾（柒）好謀唯足食。悠事在然兵，屈豹推金明麒麟。虛庄名悲名添列，恩斷馬常離。觳自愧醫軍掾，飯々負此情。十 遲余借り时日了所詩不果

哭伯父大人 字君錫號以貞

年餘八十尚康強。眇見鬚眉問有家。婚嫁俤

多願未了，田園漢意志難償。三杯濁酒收殘簡，一枚清風入醉鄉。堪痛今朝泉路隔，茫茫以寄問行藏。

獨步

山溪獨步興悠哉，以寄香風拂面來。應是東皇專掌管，飛花爭題出墻用

旅中除夕

容易光陰今又除十年客路在須臾何地　親
老丹如雲暖值春家貧米似珠兒女未完半世
債風霜難卸一肩租故鄉消息憑誰問春到
梅花有幾株

守貧

壯來老猶在，艱難尚守貧。居家還似客，投老亦如人。米盡妻工貸，年荒兒力辛。眼前惟自慰，安穩過明春。

城南村舍訪南公話舊　紅弟子

別墅通村徑，青青草色分。堤紅花幾樹，沙白鷺千群。

日脚斜峯雨峰收晴過雲主人情意重鷄
黍話殷勤
余從小閣買棹進都逢故人自京中歸携　寫景是摩詰畫
手話舊意而肩賦
惜別已三載相逢忽一朝歸期若春近去路我
惹遥萩水知情十坳堂　有旁人在
風霜看黃凋到江

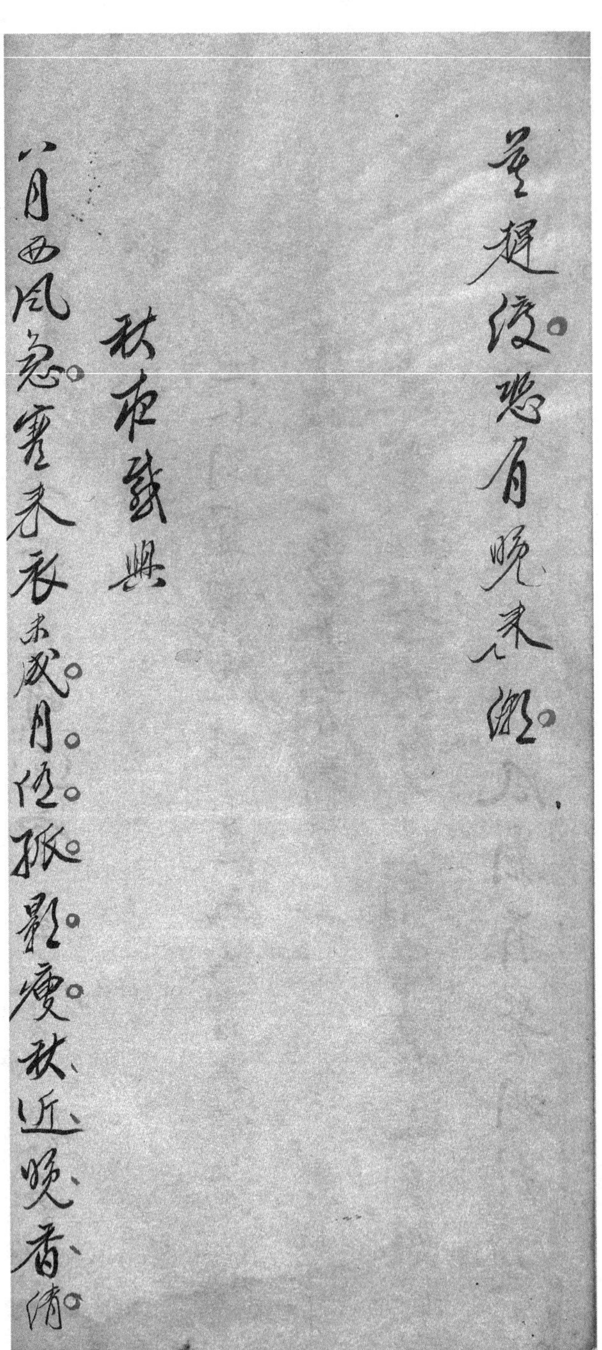

弟妹同時喪。變兒見而生。故鄉遙在念。不敢寄離情。

影疫年反言月疫新

秋夜雨中獨酌有感

坐想無遺業。全家倚一身。未能供薪水。豈敢怨風塵。細雨張燈夜。殘得萬里人。倚門應望切。似目憶雙親。

祝宗室一等公大學士輔國將軍壽　康紀稿

維嶽鍾靈降帝師。昇平還賴藉勳勤。天家勳業推周召。麟閣英名重漢唐。小米光搖滄海霧。西山氣接紫雲長。今朝正遇生申日。願進岡陵詩一章。

通家之胥

○

久識丞業餘相朋爲足頻艱難同是客衰老共傷
貧今日一杯酒明朝萬里人莫愁前路遠此去自
因循

立秋日和笠甫韻

天意亦云瘦不知秋又晚風霜殊客鬢歲月老卿
心有賦三杯酒無朽〻和砧乾坤如許闊瓢納到

而今々

秋從何處起，一葉樹間催，石上經風瘦，籬邊倚月開（奇而確）。青雲司馬賦，白首子陵臺，自笑如萍腳，蕭條去復來。

秋日感興

特有清秋思，蕭蕭沸眼中，綠生臨浦月，靜茫

近山風落木悲天地離愁寄雁鴻百年容易

過衰病難成夢

七夕前一日詩成

炎威忽已改鼓（宮）晚涼幽月近天河動星隨曙火

流風霜鄉國絹機杼海門秋草說明朝事恨

添離別愁

秋齋有懷以贈山人

從鄉中稿手豐潤初

異想天開

又作經年別。依依懷遠情。月從人去白。秋爲我愁生。採盡菊三徑。憂時髮幾莖。相思何處寄。紅樹近孤城。

閨望

寒寒不得志。閨望首頻搔。貧久人情薄。年荒米價高。閨心夢殘月。未意對兒曹。總學於陵子。愁

腸赴桔槔

九日書懷

日月推遷非白頭。狂歌頻作少年遊。黃花不散霜邊恨。紅樹難消故國愁。小檻雲山復潤曉。西邊烟雨半殘秋。況兼佳興酬時序。以用題詩上酒樓。

有懷以悠山人

白首移家去。荒城岳昭有憐。人情經久鑑。世事一番新。紅樹分秋色。清樽憶故人。何時重攜手。渭籍聽風塵。

二

棲息遠朝市。喜無車馬喧。暮雲連白社。落日近

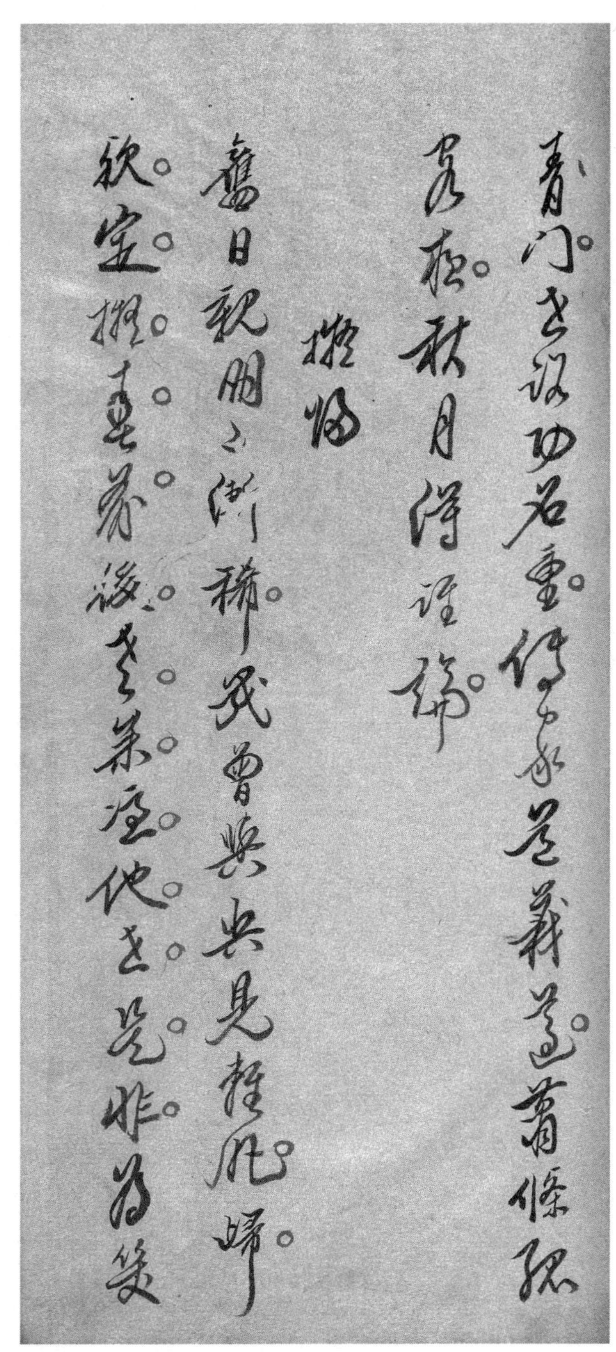

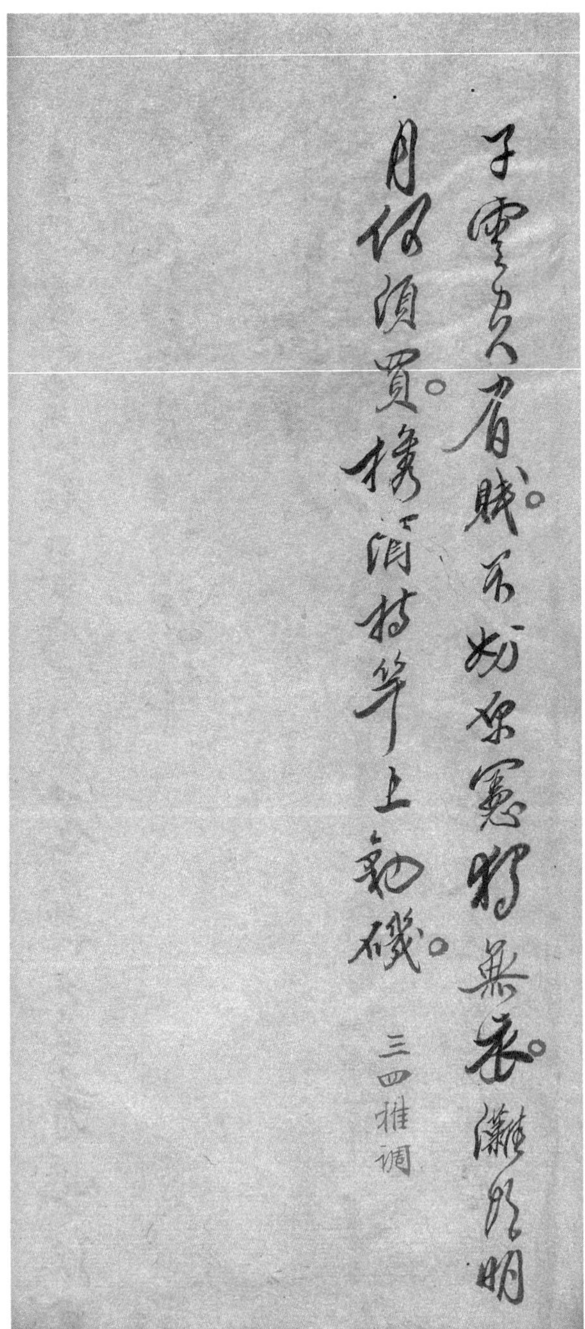

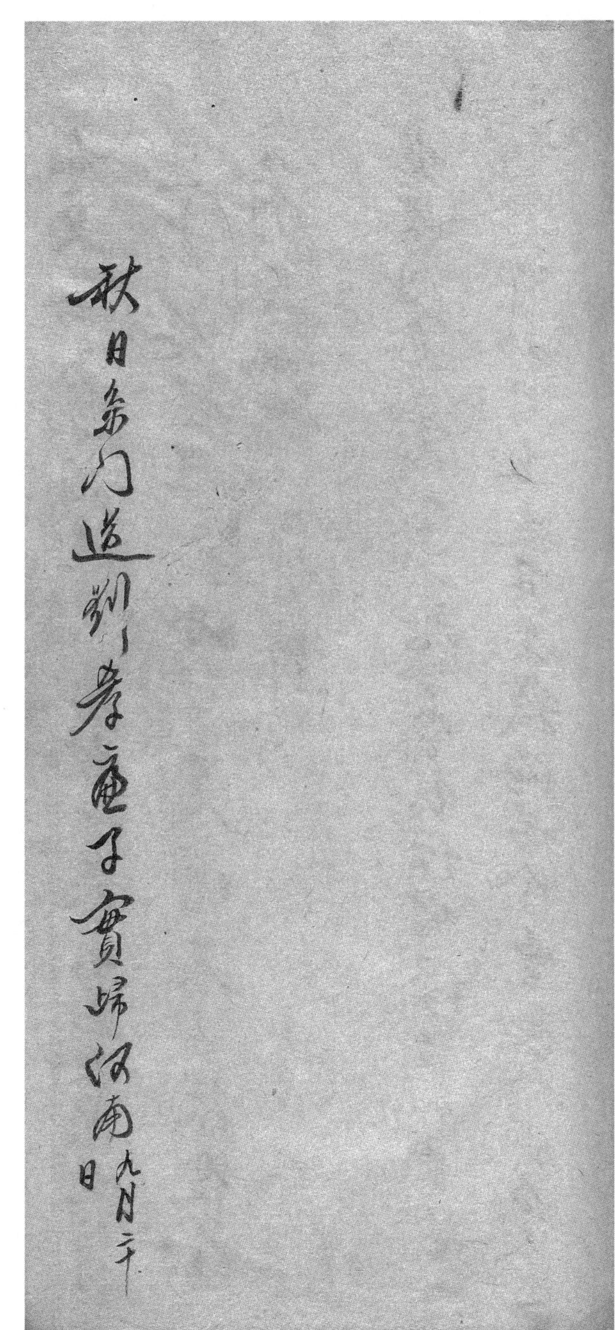

秋日東門送劉孝廉子實歸河南 九月二十日

相見無多日，相違又值秋。一襟分袂思，兩地足離愁。老去羈窮直，人情不可援。從今一別去，何得依劉。

得未曾有

二

悲歧同是客，分手獨悲秋。紅樹添行色，黃花着別愁。那知君去速，其奈我淹留。珍重長門賦，歸來定

樓夜

三

才名卓爾絕群流，獻策當時意未投。爲客年年增悲態，還家步步感離愁。地連塞北寒歸早，天遠河南氣漸秋。從此故人揮手去，月明何處賦登樓。

用王粲依劉來登樓作

妹子

除夜　戊戌元旦立春

半生碌碌竟他鄉，歲暮歸來喜欲狂。回代樓開今除夜酒，一宵春遠隔年光。敘憐白雪旋生色，暖入梅花著處香。春逐逐隨明月起，宜添氣象幾臺雲。

送太平司馬陳之任　原廣西思恩令特陞

知君久矣著循良，借勉天門御翰香。政贊黃堂

宣雅化江清司馬浣冰腸之精兩粵慶飛李移作
太平新粘葉木大以勞詢治法同時貴賤并相忘
二
七年勞績著蒙荒萬里仁敷遠帝鄉始覺悉
發新雨露恩怨還頌慶母霖良貴穿使魚生
釜氏是何如精減糧皆吾元元群望切從之撫子

勝何陽。

安居

趨走原無術。安貧近有方。抄書課子讀。賦采度年荒。豈結殘花回。瓜。抱。菱。幕。香。家傳無別事。機杼與畊葉。

秋夜雨晴自慰園步至紅村口歸

雨影孤圓鐙披衣出岸旁水平兩峽白雲斷萬峰青黑煙霧樓烏花黏濕腐螢以須垂柔惜明月滿沙汀

元旦

自將歸計屬風猶飄泊而今愧此身萬里行藏還是舊一年歲月又從新叙叙叢存雜元日題

點梅花數早春。安多少風光從此杳，只餘兩鬢老風塵。

清明書感

轉瞬清明柳柳新，頻遭寥落異鄉人。慈柔縈萊衣千里，夢到椿萱年八旬。浪跡江湖流歲月，丹心天地老風塵。自憐飄詩凡如雲。四冬過又吾春。

春晚雨晴遠眺

雨過春添色。探幽上翠微。地隨。流水去。天帶

斷雲飛。野樹鳴禽集。村童呼犢歸。遥遥須

歛晚。燈火隔林扉。

新 新秋懷友人齋戚姚示弟文娣

寒衣未贖又秋臨只盡慈孃隱自禁病寒
慈闱萬里夢艱難兄弟十年心長貧未報
親子拙缺養徒教負罪深為感同人常慰
藉一樽相與共酬吟

送盖將軍之任遼陽

鑲黃旗紅帶子瑞儀俗其子三
以哥沛崇武現吏部郎余門人也

思綸新拜出金城。細柳營開塞上平。壯冷風霜橫海氣。旗飄鼓角動秋聲。軍情只在三杯酒。民信何須萬里城。講閱如君談笑事。書生慚不等從征。

中秋友人招飲同人即席分韻各賦得秋字

時龍奴戲筆在壁

他鄉今夕倍生愁隔岸紅妝晚白頭各載桑麈

千里月一樓秋雲滿邊秋烽煙草暖猶戎馬

附江浙連年之亂變〻兵荒民不堪命

絃管釵鈿尚夜樓誰是窮途樂

不教誘題將何付誰

所得長短句以希少陵得意之作

笑也

瀛海同〻和爲晚眺

極目天將暮倦鳥將知還遠樹扶斜起歸
雲續斷山花明秋水靜鷺鷥立釣磯間相與
忘機處處城頭月一彎

清新

九月旅感

天近重陽秋之義以時逢九月菊生花幾經風雨
傷心遙還憑遠潤淚眼賖故鬢如絲豈是老

聽客、似〻病、將、寂〻空山遥。稍久無涓知否

遣懷徒更爾〻。

贈紳曾張先生

蹊〻蘿葛隱柴門。朴野成風氣自尊。雨後課耕耘

飽積花開萬里定。閒樓一笋常彭回慕笠頁。

思遷〻枚遺手。詩勤餘〻家持更有法。書繁先愛氣

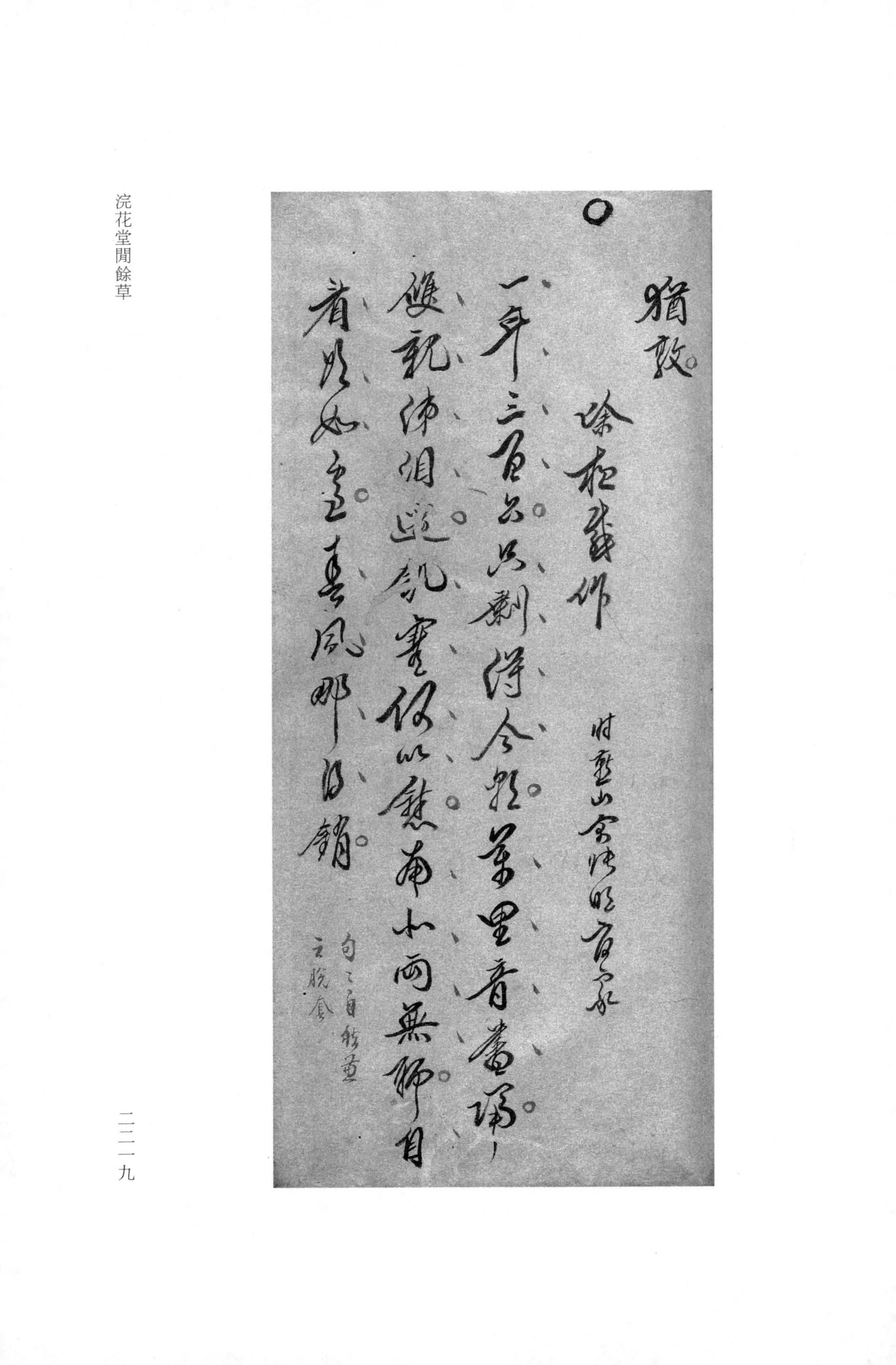

猶豉

除夜戲作　時寓山寺悽然有感

一身三百六旬劇得今朝萬里青燈瑞月

雙親涕泪送飢寒假以饑慰南北兩無歸目

看明如夢春風那日銷

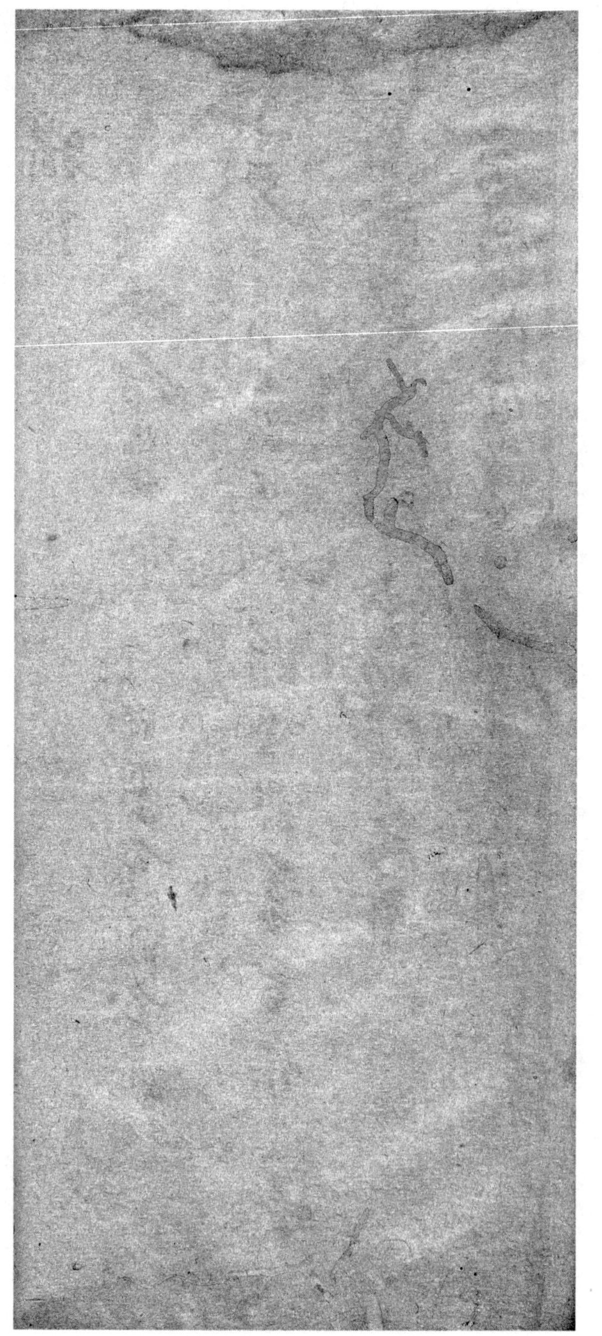

贈闞太史四山先生　諱圻 又號樹堂 字坤章 又字千里 河南人 江南籍住沛縣之闞家庄

翰苑風清近建章
常陪天子賦長楊
花磚影動鼇頭月
蓮漏聲寒鳳尾香
箋染烟雲騰彩色
畫分甲乙煥藜光
聖朝已重文名士
佇看恩綸下玉堂

冠冕有臺閣氣

寄示兒輩

老病愁遲暮。不免賴我兒。讀書解意義。力作請耘耔。但藉宜安分。家貧只守時。弟兄須友愛。難得是同枝。

秋日經房山道中口占

久作他鄉客，何緣此地過。雲霞出谷少，秋色近山多。暝水沉振朶，荒城帶女蘿。馬頭斜夕迥，前路問如何。

欽葆光進士相訂不至

晨起收書卷，如居過庭佩（相期熟揮麈），落花頻掃徑，沽酒待綠期作，還兩年約何常，千里遙寬別，明月上懷室蕙蕭條。

新正同檢討何西位先生飲梅史齋作

傍晚重開席，情看卿友真。檢討為梅史房老師也　青雲燁

莫令白髮畏年新病豈相如渴（梅久時小恙）慈母李子
貧一杯還一詠共醉甕頭春

寄榆林閻張副戎

故人西望來時心盡是邊關霜塞深三月（長安生時）
花花發寄風曾否到榆林

潼關

起勢突兀

山勢臨江鎖，雄關設險牢。上嵌百二雄關四字 煙雲生絕壁，風雨帶飛濤。地限分秦晉，天開入覆幬。當年誤失守，致使牧兒豪。賊闖由[illegible]等也[illegible]亂長驅入關，必有以致之

出门　崇仲

棕鞋芒屐輕。出门天未明。躑躅思寧處。老病畏長征。泪眼看兒女。家貧託弟兄。此行不得已。步步動離情。

青衫猶濕

讀　曾祖蘭亭翁刻稿感賦以成

吾祖知若士詩文老益多一生守澹泊八十尚

吟哦挈（娶）攫（攜）談（說）耕（跪）（擴）早風（旌）霜（池）帶（不）（換）贅（發）膽遺編零

後在繼續愧如何

贈佟梅省二兄　癸卯　諱慧德丁酉孝廉癸卯進士

曠古奇才豈易求，至今大志未曾酬。青雲肯放英雄老，白髮難寬慈母愁。落落自應存直道，滔滔誰復砥中流。還期努力乘風去，萬里爭看破浪頭。

癸卯秋日感懷　次梅省

兀坐尚如此，羈愁可奈何。家書經歲少，鄉淚入秋多有姊風塵偏。功名日月逝。更[自]憐遲暮意。遙想已雙幡。

撫臺送表甥往閩幕　甲辰三月

相見即相哀。依依情不禁。一樽將別酒。萬里難歸心。草色隨家遠。江濤寄怨深。武夷春正好。以用向山侵。

春賓對流水對最宜自然集中佳者太多

甥能由家至閩

二

人生原竟寄，不用嘆飄萍。頗斅鷹稀外浙湖相傳仙家一姓，

瀨年豈慣經。詩懷萬字蕨，酒氣近龍鯉二姚承三四來十葉。

甫備孤往，樂偕余訪老亭。

癸卯立秋前一日七夕同人賦，冒夜適微雨，更

酌再賦

同人醉[賦]罷夕陽斜，又有催詩興轉賒。洗盞更斟燈下酒，疏篷細落雨中花。愁添宋玉三秋色，思滿星河一夜[葉]槎。應是天公[又]嫌好會，漫雲故[把]鵲橋遮。

七夕後一日立秋　癸卯同梅生作

蒼茫身已過半，依依寸口自難謀。乾坤若我隻飛蓬

幾歲月閨心一葉秋纖纖文機綠靡別恨寒蛩啾唧
動離愁天涯萬里傷遠夢空自尋頭懷故丘

癸卯恩科梅光赴恩榮宴有感

丹霄雨露下金門多士雍雍禮樂尊彩綫雲邊鳳
簪花分九葉戴天恩（新貴赴禮部領九葉金花頂）瓊林香動琳瑯
果綺席光生琥珀樽從此不知裘馬貴詩書還

用義兜孫。

九日夜風雨不寐

暗風吹斷漏。疏雨濕殘秋。未曙烏先動。將寒濃
水流。綿邈難入夢。耿耿易生愁。燈火憐長夜。
淒涼擁敝裘。

九日書懷

寒齋將坐旅愁餘，貪說風流說孟嘉。兩髩歲華只白雲，一年秋色又黃花。也能佳客攜詩興，那日將錢問酒家。舊日交遊零落盡，尚留殘喘賦天涯。

癸卯恩科恭聞皇上親試詩賦甄拔康常先三日賦賀極光

翰苑爭傳拔異才○綸音先下殿於春○英雄三百齊承
詔○許賤下言接上台○恩賜天廚深雨露○御試日特恩賜宴四次
香生御邑待垣梅○知君本是青錢選○定向金門奪
錦回○

梅兄成進士後同至花兒市看花有作　癸卯

紫陌紅塵萬卉賒○只憑顏色鬪芳華○江蘋野蓼

都門盡是蒼雲梅嶺上花

上巳後雨霽湘嶺命僕携酒果出齊化門至日

壇柏林下席地暢飲同賦

紫塵何處可尋幽喜值郊壇雨乍收幾樹風光生

度日誰家春色接平疇行窺幾果餘將下酒湛

輕陰環野浮醉意不知身是客狂吟謾謙肯

趣絶

風流

癸卯十一月二十八日梅二兄誕辰將賦以贈

澤中維嶽自奇超群三十登賢將叢君畢竟英

雄能自立果然名士不虛聞齊名浩蕩凌滄海壯

氣光芒壓岱雲謹〻及儒生解武事當年韓

范豈徒文

賀欽蓀光成進士　次梅兄韻　諸葉建賢仲

久識才傾青鎖班。從今執手便相關。文心倒峽祖宗衣。詩思凌雲入畫間。君善成名頭正黑。我慚老病學徒難。宦途爲念栽樗氣。許近天光日往還。

送逢源弟三兄歸甬　次來韻　癸卯

相別仍三載，相逢只一年。我纔離故國，君又賦歸田。宦況無堪贈，家音還藉傳。詩成雖再讀，老淚溼題箋。

二

不知今日別，相見復何年。爲有高堂母，緣無回井田。奴衣愁衰白，詩偏客中傳。別去梅花發，還期

寄八叟　秋日戲述

白髮緣愁改，青雲悄誤殊。是非千萬遍，天地一生

近跡雨偃蹇，秋花近酒鍾。雨氣青信步…

…得歸〻無

贈梅中…

癸卯　思耕生九月初八…

一代文章士。三朝柱石家。手若擎宇宙。意氣通雲霄。利涉波濤穩。凌霄開翮斜。曲江秋色好。紅樹勝飛花。

元宵　壬寅

銀花燦爛遍天光。簫鼓聲喧徹夜長。處處踏歌人

盡醉春風一路度梅香

愁荒　癸卯

故國愁千里　歸心夢裏遥　收成歷歲少　荒旱報秋多　[illegible]　難作家貧計　其如衰衰收

飄零歸未得　日月又蹉跎

煤山吊古　癸卯

煤山突兀逼天门，古木陰陰氣欲昏。自是朝廷皆失計，如何草昧擅稱尊。關河只灑孤臣淚，風雨難招帝子魂。為問當時死社稷，幾人能不負君恩。

曉起

曉起身還倦，窗明敞曙霞。烹泉收落葉，掃徑惜殘花。遠市村煙尋，近山鳥語譁。幽居無客到，對

酒讀南華

秋日感懷

癸卯

以事長為客迢迢遠遙琴書負歲月湖海客飄零老病增鄉思孤荒添鬢愁殘砧千里夢疎雨滿庭秋淚眼讀書快傷心對酒甌自無才口計難作一身謀世路已如此乾坤何所求言歸須

及早犂犢向西疇

秋分日同人席分賦 癸卯

佳辰恍是逢良友賢主從容出舊醅自笑迂疏從
几席還憑老辣佐鹽梅異鄉喜集詩文社合座
歡傳兄弟杯會友輔仁道古花登壇作賦屬英才
傾心投合忘南北自向題名送往來意氣直教邀李

郊交情不須讓陳〻翁。蓬門秋色〻三徑。白菊〻西風

壓五臺。五臺山嵗積堅冰秋仍飛雪五峰聳出象菩薩頂有五〻髻出華嵌 使肩參楼霞奪月以

好書劍遂壓埃。醉中放浪天應恕。與到狂顛

萩堇僅。千古文章成底事。片言㦿啖絕嫌猜。

領畢量知加酒。風态難酬心尚𢙣。從此津忘爵

旅窗生平懷抱何時用

癸卯賀梅少白捷報 九月初八見會十月十二放榜

門第何事喜重逢報道梅少白榜首名奇才應識

魁天下試總膺傳第一旅

秋夜感懷

疎雨殘燈相淒其飛於夢青雲未遂屢因嬰薄恙

次梅少白

生兒女他鄉夢。歲時張宴情。飄萍何處安着。
湖海一身輕。

癸卯七月立秋前一日七夕　梅史自齋兄

日前棋辰餘純倪以雨印事見賦　令翁題句

戊戌冬十又弟兄得與追陪王謝流輩在他鄉

值佳節。一更逢賢主重開嘉觴。得聖漢下忘歸思

賦擲手楊起別愁瓜果雜陳覓穗歡葡萄

新簃俯想詠。楊有葡萄特出葡萄云是架上第一摘也 雅影影對

評茶月落後葉夢綠滿瑤牀。蓮堤珠狂經

君葉如風四選着試集韻。薛瑤華七夕苔輕雅作蓮理韻

癸卯立秋前一日七夕識境

三年來國志雜酬夢霧如楊雅白風。小閣風

高一葉至西山氣接平綠秋。蒲東人曹佩蘭七夕以五色綫扎羅為扎遺愛譚家花散雲霞所。薛瑤華七夕翦綠白花以傷起石集之散于座中以五色雲霞而起以霧寶生促織悲。自笑才疏應守拙，他鄉還自將淹留。

送友人之西粵

癸卯三月中浣柏

嗟君相别去，相見復何時。驛路長將沸衰荒

到較逢慈今夜月，夢積異鄉詩難盡一杯中，意此心中長與期。

立秋日早雨

老去他鄉逐浪遊，每經令節強相酬。難將心事詩句且抛，離思付酒晚。天地雖更新氣象，江山存淡舊風流。開簾也覺塵懷淨，疎雨梧桐幾點秋。

贈周侍御　名硯青保

西臺望重霽清風，況持平氣更雄。柳丹封
章密點白花前待漏火初紅。香烟細染
遲筆韓草纔水柾下聽庭識九霄多
雨露休思還將異屋工。

五十六稚切

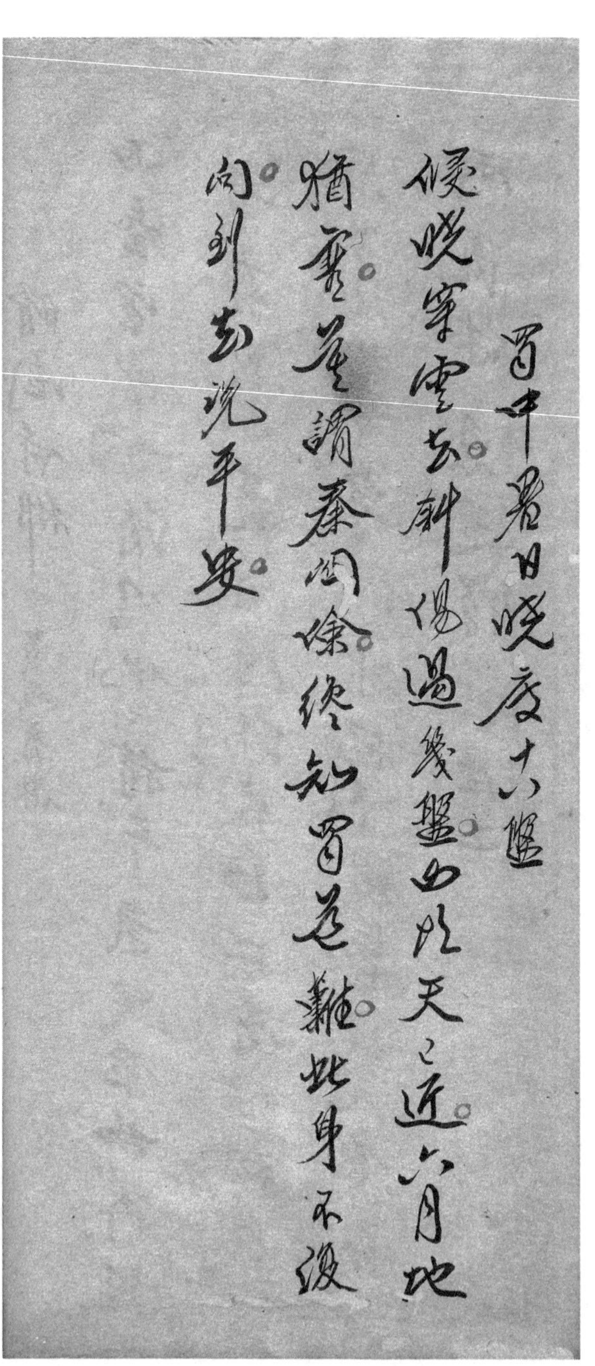

署中暑日曉度大嶺

侵曉穿雲去，斜陽過幾盤。山比天之近，六月地猶寒。莫謂秦關險，終知蜀道難。此身不復問，到去說平安。

追悼友人單閣遠檢討

不意斯文喪更無意氣真論心孫夜月分緣

後昔塵君已名金馬我還守賤貧殊途生死

異空淚點沾巾

九日宿白雲山房

涼月照青山山青群巒齋落木響疎林蕭

〻生塞鴻天高秋氣清。羅星花月遠。無白

衣人相與永今夕。

退憶當時交金蘭平

葉師杜衡帖山樓

之西樓

高年相合氣相求。燭火青燈話舊遊。林源

論文深夜靜。風軟明月下西樓。

送海大學士特簡兩江學臺 前任廣東撫軍時勅巡海君也 梅史叔父也

江左人文地，求賢賴大臣。家風開柱國係開國勳戚王蔡兩公師道著楓宸諸王爺之師也。月近珠江郭巡撫廣東多有惠人政清廉第一，波澄滄海塵巡閱水師等省不受夷民一物。殷殷重拜命，風節只隨身登程只求常年僕以李並不及他物。

同程侍御重過豐臺看芍藥就飲祖家別業

鍾家別業近豐臺。盡日尋芳喜又來。楊柳樓邊過貰酒，藉花池上共傳杯。祖家園薔薇極盛遊人賞玩不絕望殷不虛之殺如沸，芍藥無邊錦作堆。看到夕陽人醉救將苗明月賦緋他。

秋晚友人拉遊夕照寺次韻

好友携觴約探幽無端又作上方遊共餘夕照千年地俯對西風兩鬢秋片〻歸雲來竟思蕭〻落木起鄉愁乾坤觀色應無定世爲人情千日留

懷棲山寺

不到棲山寺禪房寂寞秋黃籬花無澗自發照明

月為誰留

九日登白塔　次丁叔香　從仲

高逼青天塔影浮憑虛直上碧雲頭晴開樓閣

低龍鳳賦入星河應斗牛極目湖山千古淚凋

（心）砧杵萬家秋。怕風把菊傷蓮蒼。紅樹斜陽動遠愁。

重九日（箋一）德培齋頭同徐純修小雨各賦

聚樽相屬竟爲常。放浪形骸不計狂。羽畢先領酒（杯）滿引。因樓齊白白將忘。塵素處葉三秋香。

愁入西風九月長，明日黄花恐笑人，還期載酒賦
重陽。

輓阮公瓚兄才　賢仲

謹溯家途惜阮顛，顛難不讓竹林賢，家鄉話西几
林同托風雨，愁中詠共聯句共閲河時聚散傷心
來月各山川送君西去翁身酒虎邱今日永別筵

二

先考十年同是宦。家鄉萬里兩無歸。慈闈望養兒應斷。孤寡天涯合未違。猶是吳梁思自回。程嫁有料露還稀。九原應識知音少。但留青山相共依。

魏阮公攢

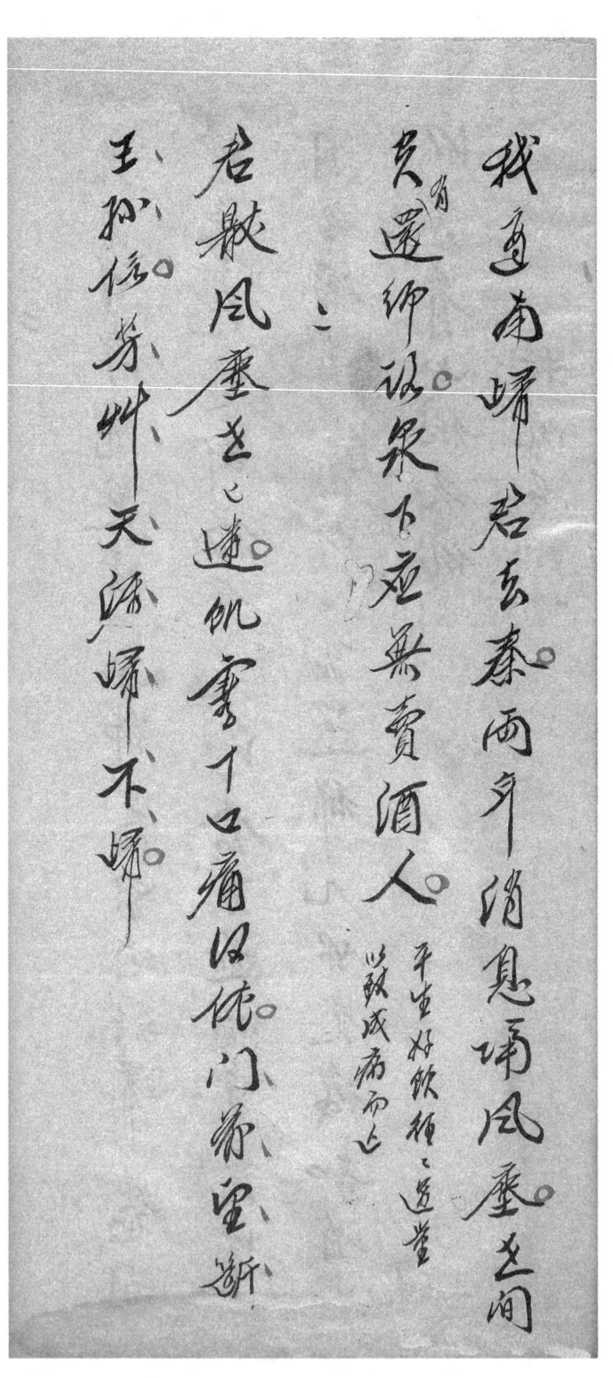
我過南歸君去秦。兩年消息隔風塵之間
貝還(有)卿設衆下，座無賣酒人。
平生好飲頹々道堂以致成病而亡
二
君歿風塵之々遠。飢寒十口痛何依。門前望斷
王孫信、芳草、天涯歸、不歸。

士德培員外招飲未赴後二月踵謝杯酒因和

徐純修韻

醉舞如風欹帽斜，安知秋思在君家。幾回招飲

情何厚，此日聯吟興正賒。每憶青蓮原自歎徐坛以詩

招余用青蓮那堪白墮若相加。夕陽影下催歸去，肺

予

病新添老眼花○

二

幾夕招飲月西斜○笑我萍蹤到客家○三徑已知虛人僕婦○一壺何用費君賒○疎狂不棄情偏厚○杯酌重勞興轉加○賦餞歸來人共醉○無勞簫鼓催葩○

梅幽齋於偶遊法海寺潛拙和尚往天目楊塢詩以送之

十五年來舊有名（法海寺已修持十五年矣）而今終見語無生。林汀法海和靈渡，蓮社異山共月明。點石能超塵外劫，拈花謹解個中情。蕭疏一鉢辭[illegible]去，天目山於度梵聲。

癸卯秋分日同梅岑諸友集士德兄齋以即席
分韻各賦得同字

一時雅會氣相同邀我登壇作醉翁自有文華秀
海內何妨詩酒話樊樓紫霧光動金壺月丹桂秋
分菊苑風集好來兼歸去晚針陽獨也戀曲江
紅

二

俊傑從來不易逢。今朝又幸着鞭當。一樣放浪情南州。千古山名事異同。天地平分秋色裏，詩朝半夜酒杯中。諸君本是元龍輩，意氣凌高懸岱嵩。

九月有懷梅當場屋

癸卯改元　特恩開科會場定
于九月初八起

天涯無計惜芳辰，寂寞齋老一身。君喜青雲將健步，我悲白髮老長貧。黄花採裏傷蓬鬢，紅葉江邊勝早春。誰說登高今日是既，却應看榜外人。

因荒旱作遣懷

癸卯余鄉久旱 秋無收

授書猶得貿飄零，萬里思書來荒旱日我正

病貧嗟。蹤迹悲家累。風雲摧鬢綠。鄉心更轉極。無計除熱時。

壯懷幾懷

別來將已載。故國思難忘。壯志偏疎雨。萬雲尚異鄉。宦遊旅夢短。愁入鬢毛白。幾度此年。飄零淚暗行。

冀北三壯淚。天南萬里情。收歸丨夢又流。投〻

志難成。荒旱憐兒女。飢寒托弟兄。祗深愁

寂寞。獨對一燈清。

癸卯賀從梅弟兄成進士 九月初八見示十月十三放榜

門庭何幸喜重逢。敷是梅花榜首名。齊才應

讓魁天下。試題勝傳第一般。

接家書

一載無家信。接來寄悉看。不愁添旅思。但願
得平安。負郭田荒少。饑歲又難。封書還未拆。
垂淚對光殘。
莫和幾境

一身枯坐禿如僧。打破閒愁佛不能。十口自雜
新米汁。百年徒惜鬢無增。書從久處方知
悔。事到於今那可懲。寒窗枕深根榾柮
半窗殘月照孤燈。

春閨

爲憶征人意自迷曉來明夢到遼西黄鸝也是多
情種總要啼時不肯啼

癸卯和偕子徐請以拜進士求教

案前細讀當來詩白雪光迸照紫綠旅國未曾識
几席他鄉何幸接手儀從戎盛世成名日正是帝

賢封子時最羨祖孫相濟美歸余旅酒見燈筵

二

文名久已重王公年少如君才更雄磊落襟懷餘自異風流辭賦幾人同家傳學海源泛碧策射天門幟拔紅我愧迷蹊甘已廢陽春難和獨難工

冬日送貢生萬歸里　癸卯十二月二十四日

歲杪蕭蕭冷霧煙。若、君決意賦言旋。罕霧寒愁千里添，復擧千里歸一裘，剩殘錢。膝下歡承孝子舞。客月酒籍籍變。貧風壓我亦同涼倒。聊志離樣詩一聯。

祀灶　癸卯　次梅叟人詠

東厨今日說登天。蘇果家家競已燃。我拜
蘇敢有乞。塵羹記是借言傳。

癸卯至徽御賜諸進士綠綴表裡各二恭
賦　和畏吏徐詠

大官傳勅賜多士角冠裳。花織橡綠細。雲連綠綠

長綿綿延聖緒縷縷帶天香被服懷三錫綢繆
握丈卷經綸資特雅黼黻煥文章耀日星中
耀緒家聲曉先才臻漸鑄繡德重項玄黃價
登連城值珍宜什襲藏乾元第正妃常物競
含芳哀我應難補君恩報刻忘

偉 灰聲

寄贈友善甄叟　愛如

我慚迂拙與人違。君意殷勤到處隨。不效登樓輕作賦。已知倒屣重當時。封侯將笑馮唐老。肩在常同阮籍悲。他日相尋何用問。草廬秋水越江湄。

重過黃花庵和尚

寒雲漠漠草離離，馬首斜陽客到遲。紅棗
村墟垂貫纍，黃花旅店籬邊破。十年漂泊
還家夢，萬里風霜兩鬢絲。竟斷一般孤鴈去，
誰憐殘月照鄉思。　浪跡生涯
生涯飄泊風塵人，鄉關漂泊還愁未熟市月信

兩浙江湖天地隻蓬鬢風塵（湖山）一酒瓢上林難得（復）
倩只自賦鷦鷯

癸卯除夕　次持菴韻

晴光乍轉色將勻滿引椒醑不厭頻今夜方除舊

客愁明朝仍是異鄉人。年華詩酒風流在。餘點
鬢看春月新。為問遠梅開也未。肉紅已報幾枝春。

甲辰正月初十立春

韶華亘不正當此。善遣殘冬仰敝裘。是日難消
漫想雲。好風又送一年愁。紅綠細挽花前擡錦字

新裁月半鈎。多少事從容。衰去。依然燈是舊儒流。

偶檢殘箋是梅兄、有咏正月初三月下詩僅得浮雲

妬嶺色一句因續成之竟自不知兼目也

正月初三夜。清輝大半間。浮雲妬嶺色。不放滿關山。

庚寅正月初三月下一絶

月色到初三。明光吐波西。浮雲將盡夜，仍靄拂東南。

寬齋對月感成

寬齋愁寂將徘徊。凝頹殘盡對酒開。惟有多情半夜月。照人猶自過墻來。

長安元宵口占

天街月色淨無塵，燈火光連萬戶春。誰道改豐年

慶有象，飢寒愁殺幾多人。甲辰癸卯兩年江浙等久有已報旱荒

二

今宵爭踏六街塵，四兩皺霞中又一春。我愧無才

吉春月，太平之作兩般人。

三

星橋柏鎖不飛塵。便有紅裙增却喜。烟火久街還似舊。踏歌應少去年人。

上元後一日晨起梅兒詩示曉和原次之韻

曉來夢覺見星殘。遥日旋看出海圓。滿眼春光誰會得。絶勝燈火月中寒。

癸卯除夕再次梅兄韻

今宵已是舊渲涼，送舊迎新人自忙。爲問梅花争獻頌，也曾知是不遑荒。

客中秋感

半世居閒少。風塵嘆此衰。貧來方見志。老去將閒憩。寥落家千里。羈危客一秋。故園音信絕。何處可埋憂。

八月十五過洞董八稱辰偶占三章聊書一觴、

生中今日是。暢飲莫蹉跎。古來貧中見。世情醉裏

過清光君自延秋思我儞為天上長如此人間能幾回

二

維嶽標清頌鍾美屬大家龍躍隨劍氣虎走見毫華花發三秋桂星隨八月槎今宵人盡慶絃管府丹砂

明月當逢爲天香底酒杯且忘生盛世休復乞憐才

小閣晴光合西山爽氣秀年年逢此日丹桂近蓬萊

秋夜感懷

壯志旋銷盡飄零愧丈夫雖懷秋興遠賓影月同

孤貧賤多應絶艱難信亦無遣愁還是酒何處

問當鐘。

二

久作京門客。長懷故國憂。寒鐘出水嘯。哀角上

城秋。失意思黃鶴。殘年現黑裘。有兒皆老

大。勤餘伏家謀。

贈普潤上人

相見如相識。忘形是豈分。依唯詩自脫。禪以詩超群。只悲孤如萬月。前深不群處。獨憐枝頭處。仗爾慇懃。

芒鞋何處安著。丈室遊塵界。有是道今古無

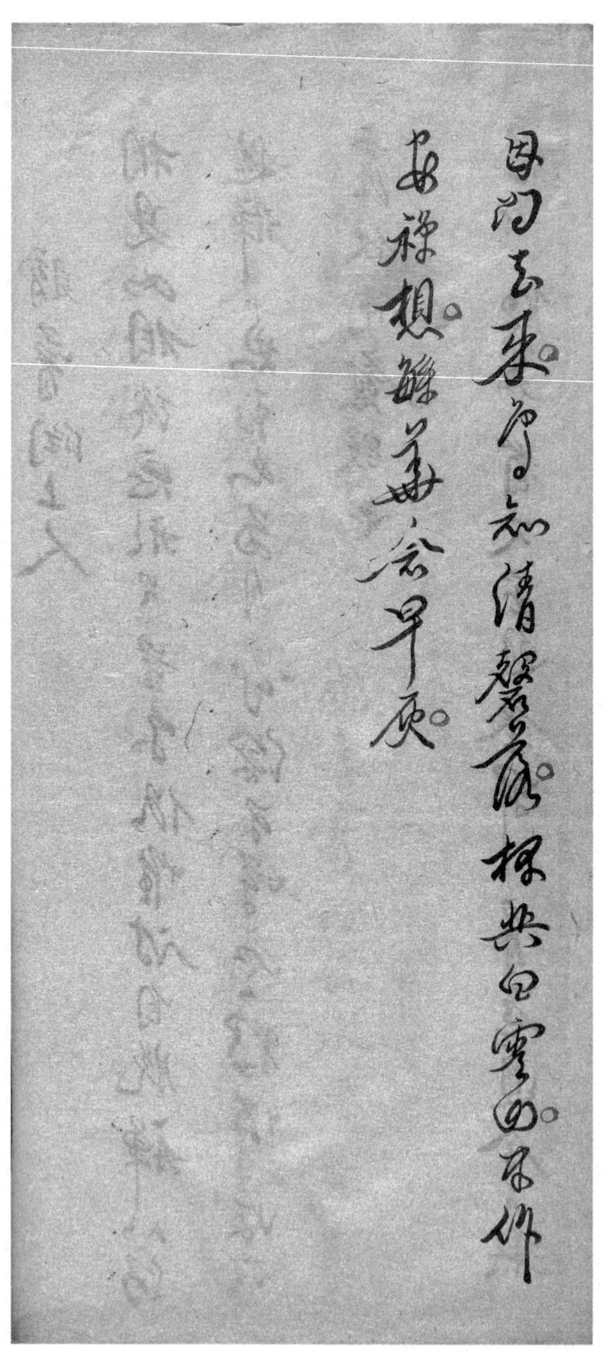

夢中哭甥王庭鈞

異鄉心事向誰論。每憶學常淚有痕。地下少錢仍作鬼。人間無路得歸魂。豈知暮日臨川語。竟作今朝永別言。一綫宜存先繼述。九原可自慰晨昏。

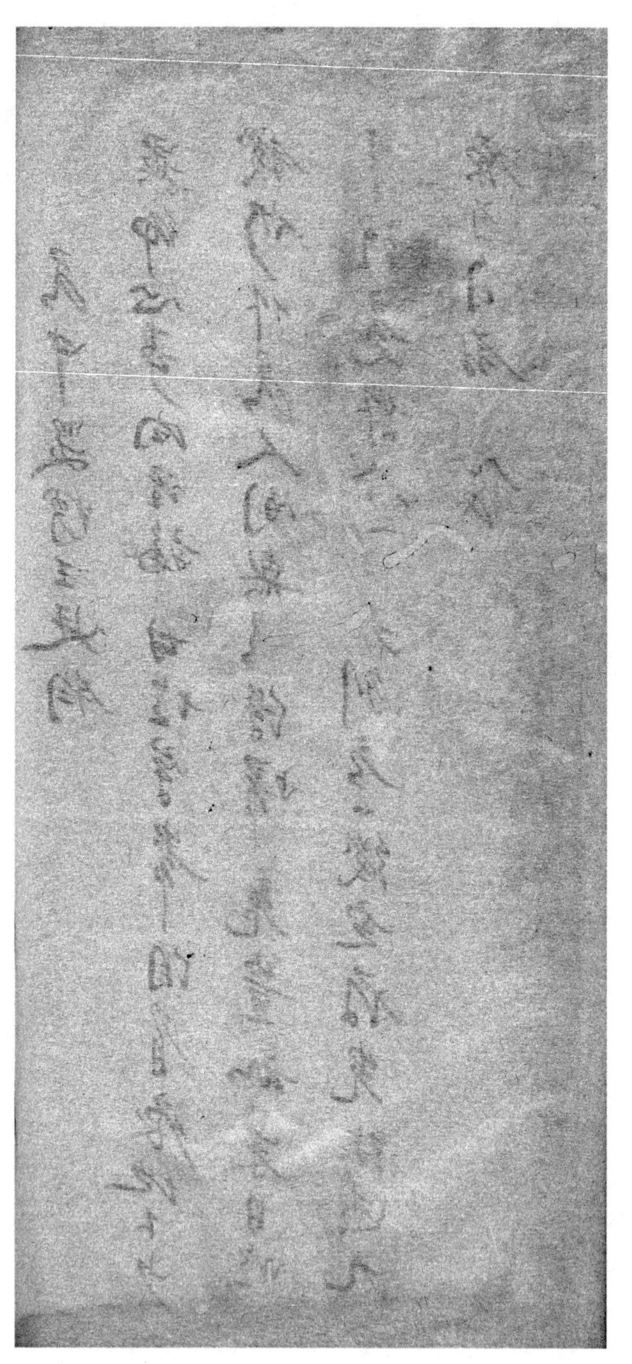

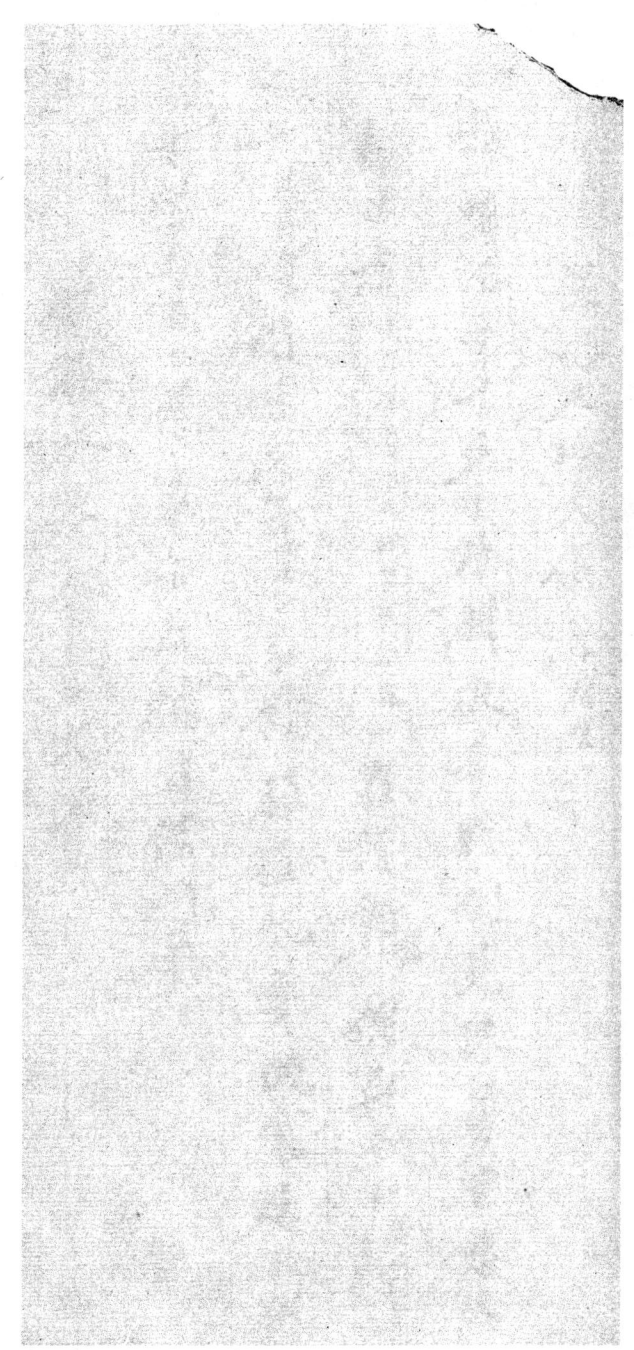

哭门人徐大儀 字皆宜

師生誼重十年餘。別後奔馳相見疎。萬里悲歧誰止宿。是年余適出京往省大儀進都兩不相值一經請郭（椁）愧無車。後余往蜀後入都半載大儀病故同時貧門皆分散。獨慕飢寒伏窮居。旅櫬未歸憐暴露。白頭猶自倚門閭。

贈瀑水菴會登大師

瀑水峯皆蔭。霞霞和梵音。山光空色相。雲影

悟禪心。說法花能證。談詩可解吟。風塵塊

未定。何日遂幽尋。

又一聯云山光空裏色。雲影悟中禪。

中秋　己亥

桂滿今宵月。香分何處秋。一杯無限意。兩[illegible]將出

愁。

訪朱達源于城南書舍

城南寥廓處。清靜絕塵囂。階外添新色。籬花上嫩條。評詩須白髮。話舊對青宵。只恐〻秋之。仍難別後消。

七夕書懷

久歷荊榛意。如燒鄉國懸。家貧身萬里。老病
賴攜杖。杞氣飛河漢。雲光纔如半。兩地離別
泪。滾多越如川。

壽岳母

松竹無冬臘。冰霜難與同。紅紅桃與杏。羞殺
逐東風。

有懷徐梅村先生 一字鈍也

閒閒三徑老梅村，花下聚書石上樽。奔雲紫門昔賢歸，一庭明月掩黃昏。

寄懷浮嶽寺無懷上人

梅花浮蘚入畫圖（寺有梅湖方圓各十畝相傳梅福鍊丹處名水面風過處波簇成梅花），遠公從此托跏趺。禪心定得通乎否，詩債償來有也無。岩康定隨野鶴放翎(上有東坡二岩洞)松風長共白雲孤。華堂珍重舊人題蹟(方丈內兩壁有傷昭先生題咏詩甚佳可愛)。莫遣苔遮淋壁蕪。

哭錢兒 七月廿四夜酉時沒 字佐黄以芳年十一

生死雖知命在天。爲山有志竟(徒)虛。人間有(泛)此應無誤。不得吾兒到眼前。

書感

白髮傷遲暮，天涯老此身。無錢常斷酒，多病獨思親。風雨悲邊緒，關山夢寒塵。難將今日意，寄向故園人。

重陽後朱逕源從南來過訪話舊並以詩見示次韻奉答

難盡別來意無因日去傳相期忽相值絲聽竟忘賤渡贊微綫歲重傷不遠天一樣重話意寥落復登其從

二

又作艱難實離恨我獨知因循登科願牢落不

悠時失人自荒三徑無從借一枝依之還似此相見但裁詩

三

君來逝八月。鄉景細應知。柴來曾平價。函荒在歲時。略採憐近事。兼詢嚨嘅趑室識。仍須問衆中。定有詩。

秋日書懷

謹惜羈危處。風塵一敝裘。目無經世術。不及治家謀。

木葉霜天曉。羅衾穩醉秋。窮年容易過。五十又當風。

過性仲學兄山樓

山樓清影結雲霧。客到呼童便煮茶。沸耳箏歌聽不住。一窗香送白梨花。

答以遂山人　次來韻

年來一別鬢鬟華。回憶當時情轉賒。振多天涯勞問訊。蒼蒼秋思滿蒹葭。

西施悔浣紗　次友人韻

不合當時去浣紗。而今只自惜殘花。可憐石上垂楊柳。依舊青青覆若耶。

贈龔處士幽居

四川東鄉拔貢士遺
全不受

新爰家去旗城村。照月灘邊獨掩門。川灘名照月　灘
絕口未常談世事。關心便是教兒孫。清風數畦花三徑。白首年衰酒一樽。落寒幾番長自傲。從容賦就許同論。

徐梅庵曰幽居人得此幽意詩更增幽雅

夏晚雨霽作梅兄齋見召賦

晚來雨霽起新涼暑氣全消對一觴林亭偕
詩清入韻簾前蓮酒細生香以妙留月永今
夕且（正極）（好）莫閒燒寬異卿片刻隨晴君會否化工
也自後行藏

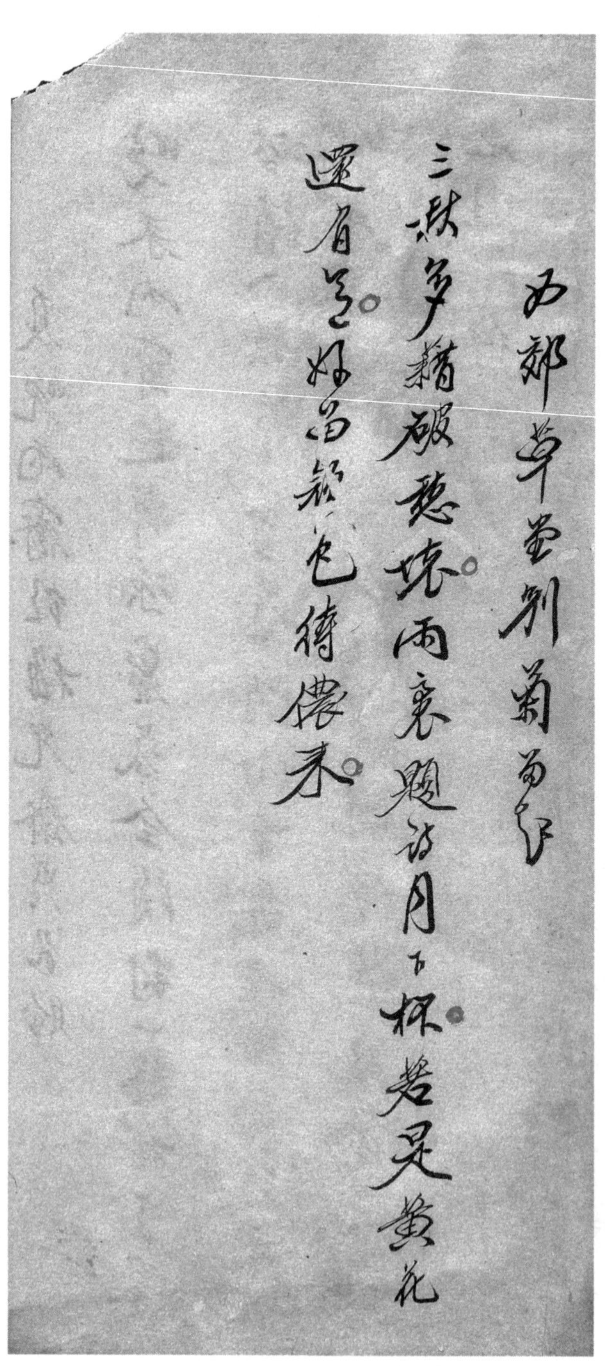

西郊草堂別菊

三秋多藉破愁懷。兩度題詩月下杯。若是黃花
還有意。好留顏色待儂來。

中秋夜同弟文瑞侍二大人月下歡飲恭紀

中天月色滿。庭桂數清譙。蔬果隨時乃。安排生夜深。不言世上事。只論眼前心。兄弟同依膝。承歡酒通杯。

王章 五古

當年未遇時。牛衣長相守。顯達在一朝。富貴

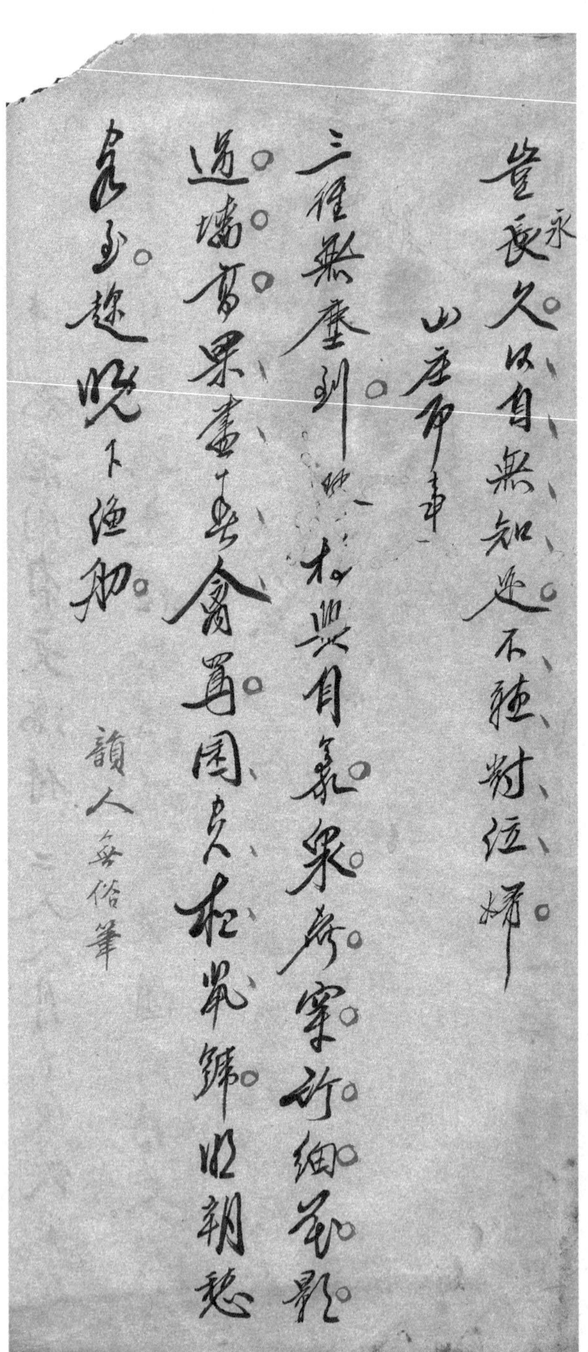

豈長（永）久以自樂知足不雖對泣婦

山莊即事

三徑無塵到地松與月氣泉聲穿竹細花影

過墻香果盡出禽算園夫松嵐歸收朝愁

良多趁晚下漁船

韻人安俗筆

賀聰郎學生納姬

越女風流正及瓜。浮蘿山下阿儂家。妝閑寶鏡留照月。鬢拂春山帶曉霞。嫩綠宜男髻簪蕊。粉紅荔子綴裙花。殷勤說與新[恰合]郎道。莫學墻頭西倒斜。

送張侍御假節鉞出師

特恩擢御史去必奏立馬上傳林征皺頻柱下封
章肅獬豸天邊動棨上麒麟三千軍銳橫
秋氣萬里霜威動塞塵若使元戎不好殺便
當福澤到黎民

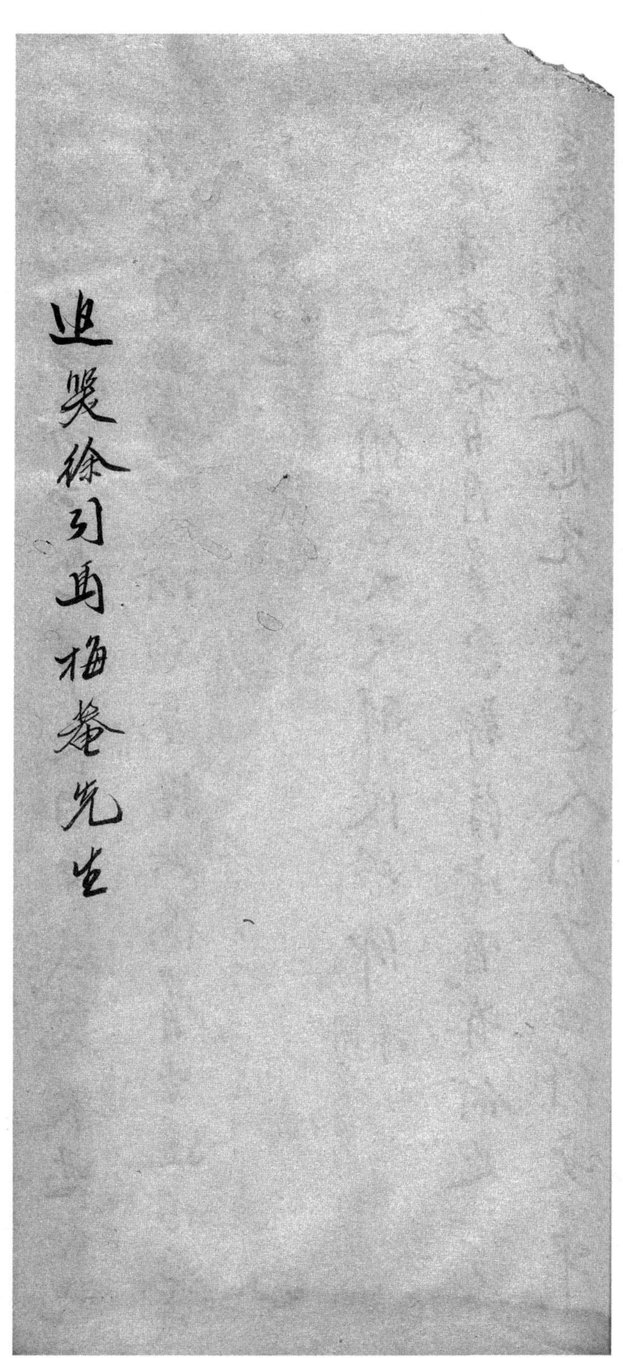

追哭徐司馬梅菴先生

屢作平安寄。云胡一夢長。因多感聚散。悲難說
孫三。貧賤曾相濟。顛危誰共傷。有生遠恨。在身
來未登堂。

送龍湖曾太史解綬歸鄉

胡賡貢廿人諱 謹

天地有榮枯。日月有盈虧。浮雲有貴何足論。人
生聚散何足悲。先生古之人。間少經濟文章

考自然。有時三合便傾倒。萬丈虹霓只一掃。兒孫秀發繞膝前。晨昏左右相怡悦。不用封侯印。何須負郭田。樓遲真自得。石侶無相牽。若不具彭澤五斗歸。奈秀。長沙負賈洛陽才。雅行之。書俳個。雪梅花帶酒杯。從此良會多了期。河山萬水長相思。

七夕

枯坐愁難遣。好風送蕭襟。秋光經碧落。細響送疎陰。不信人間苦。還將天上心。夜深正簾一室。回牛女起方始。

老健示兒輩

身安足經六十餘。被云多壽步徐徐。窗來掃徑何須僕。雨後尋山不借驢。偶傍遙睡深樹下。殘燈細着少年書。乃今自覺精神好野多健庸滿問起居。

蘐屋軒雨晴同友人小酌即事

永日遲佳客，悠然清興同。論文忘短褐，適性撫孤桐。雨洗苔階綠，花飛行徑紅。酒難銷塊壘，詩可愈頭風。題贈尋常理，危微且少功。主人情更好，既醉月明中。

溪陽護居軒感作

癸卯元夕

攤書且自忘蓬鬢。又值中天感物華。萬戶歡把交柴燒。一杯酒從石橋花。河山依舊風光異。天地逆新廿年餘。碌碌生平跡不定。可憐白髮未還家。

擬中秋應制　得秋字

花宮氣肅夜悠悠，銀漢無聲月影秋。以驗一輪開鳳闕，（禮斗威儀人君政太平則月多輝）喜占三耀鎖瑤樓。（集因占候若月有三耀者大臣有喜）星移劍珮千官肅，雲近蓬萊五色浮。共識（仰）太平天有象，如恒歲歲頌無休。（詩如月之恒）

重登九日送友人入秦

越水秦山路幾千。相逢相見已經年。黃花又是傷心地。紅葉重看惜別天。爲懶題詩酬遠客。以堪賒酒作離筵。知君慷慨悲歌久。此去西秦定著鞭。

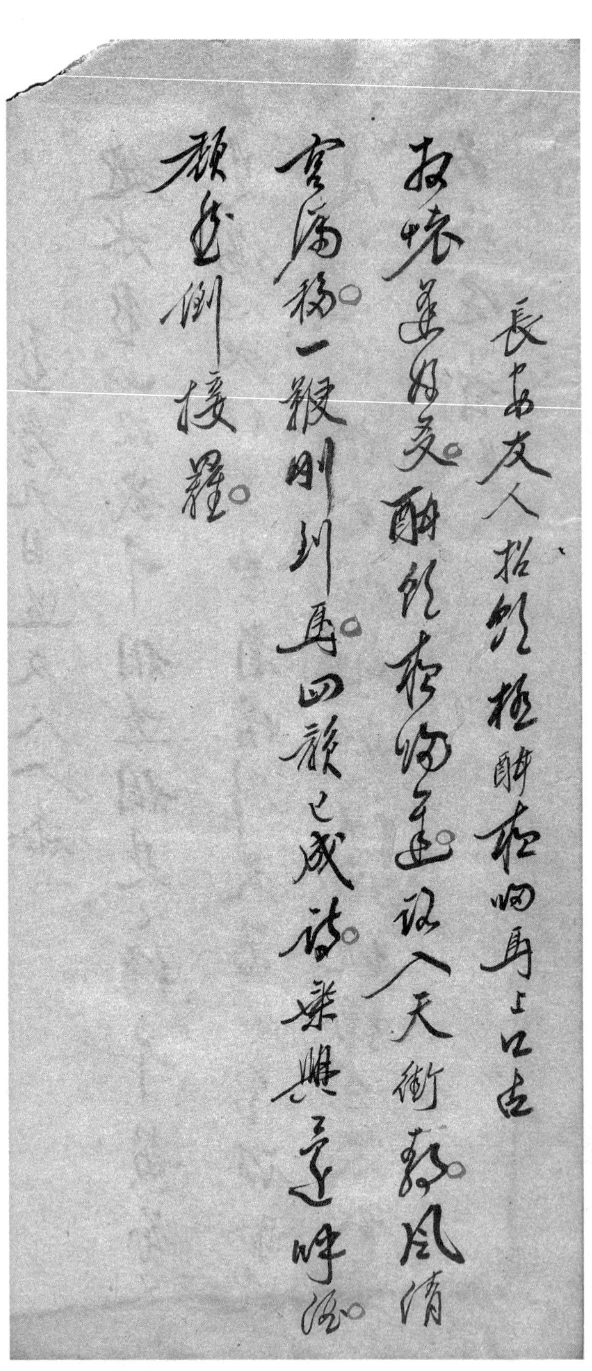

癸卯三月十夜別家并囑兒輩勤學

家眷

十口嗷嗷仗一身。謀生無計惜長貧。田園典去還轉稅。書劍隻身之愴神。今夜一杯醒別酒。明朝萬里異鄉人。忍將兒女悽蘇絹。謂灑天涯回首歷。吟補征衫仍是舊。晴添白髮又從新。是年出門已五十八歲可憐勤乳年安寄。莫使四山望眼頻。

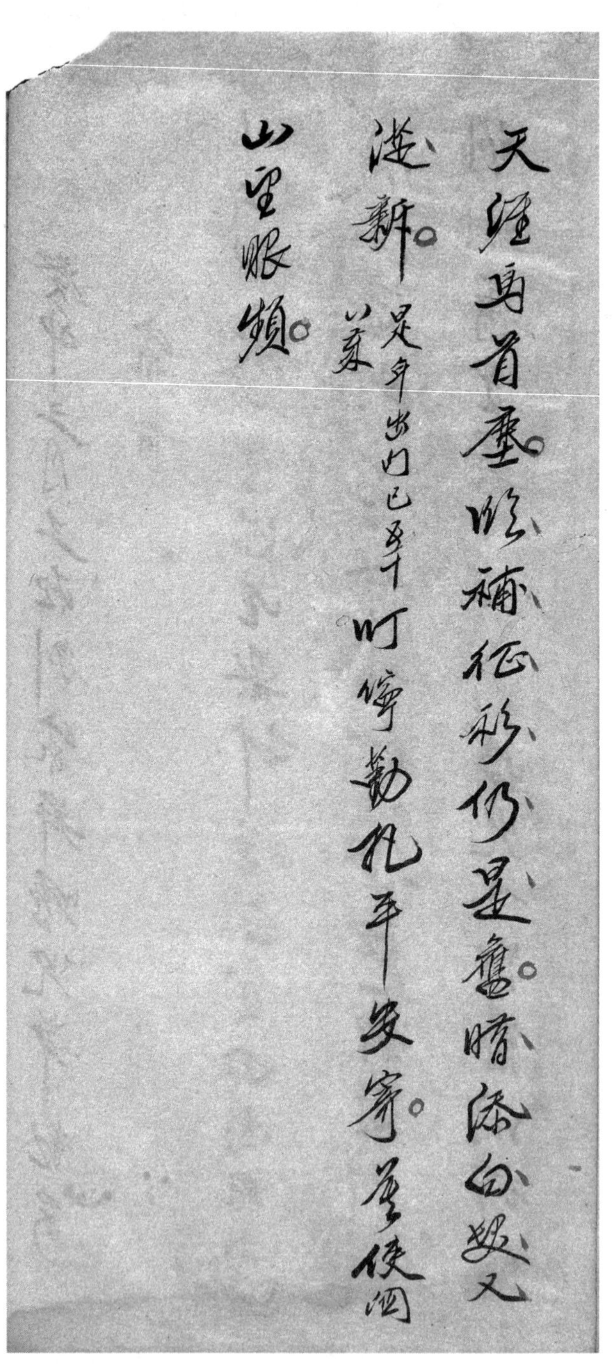

对云

雲深雨作片。風急斷還連。浄遠渾無物。低昂欲失天。歸鳥迷舊語。有艇傍平川。抱來间闲卷。新添白雲篇。

中秋前二夜月

會[illegible]

不到中秋月清光未見奇若逢明夜過補得此[確是前二夜]
時虧屏猜心先醉閑情興轉移良宵應共待只
恐雨催詩

中秋前一夜月

共道良宵遍一壺先見招似妨來今夕[確是前一夜]最歡

是明朝。秋色增衰颯。清樽懸敝貂。不辭醉後賦。風頹將相饒。

中秋看月

記是一年月。無如今夜明。酒移昨日興。詩得此時情。杯底潮先沸。樓凡秋思清。天涯人盡望。相賞將愁生。

中秋後一夜月

月色仍曾感。清輝萬里遥。風光雖再[illegible]。詩興尚餘饒。客裏情何[illegible]。林深醉未銷。不妨重解佩。沽酒續良宵。

確是後一夜月

中秋後二夜月

登樓人頻賞。清光到較遲。如仍一夜隔。已見幾

確是後二夜月

不辭。俯仰同今昔。盈虛將轉移。裴丈人雖有酒。
相對但酬詩。

九日重經西郊草堂有懷陳山人：

不到草堂久。重來懷舊遊。黃花還自發。風
雨滿天愁。

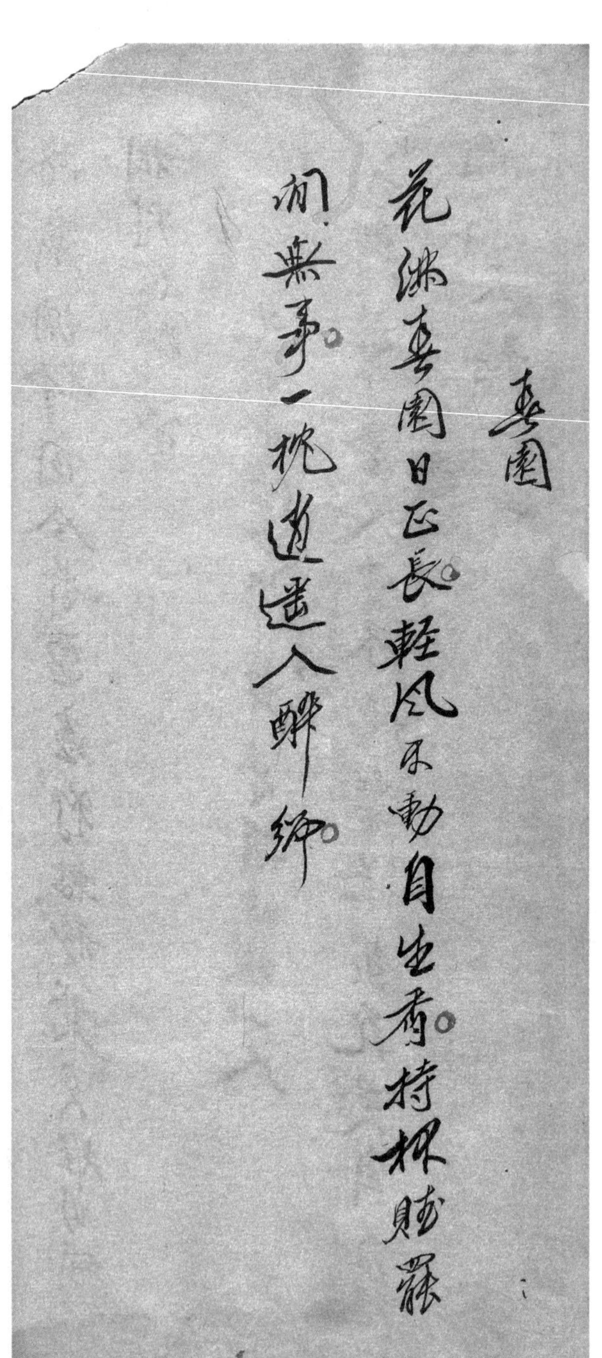

春園

花滿春園日正長。輕風不動自生香。持杯賦罷
閒無事。一枕逍遥入醉鄉。

立秋日夜坐感興

一葉忽驚天地老，頓教遊子動離愁。砧聲近接金門曉，月色遙連紫塞秋。萬里邊關恩莫報，十年學設志難酬。由來宦達尋常事，無怪常時笑級牛。

清明日晚登薊城遠眺

孫力盡收蒼。空眺將蕭疏。暝色連殘照。山家
帶斷煙。荒城通小橋。巷消近三逕。滿目淒其
意。衰荒蔓蓼田。

秋柳得笙

蕭條張宴柳。枯生一蟬凋。衣散雜集紛。誰萬
不耐朔風殘蓮草水。月、色、渡、江、山。萬里家鄉

夢。今宵得否還。

晚泊上溝村

昨日紅亭裏。今朝泊上溝。停雲沉浦墨。一雁度江頭。湖海孤舟侶。風霜兩鬢愁。鄉關何處是。砧杵萬村秋。

從署中歸供先嚴飯位成

孫纂誠天性愧余不孝偏九年並手消一飯哭

祀前鞠育尋恩重晨昏伏弟全平安何處

問遺恨到重泉

秋夜南城歸家口占

雨過南城暮天高月近秋晴晴中再雜烽火滿
皇州

秋日過楊王足釣歸里

楊葛墳丹如路岐共培辛歸來仍足食多病又
添新春來傷心過親慈望眼頻如風變漸膺珍

重游遼東。

二

我來明聖日。余六月廿一入都門汝去又秋期。明年八月十一送至通州因上船

議兵深屯須。髮顯晦時。難難歸路遠。負病邊

慈遠。瞻到直之人也。無忘慰我思。

纪夢

戊戌蜀月從北新登舟入都夜夢先慈大人手持大青瓜一枚付我既而從容云你要吃等我已切與已醒而口占一絶以誌此云尔

日落錢塘放早槎。分明枕半夢還家。慈親示我瓜中意。詩頌綿綿定不差。

連日陰雨作霽

連陰盡作霽。殘照帶雲紅。荒徑生綠叢。長

林淨遠出。山浮雲影寒。花落鳥聲中。相對
襟懷爽。題詩向酒筒。

贈遜輝和尚

世情饒自脫，托跡白雲深。越峰名雲深庵默默虛人意，非非歲月心。華嚴經云非非想天，謂非非想處天詩成山鬼繡，茶沸梵龍吟。一杖峰頭暮，天花落寶林。

俠客

平生不顧身，一言重意氣。笑取仇家頭，對人何首歸。

暮秋晚過東山紫竹菴

散步尋幽去。前村夕照間。白雲停古渡。落

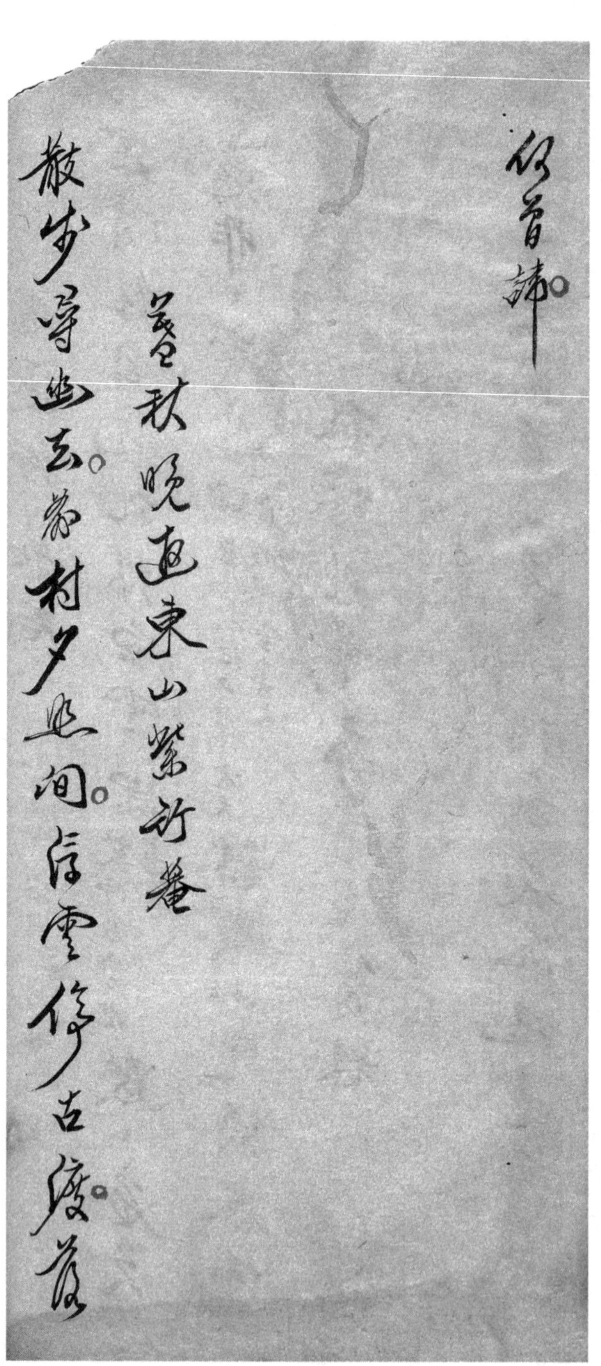

葉滿秋山。月僚爭呼俗。僧同將閒過。岸照明月上。問我遍滄溟。

金谷園

錦叢繁華金谷饒。玉樓深聚後雲霄。不是綠珠拚一死。風流誰說到今朝。

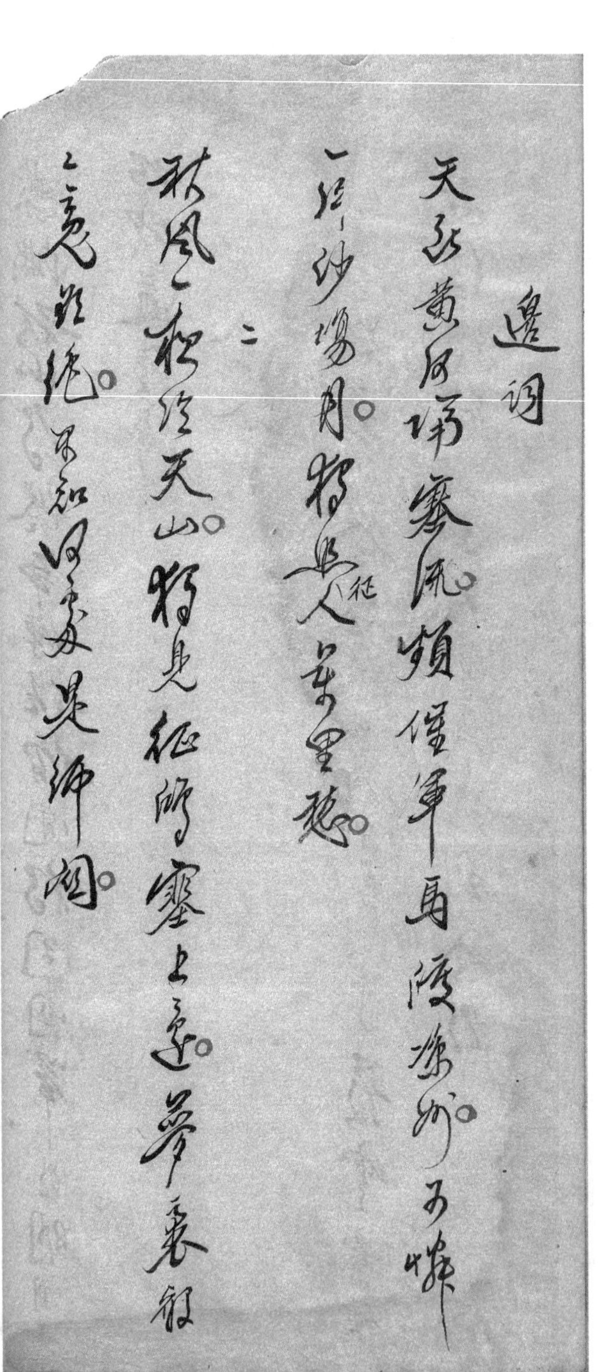

邊詞

天涯黃月瑞寒流。頻催軍馬渡涼州。不堪

一片沙場月。將無(征)人萬里愁。

二

秋風吹徹天山。將是征衣塞上寒。夢裏歸

二意難絕。不知何處是鄉關。

題土青巖小影

看去一雙白眼。閒情半卷殘書。落葉秋風不掃。拼將天地蘧廬。

空齋風雨夜夢之人

甲辰八月廿三

晴風吹雨滅殘紅。夢見高堂白髮雙。直

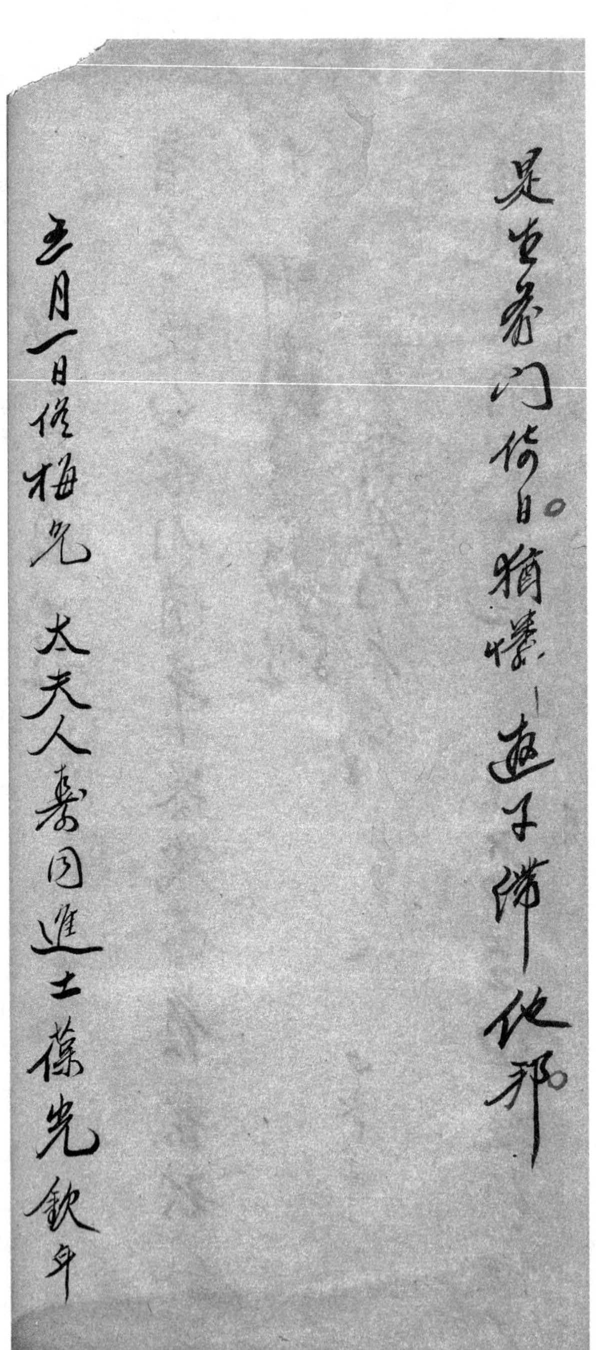

是其家門倚日。猶憬憬遊子之佛佗耶。

五月一日侄梅兄 太夫人壽同進士蔡光欽拜

又算諸友集蘐屋軒即席賦　甲辰

良辰逢日至。雅會壽天長。萱、草、堂、階、茂。修篁

花根感香。火雲圖紫氣。（日初辨）李（火雲成節晨）晨斗接清

光。舟揮思南國。欽（豐二支日中見二、）祖旌出尚方。沉蘇

世屋子。修（初夏至　皇上詣壇祀祭又五日沈）消德頌歐陽。有有

蘇采于江以弟屋子

天業。倫 汝陽公討叛兵消以德以用 赤靈將 李

而無良守城。迹疎井世樂。欽

貧病笑余狂。紅橋山櫻熟。作 綠纏雲錦凉。

以財能將醉。李

還能賊同行。實至情南北。欽

美雄氣頓頓。催詩幾點雨。為秋九處觴。李

百

歲同今日相期慶未央。飲

喜雨

農家纔說蠶繅了。又趁農忙佈穀催。應是天公也着力。連朝風雨潤黃梅。

登江天寺 在鎮江洋子江心 今上改金山寺

往來遙望切。今快一登臨。江湧前朝寺。山沉萬古心。清殺隱地洞，雲氣通天漲。何日柔風去。中流砥柱深。

武林醮署歸家喜成

無端三月武林城。日夜歸心刻不寧（怫安迹）。雨裏紅殺通小蘇。馬路山色迤西泠（接）。花墅兩叢沿蘿紫。蔓引綠成上屋青。自喜到家還是是去妻笑出酒三瓶。

贈將軍白征西

貔貅十萬勢光揚。寶劍親提出萬方。塞上黃雲遮曉旆。遼西白日綵乘[illegible]。河山理繼綵功業。天地還留武穆光。將識將軍為勇略。

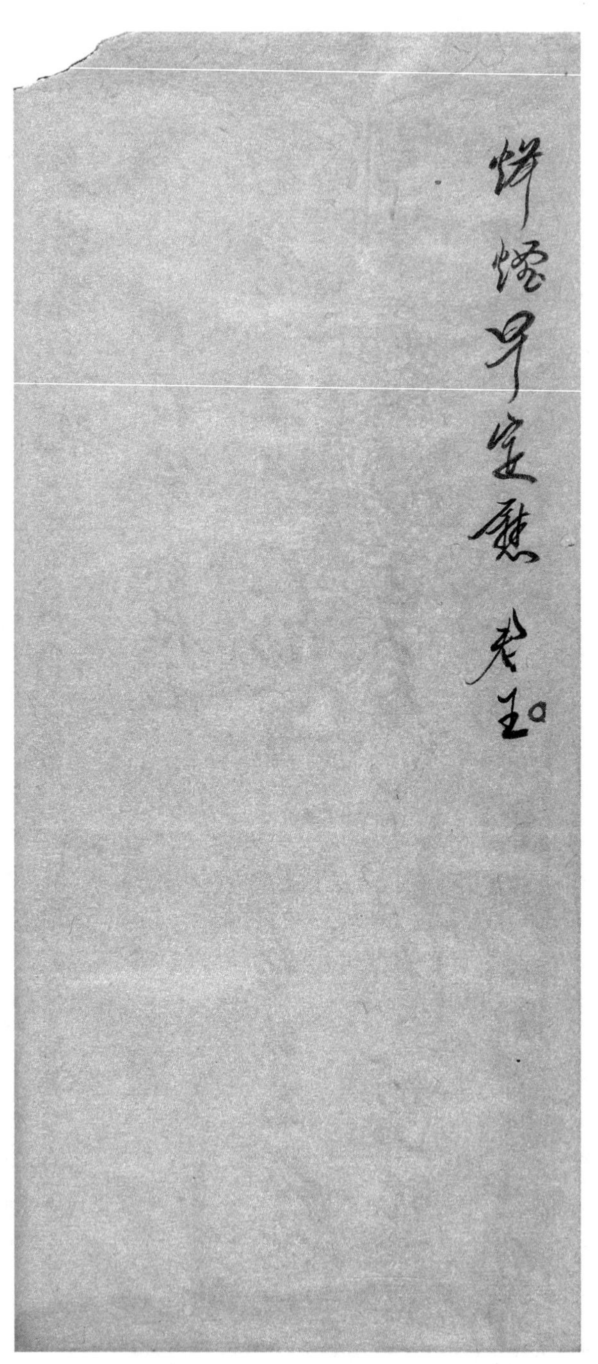

哭鉞兒

辛丑五月二十四日酉時沒　丙寅六月十四日子時生　字佐黃川歲五十一

豈知在世竟難移○身後無窮事付誰○誰共

留與傷心處○伶仃赤手痛孫兒○一孫二孫女生來

衣食慈長缺○婦去青山夢斷期○三十六年

黃土收葬○一如恨汝一心悲○

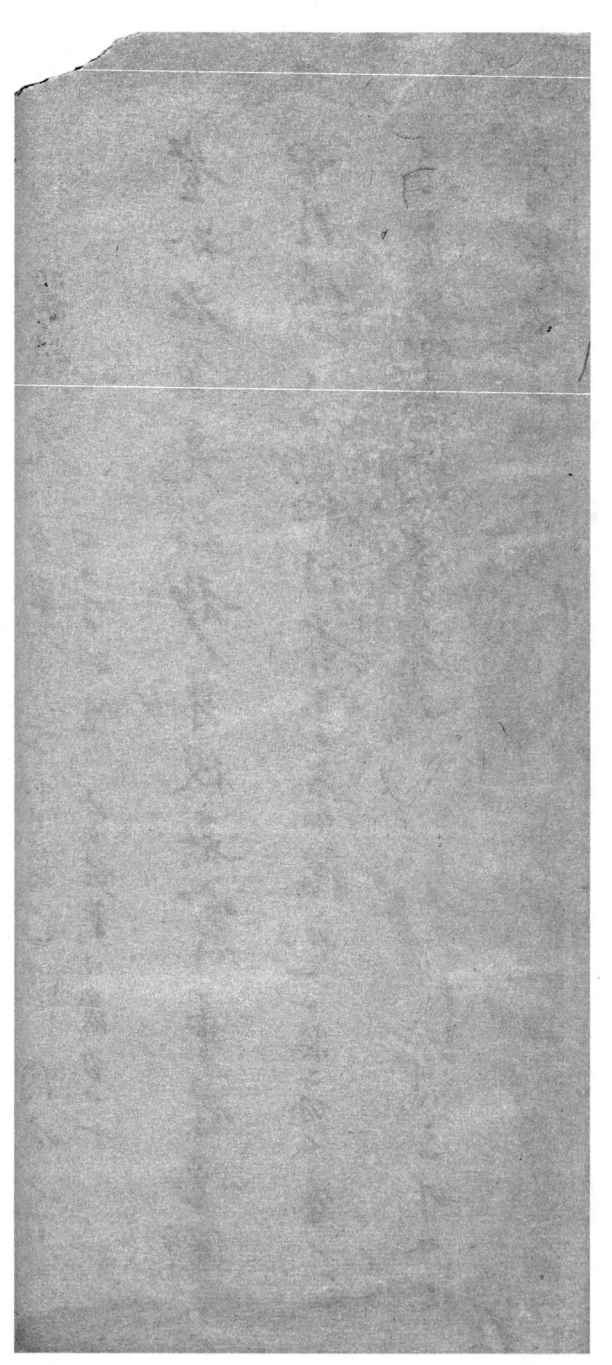

棕篷中聽張寬徐太史送酒至賦此以謝

相逢幾日覺多時。愛我情深又見遺。花下將

開新送酒。篷中細棕篷題詩。誰知近鄰明

朝從。與別忘憂藉漲醲。賦紀花深明也

謝。峴雛出才自逑之

賓歸過湖墩探友

十里湖墩一小舟。白蘋紅蓼正清秋。知章舊

日風流在。曾賦蒹葭憶遠遊。

北門不易行

出門復入門。門門遇難山。鴻命若逢艱。風霜千里載月夢征鞍。登山復涉水。太山之高高逼天。黄河之水水墨滋。畏我衣单冷無棉。愧我裘只着無衫。呵嘘手寒。竟人生安樂命。吾亦皆有之青鞋命。好天要好。命達德損鬚不殘。猶老人。出門何草

草。入室敢開文謫報。信首筆驅雛暮晴。更啼

飢。兒歸寒。聘家謀多秋未完。此心徘徊起長條。

君不見門前烏鳥巢高樹。未雨綢繆巢屋護。

家雛嗷嗷日在巢。烏烏口口時勤哺。報鄉食。旨

鄉食。報報暮暮歌。不得丈夫有志在四方。豈不

不如乙鳥之慈計且長。

司馬徐梅菴相約浣溪看花值雨

浣溪曾說杜陵家。黃了青山抱水斜。逕底怕難歸有約，宵宵風雨浣溪花。

二

聞道浣溪好避秦。浣花應是可憐人。天公

何年懸墳志。又阻德郎一度來。

笑兄席呈

芝兄別今十八。小年在三明。解得千名大。堂知友

愛集。一生未之讓。笑尋參尋長貧。劳蚪去埋骨。

竟從夢裏來。

再哭鉞兒

也作如何痛自知。啼痕無日不沾衣。生平情

汝能孝友。死後從誰育是作。泉下淒涼何處

托。家常呼喚承歡婦。眼前完是腸地斷。

零落殘書月到幃。

過湖塘有傷亡兒鉞

當日兒何在○今朝我自傷○此腸欲斷○不忍說湖塘○三兒在湖塘舌耕三載

病中口占

錯料生平事○無端去故鄉○飄零踐應

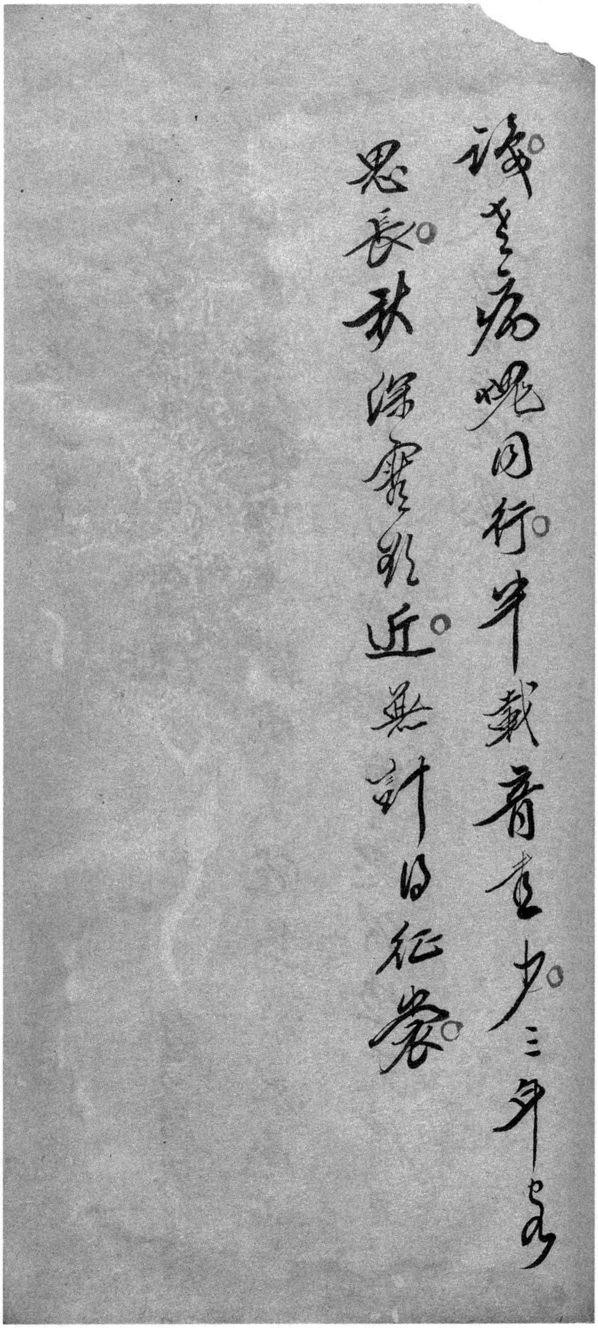

識。老病晚同行。半載音書少。三年夢思長。秋深霜露近。無計日征裳。

秋夜山中

夜靜秋更清。明月光可掬。松濤落如居。羣聲
增益。觀觀嚴高懷。林深雲氣溼。鳥散東南飛。聽
鐘殘月落。緋仙勤我思。渺渺思何極。天地月晦
明。人生無絕藝。

和須黃牛峽

峽轉灘聲急。山高樹影浮。層雲擁白狗。岩殘月照黃牛。村火微分峰。猿啼自帶秋。蕭條相送。明日又巴洲。

偶憶龜山之元祈閣亦有拜丸峰

手録祈首個來並小園爲之作三長兩風續六

月天淩雲紅蚨日樓風下他年萬代爲韜入長

爲藏叅回

先大人之遺在

東偏向

黄金臺

共築高臺譯水邊，夕陽細草自年年。英雄肯爲黄金至，還是昭王不重賢。

八月二十二日先慈忌辰，率婦子輩瞻拜遺像以誌悲感

七載如今月，傷心拜 母慈。長懷風木恨多

麼蔡義談。蔬果徒紛列。肴實難再期。一

厄雖共進。不及在生時。

九日客居對菊

客居原不是陶家。送酒無人還自賒。籬菊

也知逢節放。西風猶對幾枝斜。

荔支詞

嶺南荔支膾炙人口余未入粵時聞之甚饞後從鄉中四進廣至一年嬉游其種類甚爲繁不能盡其名也並所見所嘗而擇其尤者詠之以詩并見向所聞之不虛耳

紫香殊韻味清醇紫香爲荔之佳品聞去垂涎見自饞怪襄嫂相贈珍每年于荔支盛時粵婦十二三相贈來名曰醒饞繡鞋紅襯小

花衫。紅繡鞋小花衫人俱艷之冣美者

錢春荔支名成穎

丫髻新興大八孃。雙丫髻新興大八孃並荔之絶佳者為舟進士

裙拖翡翠紫香裘。翡翠裙紫香裘皆佳種也

繡鞋紅帶花頭露。紅繡鞋花頭露味之絶佳者

碧玉朱衣照夜光。碧玉球朱衣夜光珠俱絶品也

從荊門至華容途中口占

飢荒千里慘。盡日失雞聲。此兼旱兩載，餘村民雞飛鳥散亦云

四顧遙。青天仰面看。萬山隨路轉。一徑逐龍蟠。

門人孫燾特恩復官詩以示勉 十二月二十一日 詠恩 甲辰年

此地從今論。當年走何歸。忽聞天語下。恩復到孫兒。聖德真難報。身心勿自欺。須知有用日。莫負讀書時。求道原非遠。唯忠孝可移。

長安待伍幼龢會試不至有寄　甲辰

長安日望河咸來，布衣功名志莫灰。白髮難辭萊子舞，青雲還待曲江開。明皇封張九齡于曲江，号曲江公，後因賜進士宴于此。吾宗應共期光寵，盛世何常是棄才。莫道顯揚作是孝，綵衣日月晴中催。

秋夜同張明府少〻晴川閣

晴川高百丈登覽氣何雄帆帶黃岡月秋
金赤壁風蘆花接岸白漁火入波紅滿目蕭
條意憑欄一醉中

漢口

漢口人煙集○風帆兩岸生○舳艫燈火曙○樓閣夕陽明○黄鶴樓與晴川閣隔江對峙山擁千秋色○武昌蛇山並出江口漢陽龜山横截下流江流萬古聲○常年黄鶴去○靡寧

武昌城○

長安道極幼韻會試下第南歸

豈是天心疑文字，偏將鐵硯若疑猜。柬維翰屬 試不第錄

歸來尚有親堪養，上苑還看花

一鐵硯不忘汝果 學弟

再開。我為身貧輕屢出，汝當年少即登

來路行將雪兼他謂二字平灸甚好也

友中孝埭含廉杜其光

甲辰

憶昔班原稍少年。別來塵鬢各蒼然。溪山雨後曾同賦（時與蒼人門下日學）。詩禮庭前喜共傳。（某蒼人余受業師也）

愧我無才負浪跡。羨君乃意賦歸田。一樽何日重相訂。擬整編竿上釣船。

問遠山示有并見草

曾記先人精舍堂。（歙口舊有庄，曾祖手書，更有茂林修竹扁）只餘三徑已全荒。（陶淵明三徑就荒，松竹猶存云云）還知竹色侵雲綠。夢見松花曬日黃。秋到家來收柿葉。（環山多柿樹，皆係曾祖我祖手植）池塘雨後護魚秧。（傍有小魚池，名鷗池）籬垣曲曲勤須補，莫教牛羊近墓傍。（曾祖并祖墓俱在焉）

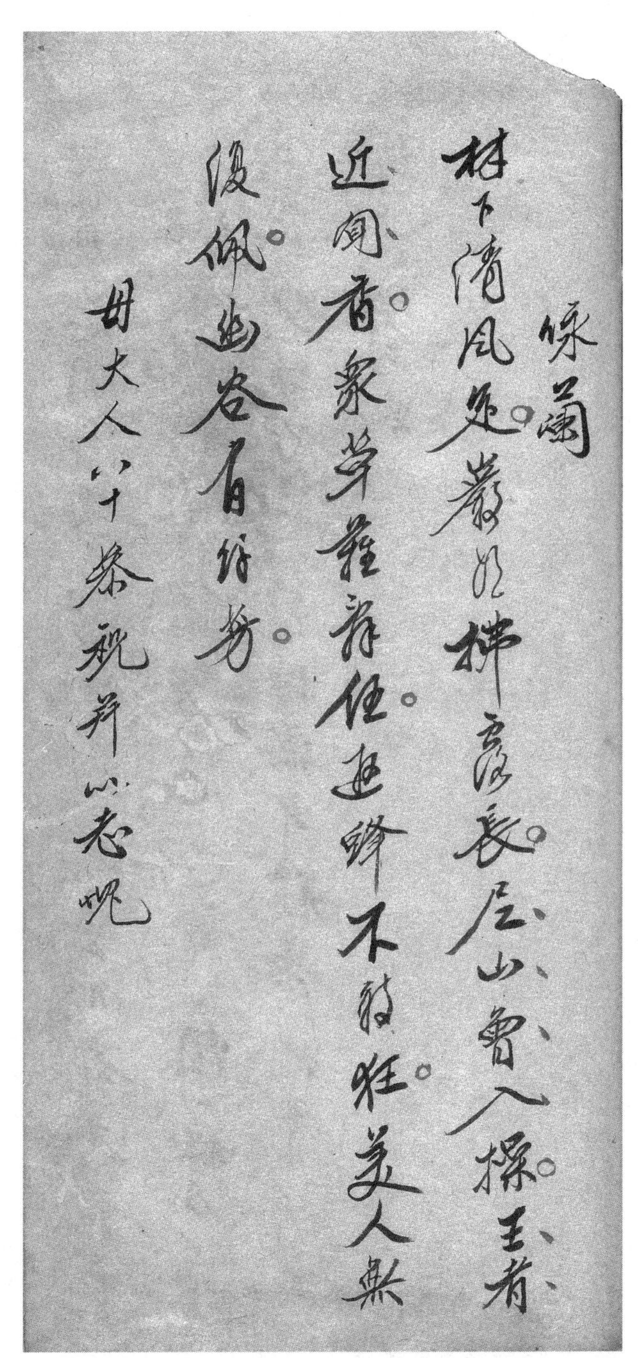

咏蘭

林下清風逸，叢幽拂露長。層山曾入採，王者

近聞香。象笄難靜任，延鋒不發狂。美人乘

復佩，幽谷有餘芳。

母大人八十恭祝并以志慨

皓首慈闱白髮先。斑衣難舞喜聞壽。遙羨弟

妹齋歡視。膝下曾玄解進卮。八十不須一杖力。時毋[illegible]勤不[illegible]

杖扶

百年頗頌九如詩。祇無斗祿榮親壽。慚愧

終身心自舒。

經湖里望　聖人廟

鄒魯衣冠王者會乾坤禮樂　聖人家宮墻在望

高千仞不得其門只是嗟

問水奚漂泛何如　甲辰

傳來至趁水平城疑信天奚浣涯不問井灶西

將何處安大田園剩得幾家耕　青山夢裏

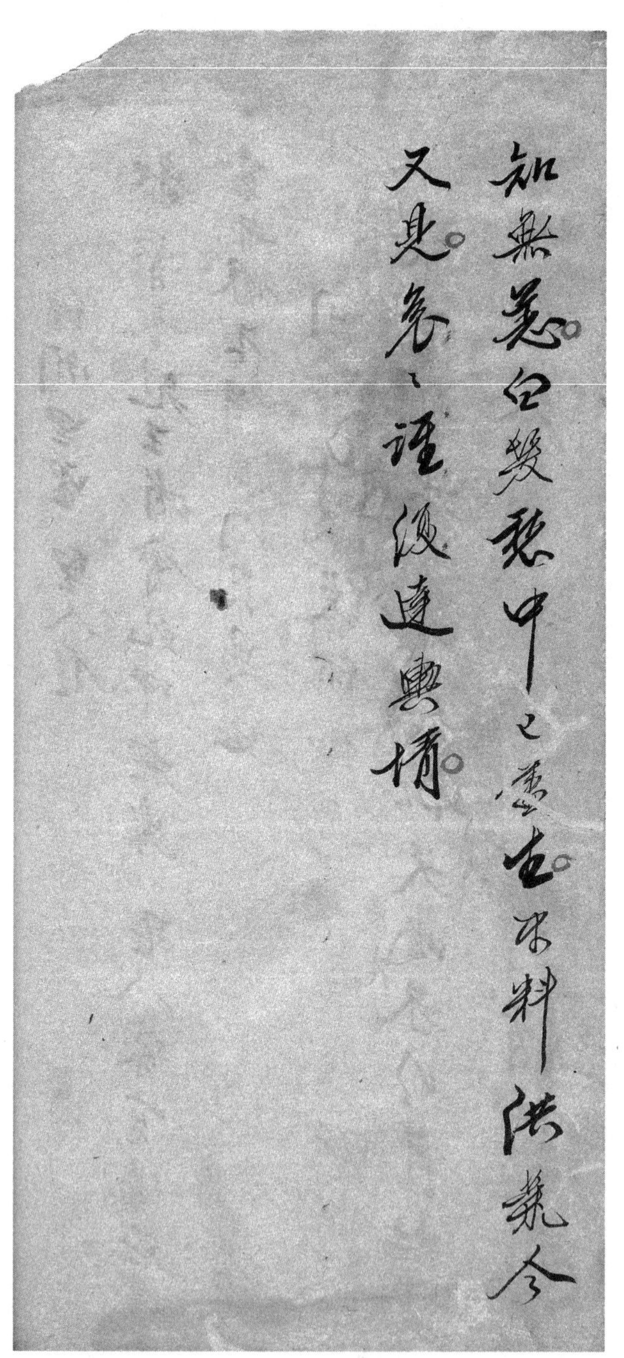

知無恙。白髮愁中已慣去。不料洪氣今又是。急急謹復遠與情。

哭鉞兒

李左黃時歲五十一

我兒未四十一病難逃安藥石不周全衣裳無完

布被苦寒可書已及爲詩書誤胡天奪吾兒

一夢何時覺情如割身上月月爛磨不補汝去處

不歸歸何歸無能汝子未成人汝喪若無措

可憐白髮親。暮倚衡衡望寸土汝身安。一家只

痛楚。呼汝汝不聞。哭汝汝莫睹。呼噫乎。我兒有

境絕無。吐已矣乎。我兒有來必有去。其如父

子情。生死莫相顧。

淒楚報不堪再讀

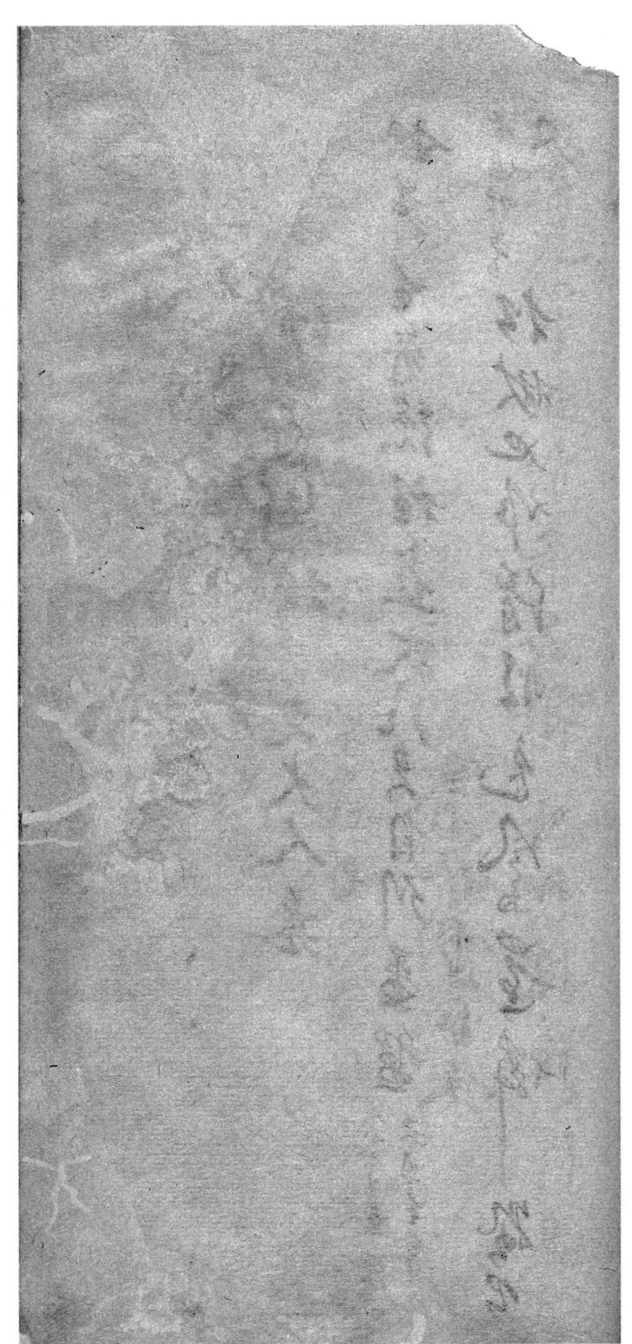

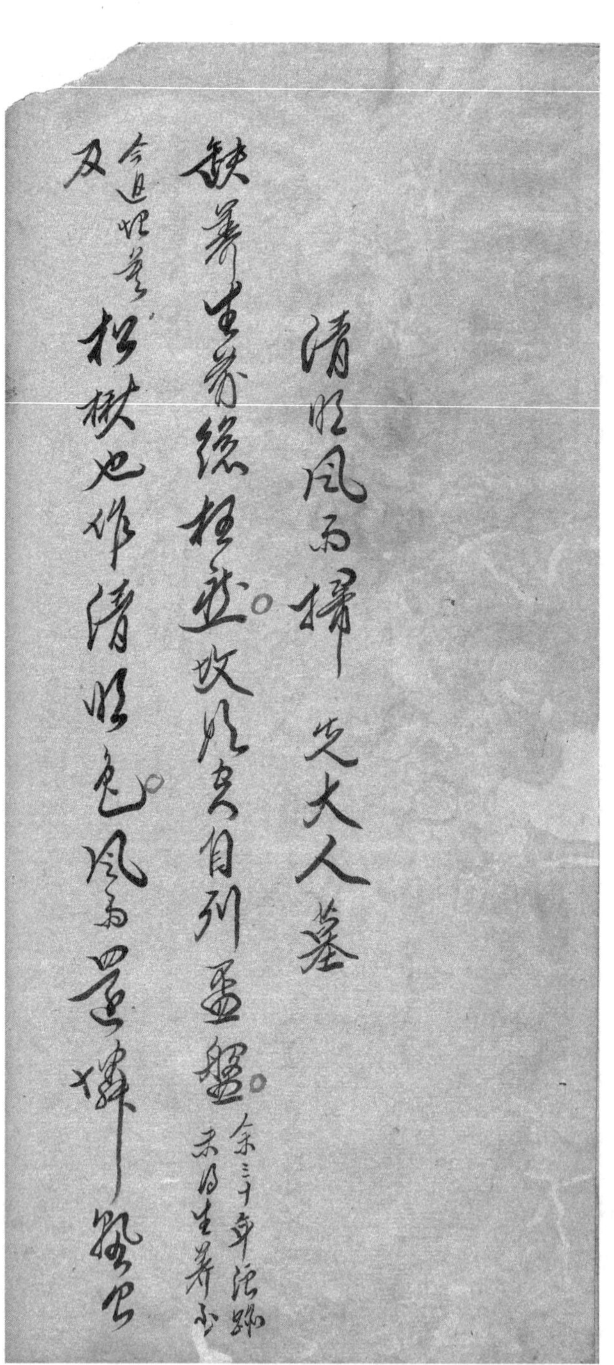

清明風雨掃　先大人墓

缺養生前總相違。坟頭空自列盂盤。（余三十年浮跡，未得生養示）

及（今追悼兮）松楸也作清明色。風雨四邊是掃墳也寒兒罪徒終千古恨，親恩難報一乳難。
謹言恭祭如神在，無限青山得問安。

重陽前夜風雨不寐因思家園水災好

歸來得識作　甲辰

西風吹雨夜來驟，征外傷心動客嗟歸

只懸萬里目。重陽又是兩年花。愁邊白髮
燈前淚。夢裏青山氣後家。何日詩酬身心上
事。卜鄰還擬近桑麻。

中秋夜書懷　甲辰

今年十度志未酬。滿眼白雲縈亂流。本無經

濟下　明主。那有風塵向敝裘。兒女飢寒家草
里。献朋登舊友乃三秋。匣中剩得舊花劍。雖
劉卿心聽腸寸寸聽。

雨晴山座即事

雨霽山座暑草幽。一灣新竹色更清流。斜斜松子

雲根蔓。延〻岩花煙意〻浮。依風部平家季
劇。葉留諸葛比封侯。別無身世關心事。陶淡
詩懷酒自謀。

自愧

自愧飄萍來復去。當時悔不學耕犁。田園從泪勞兒女。薪米艱難倚老妻。總到百年終是死。行來一事不堪提。從無酬世求人術。只合居貧抱甕虀。

越山雲深叢訪照暉和尚 止府

杖履逍遙信步登白雲深處訪高僧傍岩老

樹穿紅鳥繞澗閒花覆紫藤偷果猿啼林下

見窺禪衆過灶頭燈讀對還登林間把[illegible]別

風乾常簌菱

賀門人緗鎖十月得子

馨蕙匯氣純，門庭有報良辰，慶休嬰孩

之後，今日是一湯。逾向此時生易，積了後天岳

彩話詠謝，弘德積盈，耳目提戈週歲聽試看

所前定呼嫪。

代秋卿綵菴一月壽

乾坤已復艱陽生，為頌升恒酒滿傾。小雨晴雲開畫錦，西山爽氣接蓬瀛。賦成綠草推司馬，疏就青門重卿平。躋進仙人掌上露，奐發花細蒸金莖。

冬中至日

九壁荒齋日易斜。又逢長至在天涯。乾坤動

初陽色。金須秀老歲華。悠閒晴窗添錦

繡。萬家淋氣轉蘇。長慵白髮慈千丈。

雖繫祖先一刻餘。

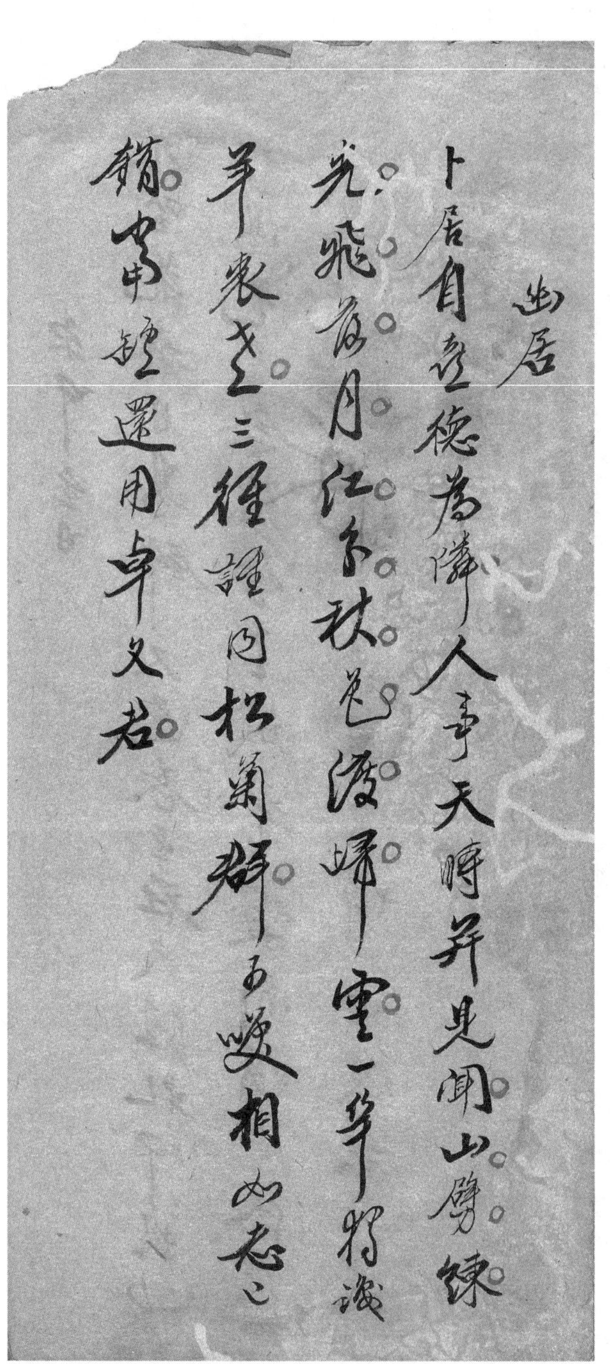

幽居

卜居自喜德爲鄰人事天時并是閒山勢綠
光飛夜月江鄉秋色渡歸雲一年野淺
草衆芝三徑謹因松菊群玉暖相如志之
稍宵中鍾還用卓文君

昔日懷家　用林先生韻

田園兵後近何如○鴈斷南天少寄書○廿載風塵客

浪跡○百年爲客病自歎歔○難銷白髮千杯酒○

佛刹青山一徽（草）塵○風雲何處鄉關時極目○暮雲

渺渺將愁余○

楚詞目渺渺兮愁余

賦得名葉以子為花　和忻卯菴

沼秀時序名葉映丹江色對情處合

先連曉日綠山林忘歲月天地自春秋非是

桃源境漁郎莫誤投舟

春曉仍曾着　次侯梅兄韻

春曉仍曾着天光晴後收康外微眉色碧

莫說無殷塵靜裏歸瘦花之〻劍氣清
世途長似夜肝胆向誰傾

二

客懷日曾着殘燈徹夜眠蟲啼通曙色樹之
竹秋殺旅鬢經霜白鄉思近月清愁深總
有淚不向晴中一傾

吾侄梅叟不祿 戊辰臘月六日作 是月廿一日卒

非是無家之嘉號無似，須開寬自歎歎，知君有

志雲程遠。哭我無子孫，遺蹤明月思深今

更切。春風愁對稍難除。永訣不祿從何補，萬

恨頻看舊影無存。

二

大志原來不在，忽日須得柳兮歡歡。嫌子將殘

君恩重。多病還知進步隸。酒債尋常歲進步。

詩懷守貧未全除。情深偶念天涯客。光雲平

廿義年三

每因諸紅想九六次陶醉歡歡。豈難破

浪汞風急。柳

嘴邊。側

思人

少畫。

釘球。翹首雲霄志

早全隊。可憐同是沉淪鬼。

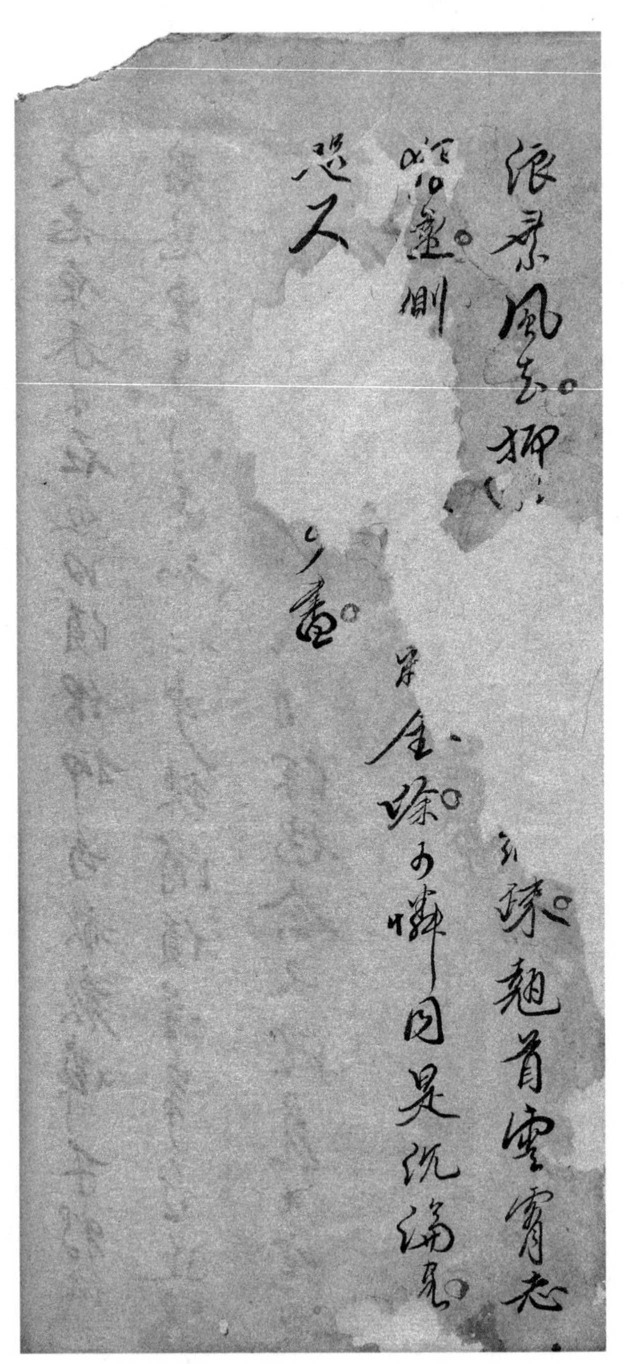

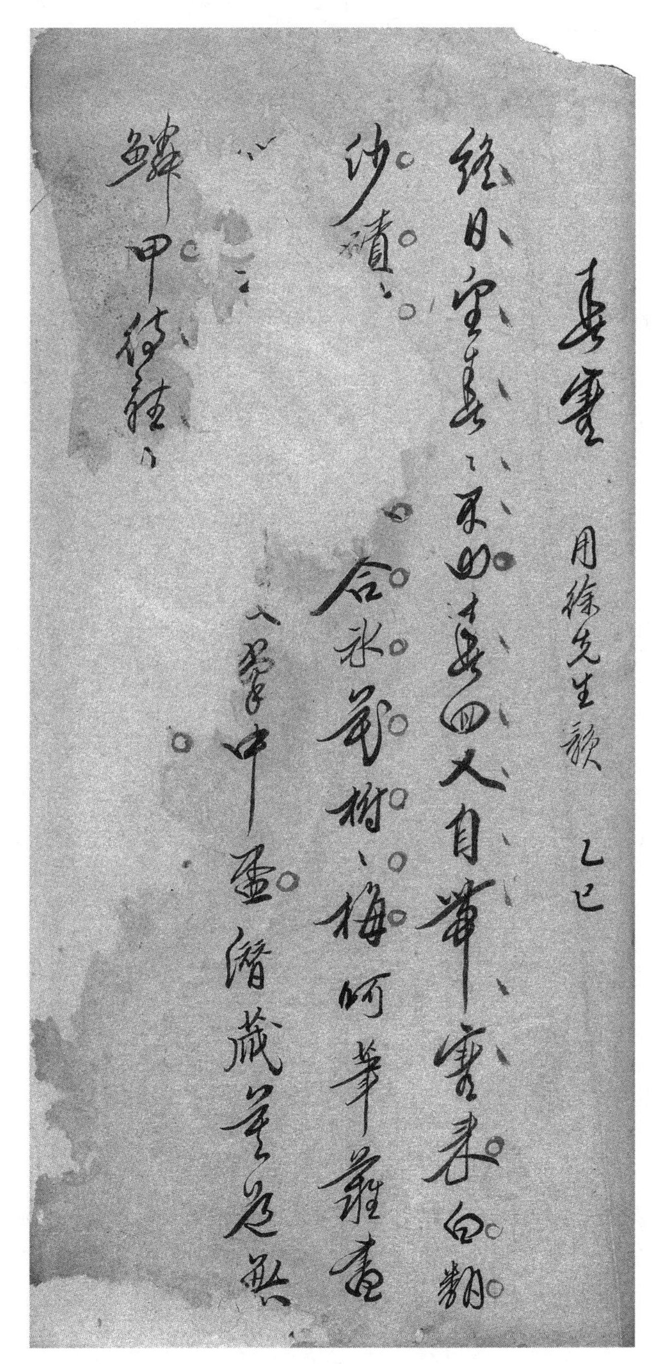

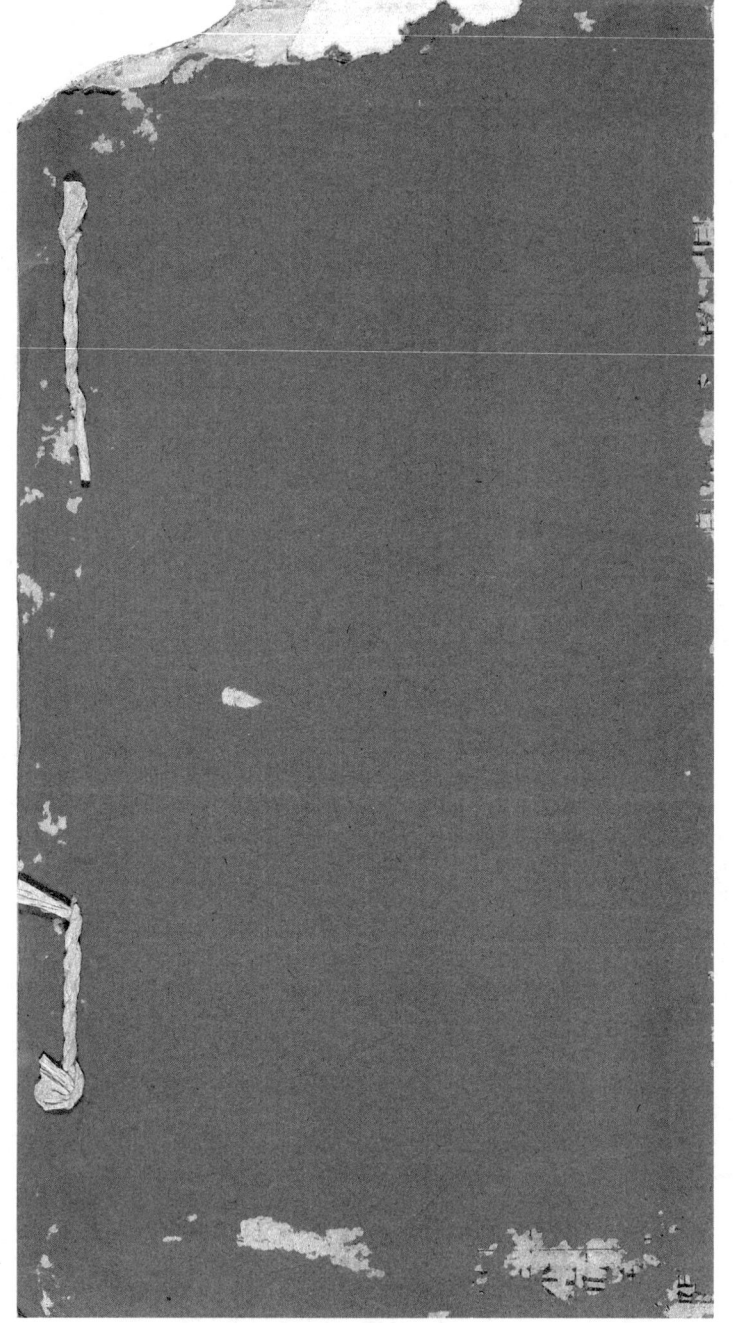

望雲樓吟草

謝淮撰。一册。

謝淮，清嘉慶間人，浙江嘉興人。曾求學於杭州「詁經精舍」，与汪家禧、方薰、方廷瑚、李培厚等人交厚。

此書前首題「世愚弟王蔚宗拜讀一過」。首題「望雲樓吟草」，題名後標註年代「丁卯」，當爲嘉慶十二年（一八〇七）所録之作。此本絃、炫避諱。鈐朱文方印「淮」，白文方印「小謝」「詁經精舍生」。按，阮元於清嘉慶六年於杭州建「詁經精舍」，招選讀書之士，可知謝淮曾就讀於此書院。

據《適園雜咏八首》，謝淮所居名「適園」，中有「望雲樓」，故其集曰《望雲樓吟草》。又《七里瀧訪嚴子陵釣臺并謁謝皋羽墓》下標註「乙丑詁經精舍課題」，知此詩是書院求學時期考課作業，《焦山舊藏周鼎阮芸臺中丞以西漢定陶陵鼎并置焦山詩以紀事》下標註「刻入詁經精舍文集」。按阮元於嘉庆六年主持选刻《詁經精舍文集》，專擇學生佳作而成，可見謝淮學行之佳。

課題之外，此集收詩文内容頗豐。

（顏彦）

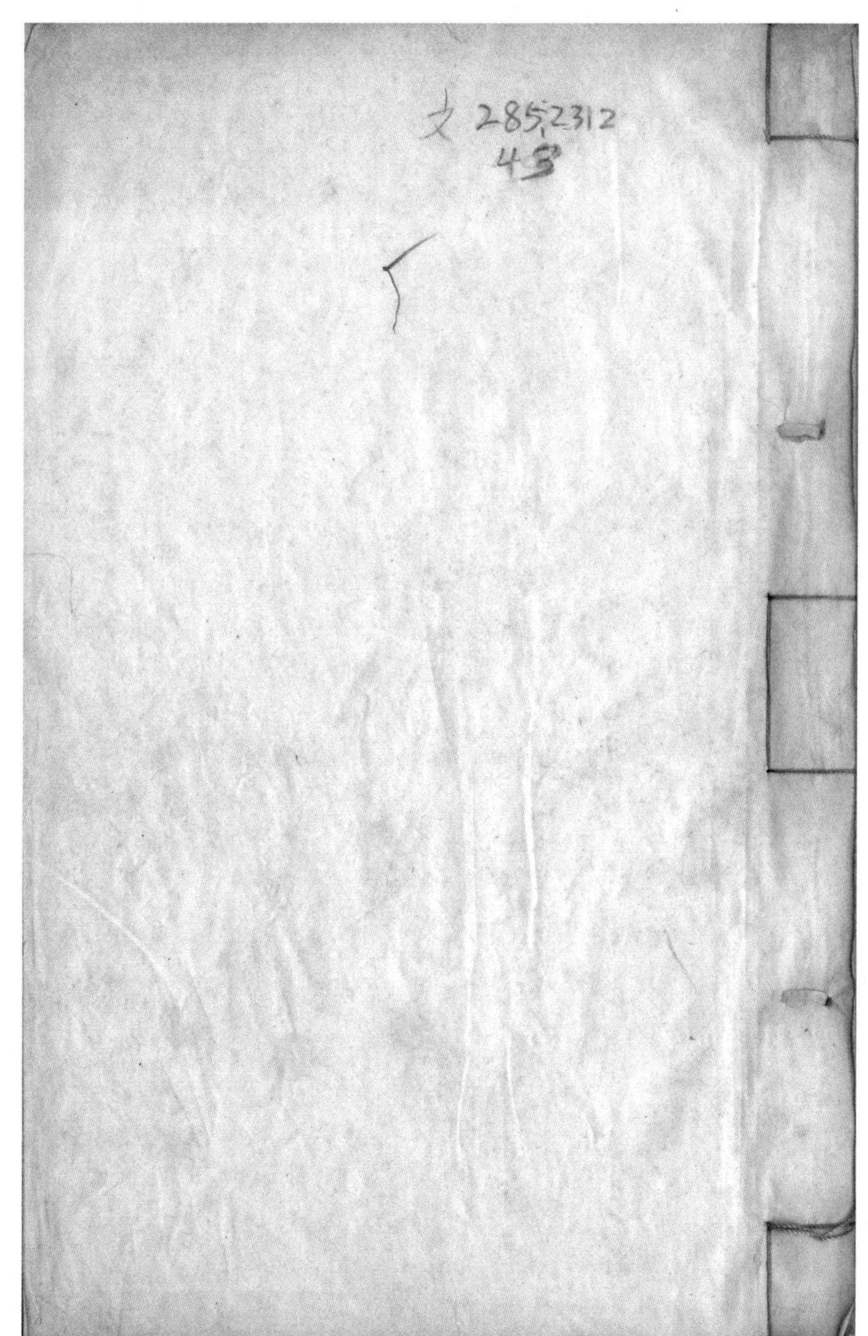
文 285.2312

文 285.2312
43

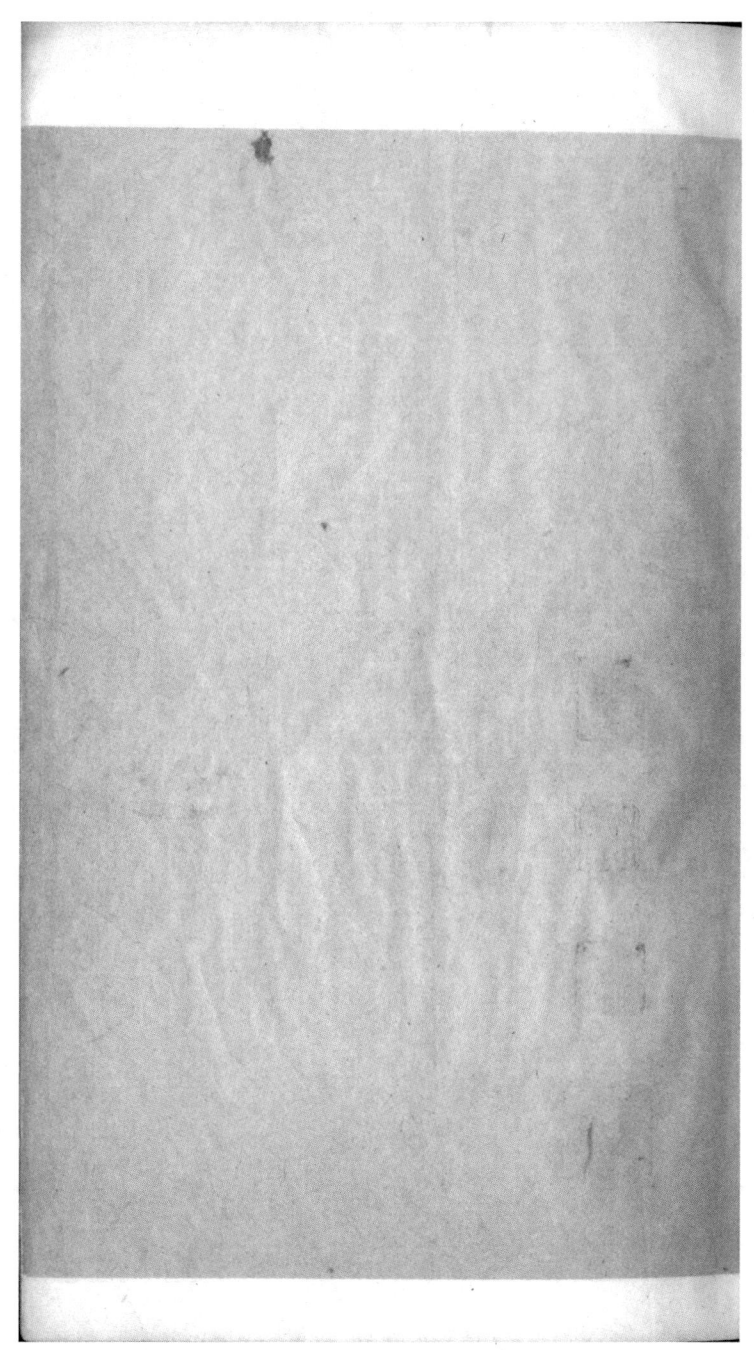

世愚弟王蔚宗拜讀一過

望雲樓唫草

丁卯

明月篇

桂花壓露宵初寒銀蟾吐采穿闌干瓊樓素娥獨耐冷千年搗盡元霜九月華流光照綺紈慨焉遠望思所歡雲屏顧影影自單妾今見月羞團欒

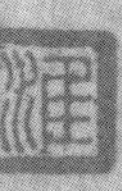

芳樹篇

庭中有芳樹森然蔭濃碧老幹似含烟踈枝能漏月好鳥巢其巔飛鳴時鼓翼但恐秋風生或隨衆芳歇培根護蒼苔快此幽情適言念同心人白雲

渺無極

陌上桑

青青陌上桑其枝多遠揚城南秦氏女採葉遵微行使君乘五馬被服生輝光見女好顏色攬轡停路旁贈爾飛雲履飾爾明月璫珠璣與翡翠羅列千萬箱與子永締好比翼如鴛鴦女時前致詞意氣殊慨慷人生各有偶相好毋相忘不識使君貴秪知夫壻良請君斷妄念妾有侍中郎

門有車馬客

少年重交游傾心事結納客從遠方來翩然入吾

室若非五陵豪即為三輔俠侍女鳴朱絃妖童彈寶瑟握手訂金蘭兩意如膠漆黄金一朝盡相逢不相揖可知槿花心未足盟車笠

將進酒

華館燈摇光射壁豪竹哀絲讌今夕羅襦半解薌澤微座上留髡盡一石三商漏下月正明主人為壽客離席對酒當歌行樂耳人生何必長憂戚

巫山高

巫山高高何極湘水深深以碧望嬋娟兮無處覓一夢分明見顏色漫誇襄王夢犀推宋玉才天風

泠泠吹高臺臺中珮響神女來神女來在何許朝行雲暮行雨

烏夜啼

如珠秋露零金井涼風吹動梧桐影銀河耿耿案樓角樓上美人尚未寢鴨爐香燼篆烟散翠被虛陳羅帳冷玉鈎微漾湘簾低霜凝鴛瓦烏夜啼烏莫啼儂家夫婿在遼西

臨高臺

臨高臺一聲長嘯天風來百年難逢笑口開今我不樂胡爲哉雖無鑠子骨素負凌雲才驂鸞駕鶴

趁塵埃從神仙戲游九垓桃花如雨點綠苔酣歌
快引酒百杯肯教白髮華顛催

楊柳枝

去年送君灞岸西拂堤柳軟千絲低今年思君洛
陽城城邊柳色含烟清楊柳年年綠如故憐君尚
在長安路千里迢遥無尺素漫天絮舞春將暮

同聲歌

碧紗窗外花如霧睍睆鶯聲花底度生怕花殘夢
亦殘小鬟好把花鈴護瓏玲簾影揺金波為君作
此同聲歌同聲歌垂手舞年少先愁别離苦君不

見碧草粘天暗南浦

謁魏忠節公祠

德陵踐祚猶童昏刑餘敢蔽承天閽茄花委鬼交煽熖衛崇奉聖封夫人貂璫居然盜國柄一綱直欲傾朝紳吾鄉魏公官給諫立朝手骨何嶙峋擊笏義憤比秀實請劍慷慨如朱雲劾姦兩牘先後上欲以危論規楓宸丹忱未達主聽惑翻教鐫職離都門公身雖退忌愈衆閹奴羣犬嘷狺狺順之則生逆則死翦除善類期搜根陰謀誰進點將錄曰崔曰阮曰顯純天啓六年歲五月白韡緹騎來

詵詵魏公短衣出就逮檻車歷轆填城闉聚觀闔
邑幾罷市萬人嗚咽聲俱吞公時有子似李燮藏
名變服追征輪銀鐺待比壯鎮撫圜扉幽慘飛青
燐囊頭赴拷備五毒非刑迭杖臀摧筋同時畢命
六君子楊袁周左皆遺迯橫尸犴狴衣裹血扁舟
扶櫬歸江村銜寃欲訴恨無路嗟哉淚盡兒隨親
烈皇御宇賜昭恤易名忠節頒絲綸烏頭棹煥重
表墓崇祠詔建牲牢陳武塘固多奇杰士伊公節
槩尤超羣我來升階肅再拜仰瞻遺像同明神靈
旗彷彿降帝所英風浩氣淩高旻維公死國洢死

父臣忠子孝光乾坤

吴仲圭墓

棠梨烟罨斜陽暮莎青苔緑泥封固一抔土傍古寺陰云是高人仲圭墓先生生時值元季國步艱難抱遠慮武塘小築甘遯跡性癖烟霞疾成痼放懷自耽林壑幽抗志肯緣簪冕誤興來解衣快盤礴筆寫琅玕染毫素踈枝勁節勢夭矯倔強離奇嘯風露獨訝遺命託禪悦似藉慈航作普度手題短碣標墓門儒行翻教墨名附冬青樹向六陵識始悟神機洞天數當時無此三尺碑難保重泉骨

安厝自元迄今五百載馬鬣墳高尚如故鐘魚粥鼓伴晨夕弔古人來動遐慕幽宫永閟同石堅祇室初開募金布幾竿老竹石壁摹墨妙長留法王護

春陰

飛絮如塵亂撲隄連朝濃靄冪前溪簾垂銀蒜輕烟繞窗閉紅樓曉霧迷還樹無鶯銜細雨營巢有燕護新泥金猊留得餘香在庭暗梨雲篆影低

紙鳶

剪紙為鳶罥綵繩綠楊隄外快揮肱凌空翻傲披

翎鶴得路能追展翅鵬斜趂月明還跌宕偶緣風
便即飛騰幾番操縱兒童手竟薄雲霄第一層

山曉閣贈王朗峯上舍

愛閒那怪户長扃老竹千竿繞屋青園仿輞川開
鹿柴家傳稧帖重蘭亭藏箱舊著栽花譜拂几新
繙相鶴經幾度來遊忘日暮穿林鳥語静中聽

緑陰

鶯聲啼老樹成陰客葉披簷緑色深有客攜樽期
對酒何人跂石任眠琴移來竹塢風偏爽罨到蕉
窗日乍沈窣地筠簾揺影細刺桐花外聽鳴禽

咏史四首

漢高起亭長定鼎都關中斬蛇示神異逐鹿稱英雄誰云真大度猜疑多褊衷韓彭悉菹醢鳥盡藏良弓何來猛士守擊筑空歌風子房見幾早辟穀從赤松

人生駒過隙上壽惟百年秦皇與漢武感志求神仙入海遣徐福採藥三山巔文成五利輩甲帳連珠筵二君負雄畧黷武開窮邊即此好殺意難與仙為緣試讀道德經從不言昇天

開元初踐祚其政如太宗黄扉列姚宋萬里民情

通晚年作色荒寵此傾城容秉軸任林甫持權惟國忠漁陽名兵變阿犖真元凶倉皇幸蜀道賊寇蹂京東卓哉汾陽王再造成奇功當年金鑑錄空是陳深宮

五季藩鎮強握軍易召亂陳橋一擁馬倉猝黃袍換藝祖懲此弊因用趙普贊杯酒釋兵權宸謀果英斷不取十六州終貽後世患立弟廢德昭其事更背嫚斫地玉斧聲中宵燭影暗綢繆金匱盟千古存疑案

觀競渡

垂楊綰翠風颼颼紅旗紫蓋迎風飄行人似蟻夾
岸立龍舟幾隊乘寒潮作其牙爪鱗之而迴翔彷
佛淩雲霄一龍驤首排浪上直森雙角何岧嶢一
龍掉尾擲波去聳身欲躍天門高一龍馳驟如奔
馬一龍飛舞如騰蛟九光五色炫人目攫拏曼衍
紛周遭雕青年少好身手喧呼拍浪划蘭橈中流
笳鼓相間作佐以玉笛兼金鐃夕陽西下月未吐
千株火樹光爭搖甲鱗閃爍射水赤恍疑銜燭明
通宵憶讀荆楚歲時記綵絲纏糉防哀牢那知昇
平快行樂迴殊弔屈湘江招吾今隨衆觀競渡亦

登畫鷁誇遊遨採珠莫羨乘龍客還讓才人奪錦標

遊仙詩四首

駕得獰龍手控鞭岧嶢洞府鎖雲烟瓊宫兔搗千年藥玉井花開十丈蓮吹徹秦簫成鳳引寫殘唐韵叠鸞箋珊珊仙骨原超俗應許同昇叨利天

擬承甘露矗金莖青鳥書傳自碧城囊裡符珍名六甲爐中火到計三庚鈞天樂和湘陰磬明月宵聞緱嶺笙誰領瑤臺班第一衆仙應讓許飛瓊

仙家也自愛成雙乞得瓊漿注翠缸鴉髻乍梳香

冉冉銖衣輕振珮瑽瑽迎來須待斑麟輦窺去還
依朱鳥窗境隔塵寰人不到洞門穩卧吠花尨
感甄賦就自東阿託諷微詞筆底羅湘女浪傳珠
弄月宓妃曾見襪凌波元都絳闕飛騰少滄海桑
田閱歷多指日還丹成九轉好排雁柱撫雲和

放歌

寒風颯颯吹庭柯破雲朗月摇金波人生少年貴
適意今吾不樂將如何丈夫立功在異域飛揚躍
馬持琱戈手擒降王縛其長羽書奏捷馳明駝封
侯金印大如斗凌烟圖像冠巍峩或登丹陛賛天

子紆青拖紫垂鳴珂建牙坐鎮賜節鉞旌旄夾道千夫呵不爾顧隨五陵俠影纓且著豬皮鞾相逢意氣重然諾裝成寶馬千金馱銀箏鈿瑟左右列指揮趙女兼陳娥平生有志尚未遂芸窗抱膝惟吟哦讀書萬卷究何益頻拈秃管麋丸磨賦詩漫誇擬太白作賦直欲追東阿槐黄三踏戰不利年華一霎如穿梭愁城難破心緒惡快浮緑蟻傾紅螺三杯乍下腹便暖蓬蓬入腦顔微酡光騰絳蠟照四壁酒酣拔劍還高歌

諸葛弩歌

銛鋒括羽能橫衝寒星閃爍光騰空千鈞彀滿十矢發勁弩犀利超良弓流傳云是武侯製心裁獨具錘爐工維公豈肯逞機械用之特以威蠻中射人射馬無不利惜未洞中曹瞞胸草廬三顧感禮遇君臣魚水真和同明知漢賊不兩立隻手欲挽炎精窮七擒六出惟盡瘁火燒赤壁烘天紅威行南服諸部懾巖藏金甲鼓振銅木牛流馬創更巧石陣鳥虎兼蛇龍運籌決策邁管樂才由天授非人功出師未捷身早殞將星夜落聲隆隆倘使穹蒼曲延算定殲北魏吞江東造弩法亦出意匠破

堅遠勝殳矛攻有漢至今二千載土花半蝕青苔
封我撫此弩動遐企如瞻羽扇綸巾容

朱碧山太白杯歌

長鯨吸盡騎鯨去當時莫把黃金鑄仙魂縹緲不
可招乃在銀花鑿落之飲具雕鏤心苦窮毫芒座
客分巡爭把晤醉眼看人無古今如坐如卧如高
踞舉杯何必明月邀傾醪不向長安酤紅螺九曲
何幽深提壺一瀉百川注興酣立飲酒不盡望洋
舌撟心先怖我聞碧山藝事多銀槎篆刻銀河渡
虞揭愛古相獻酬金尊羽化歸何處茲杯鍛冶巧

絶倫公之風流動遐慕傳自至正乙酉年苕紋半蝕雲烟護醉他三萬六千場狂歌安得驚人句不如移置太白樓千秋神物江山助

採蓮曲

高擎紈扇方迎暑銀荷萬柄揺烟渚誰掉爪皮艇子來結束新粧採蓮女採蓮女著碧羅襦彩袖輕揎皓腕舒堤邊雨散霞成綺天際雲開月似梳雲開雨散扶柔艣背人擢入蓮花浦女伴羣誇蓮葉香儂家獨識蓮心苦果是蓮心苦最多亭亭艷影照清波藕絲似解纏綿意頻啟丹唇宛轉歌宛轉

歌聲人不見湖光明淨還如練同舟姊妹笑相呼
芙蕖艷比檀郎面採罷歸來夜色稠手挐蘭槳打
汀洲回眸更向湖中望花底鴛鴦盡並頭

泊舟斜塘

偶放斜塘櫂停舟對夕曛風寒低雁字水靜聚鷗
羣近市人聲襍依村樹影紛推篷頻遠望目送未
歸雲

席上題歌姬小蓮畫箑二首

旗亭題壁酒千巡繞岸嫣紅一色新笑指鑑湖三
百里不知誰是採蓮人

凌波步襪絶纖塵繪出名花當寫真從此愛蓮翻舊譜亦稱君子亦佳人

憎蚊

虛室少炎蒸黒甜睡味美何來豹脚蚊紛紛集于此負山既虛誣搏牛亦奇詭接翅聲猶雷繞帷鬧成市刺肌疑負芒吮血若甘旨痛癢豈相關惟矜有利觜得飽快飛揚縱欲昧生死我將舒掌捫歎爾亦何恃

憎蠅

化生自榆葉其物名蒼蠅揮之去復至鼓足如交

繩東方色初辨引類呼其朋昔聞郭代公憑爾占休徵折躬作人拜果卜巍科登鑽紙究何益集爪殊可憎偶然附驥尾亦得誇飛騰蕭颯秋風起夏虫難語氷

憎蠹

蠹魚賦形小頗慕詩書味牙籤插架齊藉作藏身地决裂百家言穿穴六經義遍咀金匱文更嗜嫏嬛記腹雖吞萬卷胸難貯一字畢生事鑽研終異便便笥示奇化脉望凌雲能立至神仙或可期書林未許廁

憎鼠

同在毛虫中惟鼠性最黠捷足慣穿簷潛形每伏穴深宵油炷昏居然入吾室登案更翻盆殘書遺爾齧有時學數錢床頭聲唧唧爾皮堪為裘爾鬚可作筆奈何持兩端不安五技拙新成逐鼠丸禁爾寧無術

適園雜咏八首

四照亭

虛亭開四照爽塏恰宜東簷溜聲聲雨廊迴面面風命名殊六角拓地得三弓消受閒居樂論文與

友同

望雲樓

暮色上高樓樓頭景最幽夾隄村樹密繞岸野花稠城擁書千卷窗延月一鈎地偏心自遠縱目對平疇

證禪室

雅託逃禅趣聊繙貝葉文境虚清磬遠心静妙香聞繞徑有翠竹護扉多白雲維摩誰作伴一室淨塵氛

湧翠峯

一拳窗外峙雖小亦名峯雨過浮青活烟濛滴翠濃品原兼縐瘦形已矗葱蘢巧匠何年斵移來傍石淙

綠漪

方塘明若鏡一碧愛泓渟波碎疑搖月潭深似浴星臨流魚潑剌照影鶴梳翎獨向池邊釣蘋花入夜馨

平臺

不待千金築名臺地自平便宜雲作障巧借樹為楹叠石臨池構磨磚傍砌成盤桓松逕下衣冷月

華明

竹軒

小軒南面闢軒外竹成林繞屋清陰滿敲窗翠色
深君原森勁節我亦重虛心待得涼風至時聞戛
玉音

桂坡

本是蟾宮種移根到石坡賦宜招隱士花合傍嫦
娥蕊細依枝密香霏綴粟多試吟叢桂句冷露濕
庭柯

七夕二首

新月如鈎絢晚霞天孫正馭紫雲車阿儂不曉分
離苦剪就銀河吉慶花
高燒綠桂照雲屏桐影侵階珠露零生怕侍兒來
竊聽不將心事訴雙星

七里瀧訪嚴子陵釣臺并謁謝臯羽墓乙丑

詁經精舍課題

桐江之水漣而清高臺百尺何崢嶸飄然超舉若
黄鵠羊裘一著卑公卿珠庭真人起白水符占赤
伏同庚庚雲騰霧集龍鬬野昆陽鏖戰方交兵闕
中已定赤眉賊深宵豆粥蕪蔞亭炎精復熾火德

王雲臺圖像紛冠纓子陵與帝本舊友微時久締
金蘭盟肯先馮彭攀鳳翼奇勳未必輸羣英狂奴
故態腹加足客心陡犯薇垣熒掉頭堅辭至尊聘
嚴溪郭外還歸耕身遭盛世竟匿跡是真肥遯甘
遺榮中興漢鼎一絲繫力持風節開東京千秋高
躅誰媲美偉哉皐羽堪齊名緬懷南宋際德祐艱
難國步嗟零丁勤王詔下衆莫應文山開府來延
平福州參軍老從事忠忱擬與天心爭五坡戰後
臣力竭殘兵潰盡悲空坑芒鞋蝎來富春渚羣峯
雜沓烟迷冥當時但知文信國今朝乃識嚴先生

黄圖再綿二百載紅羊早識三宮行崖山一旅倘復振何殊司隸觀儀型劉興趙蹶縱由數西臺慟哭彌傷情竹如意碎石亦裂魂招朱鳥無人聽我來弔古發幽思溪毛虔薦通精靈清標勁節洵堪偶生游死奠皆流馨畫眉啼破夕陽下蒼然萬木含烟青

焦山舊藏周鼎阮芸臺中丞以西漢定陶陵鼎并置焦山詩以紀事刻入詁經精舍文集

銅仙卓立神臺頂栢寢栒都動金景黄雲如蓋出汾陰競重周彝輕漢鼎赤符運去銅雷鳴鐙錠鋗

鑪纏棘荆集古歐陽考古呂漢京寶氣齊周京隃
麋沂作咢容斗烝祭陶陵傳世守隸古鐫銘變籀
文青紅土繡環三鈕濟水東流邱壠寒玉魚金椀
總摧殘龍文委宛歸仙館儕伍鬵釿壓咢官吾師
嗜古胸羅宿吉金思畀千秋壽銅鐵精神孕石巖
永圖還藉山靈佑廣陵東去有焦山周咢高蹲古
佛闕海月江雲相照耀蟠夔饕餮紛斑斕司徒入
右禮經肆粟騎徂東史書記當年鼓鑄本同方扶
風舊是岐周地珊瑚碧樹每交柯石鼓文詞永不
磨韓子濯冠告祭酒亦因至寶存無多中丞愛咢

如愛士網羅瓌瑋離泥滓中丞愛咼如愛民師虞
出入籌終始錦綈封置碧山顛藍田璧合蠙珠連
莒之二方魯崇貫咼有陪貳名爭傳風流前輩多
文藻金風亭長漁洋老後來遺遇邁前型百首新
詩刻梨棗霜落江清木葉涼咼乎裝庋上輕航鯨
鐘謦厲螭虬躍梵宇彤霞麗錦章古來多少神奇
物一去延津難再出高廟尊彝今幸存南宮中咼
何時逸茲咼神呵劫不銷言尋伴侶入僧寮山前
碑版仙人華好訂三生金石交
錢武肅王告太湖水府龍簡歌

簡質白金重二十兩高五寸六分廣三寸
七分周刻一龍上雲下水中刻正書文曰
大道弟子天下都元帥尚父守中書令吴
越國王錢鏐年七十七歲二月十六日生
自統制山河主臨吴越民安俗阜道泰時
康市物平和遐爾清宴仰自蒼昊眷佑大
道垂恩今則特詣洞府名山遍投龍簡恭
陳醮謝上答玄恩伏願合具告祈兼乞鏐
壬申行年四時履歷壽齡遐遠眼目光明
家國興隆子孫繁盛志祈玄祝允協投誠

謹詣太湖水府金龍驛傳於吴越國蘇州
府吴縣洞庭鄉東皋里太湖水府告文寶
正三年歲在戊子三月丁未朔二十六日
壬申投十行凡百七十有九字吴中民得
之于太湖水中其時有願以白金倍重相
易不可卒歸銷鎔余僅見拓本亦足幸矣

斗牛王氣騰鼉江山高天目摩青蒼紅光繞屋異
人出婆留霸跡開錢塘三千勁弩射潮水氣雄能
令馮夷降虎符金册號尚父殊榮錫自唐同光遞
經五季資保障李劉石郭兼朱梁山河統制荷神

佑鑄兹銀簡投龍堂王時年正七十七道泰俗阜
民安康子孫繁茂國祚固遐齡克享綿無疆紀年
寶正歲戊子壬申丁未日月詳東皐里傍太湖滸
具區烟水何蒼茫想當陳詞熱香祝鮫宮浪湧生
光芒沈埋水府八百載漁人網得湖之旁計高五
寸廣三寸作其牙爪雙龍翔維王英武本天授龍
驤虎步形軒昂粉盤畫字置棐几警枕創制留匡
床疆圉鞏固慶安堵勵精圖治無耄荒忠懿納土
在乾德已逾三紀傳四王當年投簡為祈福名山
福地俱珍藏我今所見特其一銀鈎楷法如琳瑯

摩挲拓本難釋手銘功鐵券同輝煌

宋銅牌歌

牌長三寸濶一寸上有一孔面文曰臨安府行用背文曰準壹伯文省其他貳伯叁伯伍伯大小各不同高宗軍行鈌用鑄此權濟一時非常法也故史不著其事

三寸銅牌五字刻製作還如貨布式牌端有孔可貫繩半蝕苔痕色微黑宋當高廟國偏安括盡金繒媚强敵蓄貯無多内帑虛範此青銅抵赤仄吾聞錢幣肇尊盧鼓鑄賙窮紀莊歷周秦以來列龜

貝漢代五銖輕重得兼權子母自流通鐵錢鑄就
由三國遷杭棄汴憶建炎府改臨安土地窄軍儲
愈亟費愈煩法變權宜恤民力文皆正書名省錢
七十七錢準一陌其他大小製不同貳百旋增至
伍百輸官交易縱通行究與閭閻無裨益嗚呼小
朝廷果能自强何必捐棄緡錢行此策

岳珂銅爵歌

爵高五寸六分腹容四合中刋精忠報國
四字三足二柱左側豎耳有岳珂建造字
上為兩翅文形模甚古蓋阜陵報忠後岳

祠祭器也

銅爵光騰奪人目兩翅分張峙三足精忠報國爵腹鐫鑄自文孫祀武穆宋高南渡忘雪耻割地輸金甘屈辱廟堂决策事和議金牌連促班師逮十年之功廢一旦北人歡喜南人哭東窗獨坐畫柑皮長舌陰謀心更毒風波亭上片紙來葢世英雄遭殄戮良弓已藏鳥未盡莫須有成三字獄金陀坊内聚族居泣血曾編籲天録當年刑賞未公平祭器翻教賜秉軸高宗十六年為秦檜造祭器阜陵即位褒孤忠昭雪沈寃綿世禄製成此爵家廟陳滿注黄流

中篡祝其高五寸徑四分煆鍊精工質古樸我今捧爵重躊躇緬想忠魂怒猶蓄君不見痛飲黄龍志未酬椒漿徒向筵前肅

趙忠毅公鐵如意歌

鐵如意長尺有四寸七分重二斤四兩金塗八卦河洛雲雷星斗五岳諸圖象銘曰其鈎無鐖㢝而不劌以謌以舞以弗若是折惟君子之器也欵題趙南星凡二十有六言背文曰天啟壬戌張鰲春製凡八言皆篆書所見銘詞形製大略相同而年欵

各異是所鑄不在一時也

陽紋陰篆窮雕鏤精光騰躍迎人眸鐵如意本忠

毅製握之欲碎奄奴頭奄奴竊權逢熹宗當年天

子居深宮太阿倒授歸客魏趙嬈曹節私相通賜

田賜爵署鐵券特頒異數酬元凶尚書爾時義憤

結爰命良工範此鐵洪爐火鑄百鍊剛圓首彎身

製奇絶廉而不劌君子器八卦雲雷柄端列其長

一尺有四寸奮擊堪追秀實笏擊凶有志事未成

翻教謫戍來邊庭龍沙茫茫塞月白荒郊魑魅爭

逢迎中宵慷慨忽起舞指揮能落天邊星九重不

聞賜環詔荷戈竟死宣州城物名如意意不如神
靈呵護留于今歷傳百七十四載斑斕繡澁苔花
侵為器雖小人足重寶茲頑鐵同兼金千載忠魂
招不得見物如見鋤奸心

趙飛燕玉印歌

李竹嬾太僕跋云漢宮趙飛燕為婕妤時
印不知何年流落人間白如截肪高僅寸
許鈕琢雙燕上有硃砂紅一點俗云楊妃
吐舌玉情作粉紅色篆絛玉柱古雅絶倫
嘉靖間曾藏嚴氏後歸項墨林又歸錫山

華氏余愛慕十餘年購得藏於六硯齋為

第一奇品

盤螭小印晶光耀紫泥曾護椒房詔血沁斑痕白截肪署名猶記昭陽趙千樹花穠照綺疏漢宮春色有誰如傾城選自陽阿宅寵錫新銜號婕妤承恩獨值鴛鴦殿瑤章紐琢雙飛燕封臂還矜瑪瑙紅押箋最愛臙脂茜四尺鸞綃玉几鋪開奩好傍架珊瑚奏書格整研砂染名妹符頒啟匣摹同心姊妹休相妬頻歌赤鳳昭儀護蛤帳光搖夜似明鵲爐灰暖烟如霧珊珊弱骨掌中輕徑寸瓊瑤素

手擘細描屈曲雲雷篆永締綢繆風月情有時攜得臨書幌條館廊踈景虛敞什襲須憑侍史藏披囊還付宮娥掌鼉采浮筠絶點瑕欣看小字刻茗華嗌他宋室劉孃子鐫石徒將印譜誇六硯齋頭雅玩集李公好古真無匹從教觸目盡琳瑯𠀤印居然標第一陰縵鏤成玉柱文崑刀快利勝雲斤雙雙霞上桃花紙疑有餘香腕底薰

聞雁

霜風吹老蓼花洲雁陣驚寒暮色稠千里影迷湘浦月一行聲落洞庭秋征衣未寄縈閨夢旅館長留

動客愁燈焰漸低宵正半忽聞嘹亮渡南樓

燈花

紅蕤枕畔夜烏啼烘火花開小閣西萼破底須酥雨潤葩含那怕晚烟迷輕敲玉子飄枰細窰綴銀釭結蕊低錦帳昨宵添好夢喜同鵲噪報深閨

竹影

千竿老竹自成林鸞尾青搖影乍沈肯為瘦時藏勁節好從空處表虛心疎窗漏月清陰滿曲磴連雲翠色深客到瀟湘頻悵望此君形跡本難尋

菊影

秋容老圃綻金英高簇低攢瘦影横臨水黄抽千朶艷映籬白愛一枝清花摇素壁燈初上香散疎籬月正明三徑乍開人送酒銜杯好趁暮烟生

秋日田家雜咏四首

清霜隕籬落紅葉明前村草屋八九間嬉戲携兒孫秋禾既登場酒愛新篘渾瓦盆饒古意何必持金樽薄寒初中人敗絮猶嫌温鄰翁策杖過相聚連晨昏官糧已早完無吏來敲門

榆栁傍堤種築室臨溪灣野航繫椿緩蕩水鳴潺潺暮色罨遠樹飛鳥銜烟還索綯趁長夜燈影明

粜闕莫羡今年樂須思前歲艱豐凶難預期努力毋偷閒

秋聲散林木夕陽下牛背腰鐮刈稻畢簷際懸耕耒魚梁繞岸排潑剌波光碎朋來話農桑幽閒異闤闠荆扉向南啟恰與青山對

千村連穲稏陌上黃雲稠鼕鼕社鼓喧賽願酬神庥老巫前致詞嫗拜翁擎甌今秋多五斛來年十倍收衣食得粗足疾病毋罹憂酹酒送神去村曲歌咿嚘

題董香光茗帚庵圖 圖為陳眉公作

生綃陡見林巒湧墨花飛灑烟雲滃通隱誅茅構
小庵繪圖識是尚書董憶昔徵君正卜居佘山麓
下結精廬峯青近接橫雲塢水碧遥通薛澱湖庵
名茗帚通禪境地偏僅得三弓準湯沸銅鐺好煮
茶師叅玉版還燒筍香光居士老詩翁素與眉公
臭味同帖追内史書堪寶藝邁長康畫最工松窗
試展鵞溪絹凝眸取勢開生面想見經營握管時
居然邱壑胸中擅一角遥山暮靄橫瘦篠怪石傍
孤亭藥欄花圃紆迴布虎落魚梁渲染精興來縱
腕如揮帚曲岫奔崖隨我手名勝何須羨辟疆清

涼真可同離垢三徑當年屐齒臨階前雨過蘚痕侵直將範水模山筆寫出棲巖汲谷心鬱盤生趣毫端裹濃皴淡抹安排妥絶技爭推趙孟堅高風更憶陳驚坐三泖波澄紅蓼秋片帆高掛狎滄洲鐘魚粥板閒清課杖策幽尋勝卧遊

題王石谷秋林放牧圖

露白風清氣蕭肅落葉紛紛下林木平原淺草尚未枯隴頭堪牧斜陽犢雪笠道人老畫師妙腕通靈媲金粟江村秋暮爭放牛揮毫寫出花蹄畜一牛聳脊蹄裹肉一牛屈足臨溪伏一牛掉尾似長

鳴一牛角豎墻邊觸岐胡豐岳形各殊或眠或齧相追逐不須破土待扶犁非比為犧常設楅大者為犉小者軥黑脚惟犈黑腹牧烏栖迎霜紅屋角牛宮半傍牽蘿屋吾聞戴嵩妙手迴絶俗繪取村童在牛目又聞南唐後主畫牛軸夜來牛向欄中宿名高畫苑世共欽絶藝于今推石谷涼秋九月田盡熟驅得羣牛散平陸農功已畢牛力閒鞭朴無驚自馴服豐年有象何從見請看王郎圖一幅

題王文成公小像

丈夫倘無千載名其容何必圖丹青從來大勇出

儒将有明獨數王文成武宗御宇好游畋大同宣
府時微行寧藩覬覦盜神器乘機遂動西江兵艨
艟戦艦順流下稱戈直欲窺陪京羽書絡繹烽火
照舉朝錯愕諸公卿先生是時撫南贛急提勁旅
屯軍營援師詭言二十萬欲摇敵胆先虛聲擣巢
掃穴握勝算居然赤手屠長鯨計從舉事暨奏凱
一月已克南昌城妖氛盡滅慶安堵特濡巨筆磨
崖銘九重玩寇若兒戲署銜威武将親征貂璫執
權主聽惑邀功為重君為輕公疏遍陳奄寺績投
簪匿跡依禪扃嘉靖踐祚頒懋賞封崇五等叨殊

榮文經武緯藴奇略才能定變扶危傾虛談理學之經濟迂疎焉得稱豪英何年妙手寫小像德容粹穆臞而清我今重人兼重畫論勲麟閣宜圖形

題陳大樽先生小像

我頸可斷髮不薙地下好見高皇帝錚錚鐵漢陳黄門遺掛流傳貌偉異猶憶雲間全盛時名流萃聚勝南皮文壇雄帥推黄琬（黄進士陶庵）幾社清才數夏隨（夏考功彝仲）入座羣公皆嶽嶽先生才調尤稱卓握筆能扶大雅輪談經屢折諸儒角釋褐登朝拜諫官烏臺霜肅惠文冠練軍策上覘經濟平賊疏

陳望治安嘆息乾坤逢百六赤眉煽毒燕京覆福
藩江左選聲歌撫膺空向新亭哭名募倉皇盡草
莽鼓衰力竭志堪哀爭誇仗義同陶侃寧肯偷生
學彥回保身苟活當時有貳臣列傳人知否榆塞
投戈洪督師山莊種柳錢蒙叟三百年來養士恩
朝紳大半愧彝倫輸他畢世榮華享任爾千秋笑
罵頻惟公慷慨真人傑効命捐軀志勇決毅胆惟
拚秀實頭忠魂定化萇宏血本來丰骨自嶙峋妙
技添毫寫入神文章氣節垂千古請看昂藏七尺
身

題黄石齋先生待漏圖

九殿岧嶤閉金鎖沙隄未燿千枝火曉色曈曨星斗稀朝衣熏罷垂紳坐石齋先生官宮僚嶽嶽懷方氣節高拜疏能落憑城胆緘默深嗤無口匏弾文曾向臺前讀諫草還從燈下燒獨擊威如雕展翅昌言瑞比鳳鳴臯効忠豈必居言職封事頻陳待早朝是時思陵初蒞政明察持權尚嚴峻苛賦重加帑愈空天災荐至民多殣蟻賊潢池正弄兵紛紛勦撫謀無定青犢黄巾躪豫荆赤眉銅馬連秦晉樞部無人勝任難墨縗又握元戎印外患方

興内變生公卿唯諾惟將順先生蒿目憫時艱臣今為國非為佞折檻幾遭獄吏收披鱗竟觸天威震百僚股慄顏俱失曲賜優容知主聖謇諤手標世共欽圖傳待漏繪丹忱雲高金闕烟初散滴静銅壺月乍沈風前瞻拜增餘慕如見牽裾補衮心

桐鄉道中即景

百里程非遠秋殘景更清千林楓葉冷兩岸荻花明可助吟詩興彌深訪舊情何人歌水調柔櫓劃波輕

懷汪選樓茂才家禧

盎然靜氣欲迎人氷雪聰明絶點塵握麈揮殘三
徑月濡毫題遍六橋春書探汲冢搜羅富字别㑑
盧考據真咏到桃花潭水句白公隄畔訪汪倫

懷方鐵珊明經 廷瑚

新詩同唱叶篪塤蘭譜欣聯異姓昆攬轡壯游誇
帝里尋花舊夢憶江村人如潘陸文章貴薦並嚴
徐品第尊羨爾清才真卓犖淩雲有賦獻金門

秋夜獨坐

月色隱窓竹宵深境愈靜繞砌亂蛩鳴風颭梧桐
影

裁衣曲

欲寄征衣去，臨窗製綺紈。入簾殘月落，金剪夜生寒。

繡閨夜沈沈，鵲腦添金獸。不許妾愁多，生怕郎腰瘦。

題方蘭士先生薰四時讀書圖

語溪山水真名區，其中乃有方千居。騈羅今古稱英儒，手披目覽勤三餘。縹箱萬卷聊自娱，讀書之樂誰能如。解衣盤礴濡毫圖，先生德容清且臞。衣冠整肅繞髭鬚，牙籤甲乙列百橱。乂手抱膝探經

畬冊披羣玉船珍珠更儲七略兼三都圖中景物
何蕭疎森然怪石依風梧名葩奇卉紛前除芊綿
帶草沿階鋪幽閒無異康成廬揺花月色穿窗虛
考音訂字讐虫魚生綃渲染調丹朱繪成粉本心
神舒一朝駕鶴凌雲衢遺圖展玩殊唏嘘公今有
子稱家駒揚葩摛藻追嚴徐金門待詔隨公車竚
看橐筆薇垣趨藜燃太乙典石渠博覲東觀蘭臺
書

題陳益齋上舍尚謙遺照

穹蒼報施殊不平嗚呼遽喪陳先生計年尚未及

中壽翩然駕鶴歸瑤京維君至性獨純篤晨昏色
養常趨庭髫齡赴筵懷陸橘諸昆合爨榮田荊開
樽投轄賓滿座同心可締金蘭盟千金一諾重推
解家非豪富偏扶傾照人肝胆似冰雪直能渾厚
兼精明讀書愈多氣愈靜丰標肅穆鬚眉清春山
看花時蠟屐松窗煮茗還支鐺精印營就萬愁散
頻呼紅友浮銀觥我忝戚末年最少追隨杖履稱
忘形竹林共游揮麈尾踈簾對奕敲棋枰茶烟繞
榻夜將半清談不覺忘深更忽聞抱恙卧床第俜
來使我神魂驚惟冀善人獲天祐除痾去癘旋安

寧那知延齡竟無藥歌凄薤露心怦怦一時涕泣
遍里巷相闗似我尤傷情君今雖死亦何憾膝前
有子皆賢英遺經世守家學繼更描遺像圖丹青
科頭卓立手葉拱令人瞻仰欽神靈此圖非僅誌
先澤允為鄉國垂儀型

賽神詞

紙錢掛壁旋風舞華堂亂擊鼕鼕鼓桂醑蘭肴滿
案陳神若來兮藉巫語巫言將軍來甲光閃爍龍
鱗開巫言夫人至珊然環珮揺金翠或為雲中君
雲車風馬何紛紜或為國殤鬼髑髏纍纍腰間委

山魈木魅結隊行游光野仲形殊偎雙檠並列燭影紅金爐篆裊烟騰空神今醉飽大歡喜使汝逢吉毋羅凶烏鴉啄肉噪庭樹漏下三更巫始去老巫出門纔半刻喪旛已見門前植

題徐二卯茂才棠桃花夢影圖四首二卯自跋云一日夢至蘭若見老僧跏趺座上旁立一女子手執桃枝共聽說法始知前生為臨川女史任青蘿未字而沒著有翠奩詩卷醒而錄之僅記數十首自題有今生不若重為女強比王孫乞食多之句

小刼毘嵐換歲華而今羞見鬢堆鴉青藤落魄青蘿死同是人間薄命花

桃花人面悵臨川補種前生並蒂蓮祇恐姮娥逃月府憐才應在大羅天二卿不娶故云

博得生花筆一枝才雄別譜斷腸詞以新樂府見示使君不識羅敷面未必前因夢裏知

維摩病起妙香嚴天上仙鬟花笑拈佳話如何多占盡傾城名士一身兼

野眺

落葉趂歸鴉遥村樹影斜試來溪上望秋色在蘆花

日暮峭寒增清霜草際凝粼粼秋水浄殘照落漁

署

蘭階五叔自皖江歸别十餘年矣喜誌四首

檢點行裝鶴與琴烟霞嘯傲豁塵襟屋梁落月愁無那江上秋風思不禁十載飄零因捧檄一官閒散早投簪士民遮道攀留苦情比桃花潭水深

維摩多病髮將秋賸有淩雲志未酬文少送窮真曠達官惟飲水不牢愁勝遊為訪元暉宅傑句先題太白樓播曲旗亭追往事春寒已典鷫鷞裘

鴻爪頻年滯宦途懸車太息故園蕪心情堪比黃花淡骨相誰憐病鶴臞長戀春暉供笋鮓何妨秋

興寄蓴鱸酒酣耳熱添惆悵起舞純鈎擘唾壺
翩然仙吏賦歸來重話離情笑口開落拓詩篇驢
背得凄涼鄉夢雁聲催文章預作千秋想經濟原
非百里才無限江州司馬淚同澆塊磊倒新醅

送大兄入都應津門　名試

瑽琤鐵馬鳴簷角梅蕊銜寒將吐馥雁序分離惜
别難當筵請唱驪駒曲伯氏清才夙著名丰儀峻
爽氣觥觥亢宗不讓烏衣秀繞砌爭誇玉樹榮玉
樹烏衣人共企樓高花萼枝連理迭和塤篪樂事
多宵寒同卧姜肱被月透踈櫺玉漏沈紅螺香泛

酒頻斟揮毫奪取卯遲錦拈韻捶殘柳惲琴其奈
秋風傷錩鏁青袍偏戀人年少槐黃三踏困名場
嫦娥未把天香掉背學君苗筆硯焚平生壯志欲
凌雲霜蹄暫蹶終須振一顧能空冀北羣升中告
嶽逢春仲
熙朝盛典時巡重侍輦民賡擊壤歌扶輪士獻迎
鑾頌憶昔乾隆歲在辛
翠華南幸浙江濱尚方給札掄才俊吾祖曾邀
寵命新簪筆槐廳披秘籙承
恩屢徹金蓮燭心秤能操四選權 天曹獨掌三銓

日二十年來祖德尊箕裘克紹仗文孫敬承家學
青箱舊好博新銜紅藥翻河干握手斜陽暮薊雲
燕樹程堪數蹇驢踏雪渡蘆溝送君直上長安路
劇喜長安多故人西窗剪燭定留賓投床莫作鄉
園夢攬轡先看
帝里春
六龍來歲臨畿甸陳詩廣集青雲彥羨君腕底走
珠璣書編封禪呈
行殿媿我池塘句未工蜂腰遺誚恰居中元方雅
擅無雙譽奏賦金門繼祖風

冬草和李心畬培厚原韻

數莖弱草傲西風翠影離離一望同聽徹笳聲青冢北送來霜信玉關東斜披古渡迷烟涪低拂長隄藉日烘轉瞬春歸催甲拆映窗依舊綠蘢葱

送黃靄青孝廉安濤入都偕大兄同行

扳幟詞壇氣似虹無雙聲價羨黃童殿前偉賦陳三禮筆下雄文冠九宮燕市相思千里月吴舲輕掛一帆風鳳池清選金閨彥聯袂看花控玉驄

懷褚秋塍孝廉長春

精廬結就傍花村萬个琅玕翠接門高館燈張爭

舞蕉跡簾月滿憶開尊競傳節概追宏度自有文章繼少孫他日鴛湖尋舊雨重移屐齒破苔痕

懷浦裴卿孝廉曰楷

輸君先着祖生鞭蕊榜飛騰正綺年握管文誇船下水臨池墨訝驥奔泉豪談拚倒三升酒芳訊遥傳六幅箋恰喜簷梅剛破萼暗香襲座理吟編

渡黄浦

清晨掛短帆揚舲渡申浦朝暾射船脣樹定風猶舞雲開見遠村浪麤激柔艣飛鳥沒蒼烟寒潮自吞吐推篷獨倚舷客心正懷古遥望細林山了了

青堪數

無題

曾向瑶臺閬苑逢，翩然艷影落驚鴻。漫勞徐福求仙島，輸却吴剛住月宫。緩緩香車花有信，盈盈碧水夢難通。秦樓恍隔蓬山遠，吹徹清簫鶴市東。

金橘

垂垂珠顆滿筠籃，不數江陵葉底柑。金彈深藏枝並護，木奴分種號同參。芬芳頻摘經霜染，圓橢輕攜解酒酣。結實莫嫌酸苦味，幾回嘗遍得微甘。

天竹

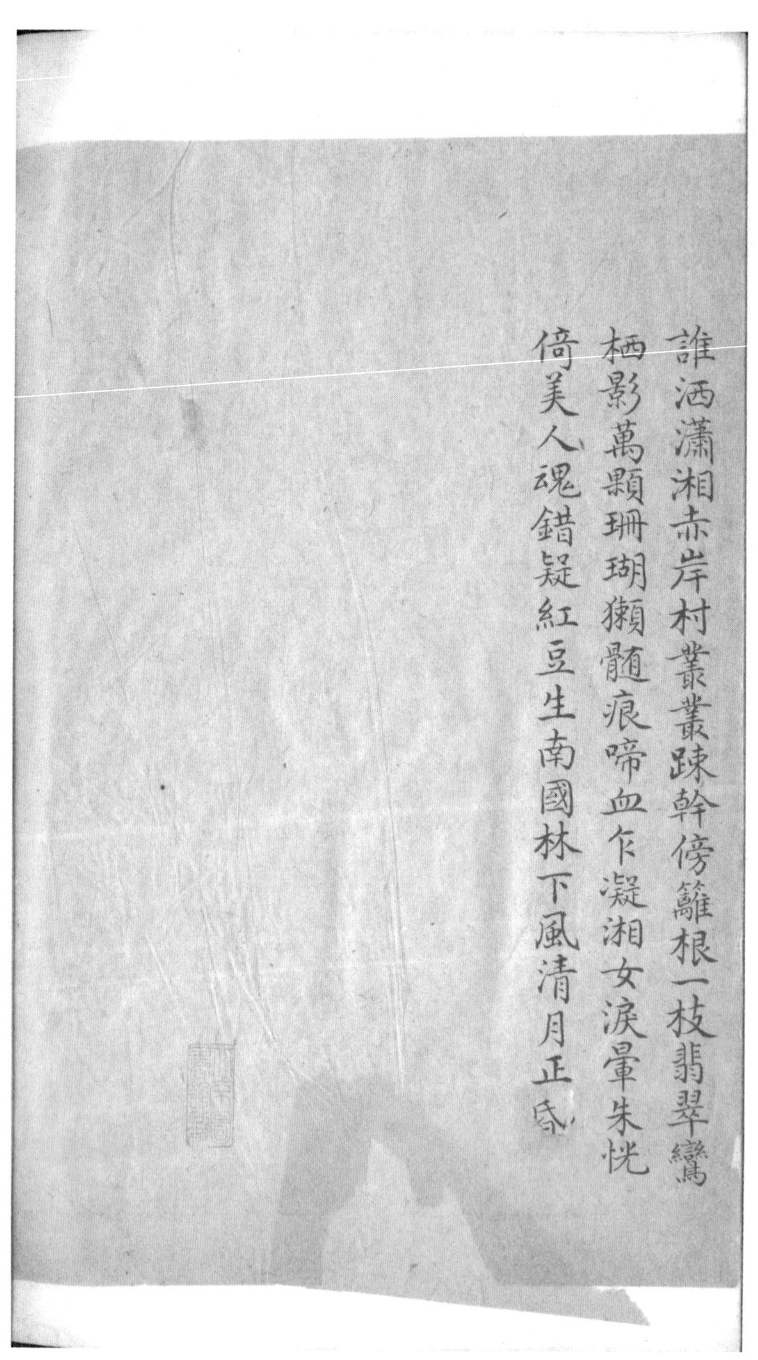

誰洒瀟湘赤岸村叢叢踈幹傍籬根一枝翡翠鸞
栖影萬顆珊瑚獺髓痕啼血乍凝湘女淚暈朱恍
倚美人魂錯疑紅豆生南國林下風清月正昏

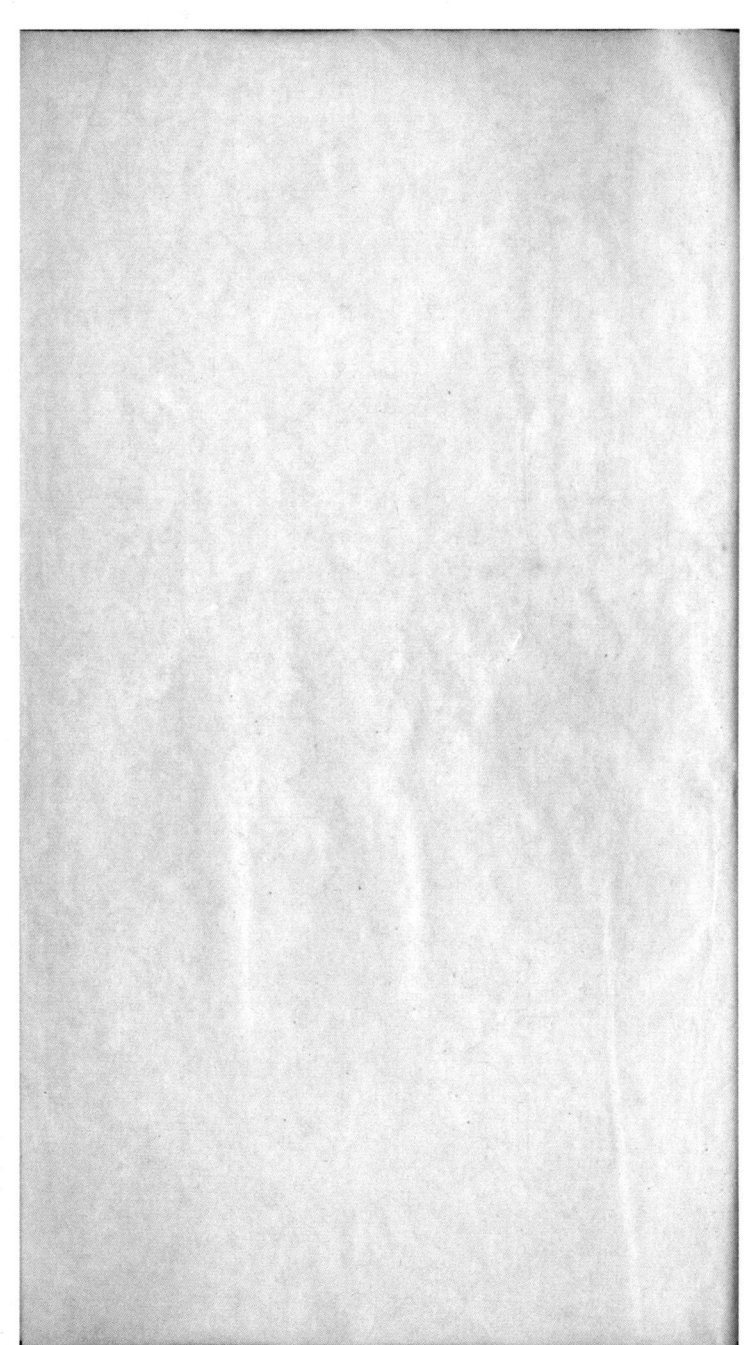

晴坡居士詩稿

倉思震撰。稿本。一册。

倉思震，生卒年不詳。字省夫，一字東林，號篔坨，又號晴坡，别號琴鶴仙史。倉氏生平史傳無載，所幸此稿本一無題詩所附小記中有「乙未夏六月廿二日書於徒古書屋。倉思震字省天一字東林，號篔坨，又號晴坡」，留下其姓名字號。

《晴坡居士詩稿》不分卷，卷端無題名，書縫處有「甲辰年」標記年代，惜不詳爲何朝。收詩數量在三十首左右，内容以寫景爲主，間有賀壽、詠史之類。其中有十餘首詠歎秋色，詩題亦以秋字開頭，如《秋桂迎風》《秋泉咽石》《秋塘荷露》《秋江晚渡》《秋雲出岫》，可以組詩目之。

此稿本抄手眾多，字跡風格極不統一。前半較規整，後半多潦草。且前半詩作有墨筆圈點並隨行點評，後半詩作則多另紙粘貼，塗抹較多。此外，卷末多首詩作末尾，有「晴坡未定稿」字樣，顯示此本僅爲草稿，未可以定稿視之。

倉思震詩歌以寫景爲佳，遣詞造句以營造氣勢爲主，非爲柔靡綺麗之類。

《晴坡居士詩稿》無刻本傳世。

（杜萌）

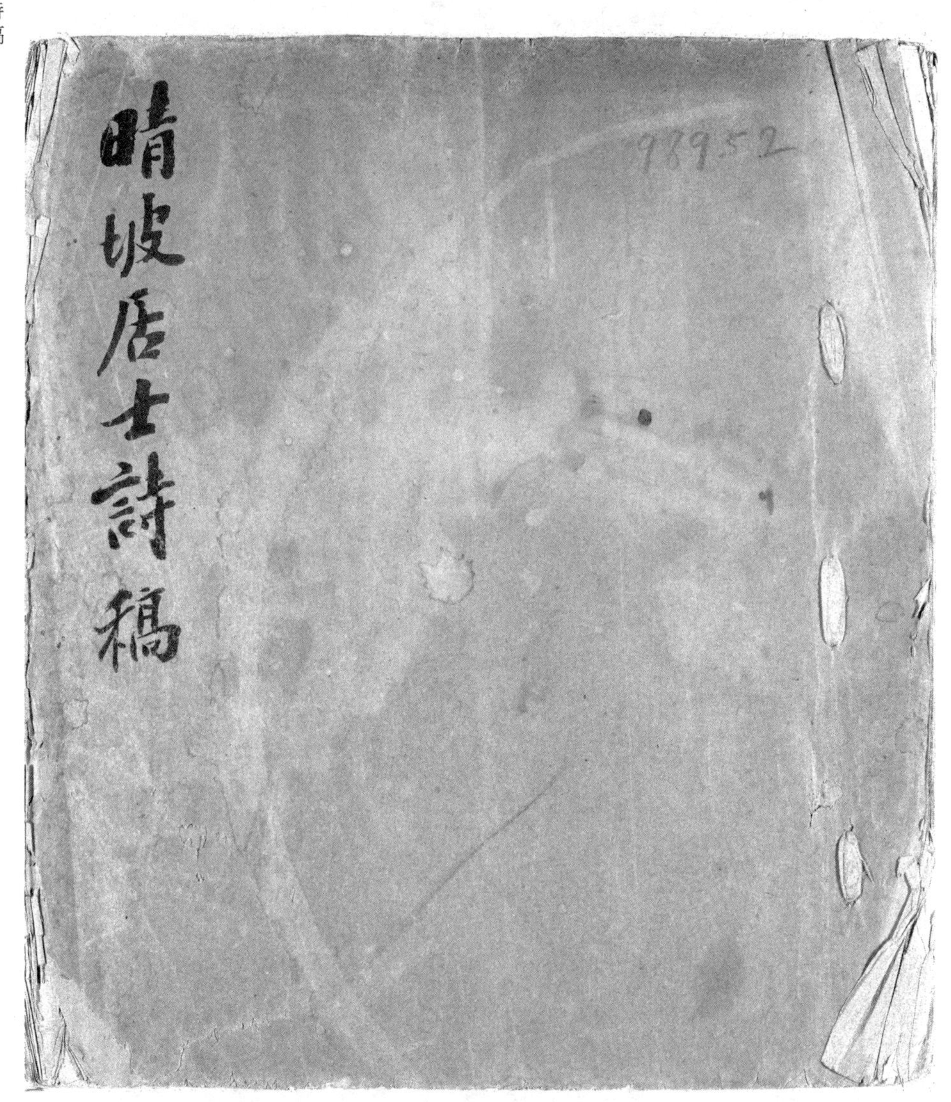
晴坡居士詩稿
98952

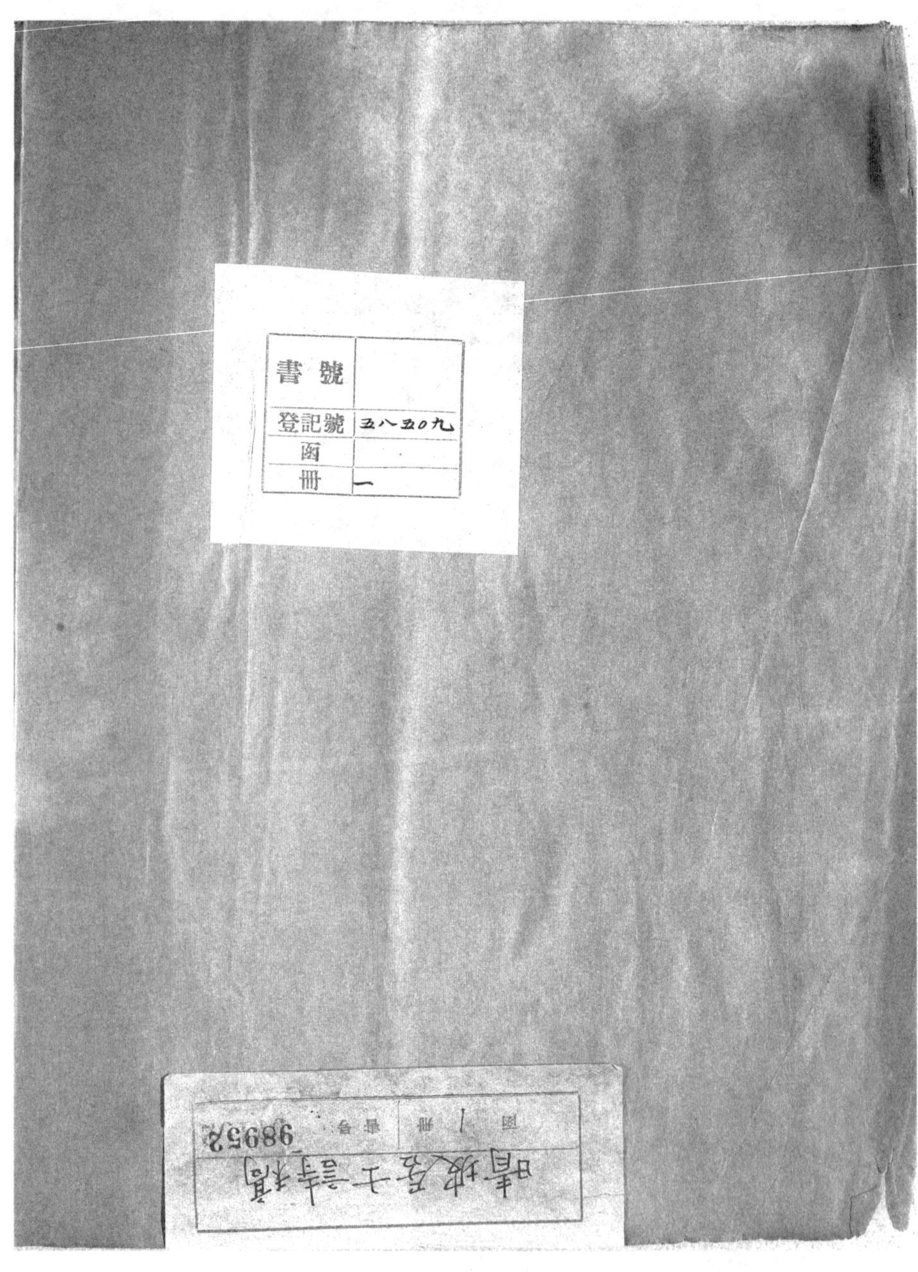
書號
登記號 五八五〇九
函
冊 一

七夕

紅燭凝輝畫閣寒斜天銀漢正漫〻計
時同道佳期近乞巧何妨玉漏殘一水東（白描）
西愁共憶兩年追遞喜交歡人間是處（寫手掃盡陳言）
陳瓜果遥指祈津瑞氣攢（老到）

結遥情于漢陌恐永懷於霄庄唐人賦七夕細致語漢

秋桂迎風

丹桂經秋正向榮更逢雨過好風迎疏枝
影弄重門靜細蕊芬飄四座清自是封（寄迎字融足）

娭深有意不同冷露漫無聲花鈴婉（工巧）
轉香侵袖此際身如鷺嶺行（雅咏澄菾蛙物心執詩漢）

秋泉咽石

秋山蒼翠氣崢嶸蘿碧楓丹雨作晴恠
石相參樵路遶新泉欲瀉野塘平曲隨（平穩題字虛實運法）
斷岸沙環勢遠和空林葉落聲坐掃（好句琢磨成）
莓苔傾聽久白鷗飛處暮烟橫（一結得雪江上峰青言韻悠揚）

宿雨初晴漲野塘泉清石碧蘚蒼〻溜

窮谿岸噴輕露花繞迴瀾聚晚芳漫道（窮寄有妙）

青溪非曲水竟將紅葉代流觴尋源不（妙句）

覺山行久漠漠雲侵荔薜裳（李都尉賞贊許耶 陸續）

石上秋月

團團秋月上窗紗恰石憑欄致倍嘉雲斂

玲瓏風弄影苔痕明滅露含華香飄（妙句 逈亦不到）（秋字石字月字分析不開頭句至此直）

桂嶺蟾光冷字印蓮峯雁陣斜玉漏深沉（令長生逈席）

人寂靜旋疑身到上清家（神韻）（思飄雲物外 律中鬼）

8 秋塘荷露

銀塘遠接大江濱。君子花含曉露新。萬顆明珠同皎潔。一渠秋水正瀰淪。朱華綻蕊迎初日。翠蓋籠烟淨曙塵。湛湛碧盤承玉液。漫誇三輔誌銅人。

劉侄舍柯鄉

志和書雅之手

秋江晚渡

平江迷漫水雲交。渡口歸人笑語嘲。戲點漁燈穿蓼岸。半輪秋月挂篷檣。磯邊楓

點題只數字縱上也見

第二字晚字將得題眼

妙妙

冷聞颯葉波面涎噴識伏蛟欲泊金山訪寶

月晚鐘撞罷磬頻敲

此之謂律六韵人但敘截之縫序有 隨濃

秋雲出岫

四字便不能妻云轰山見請即往

碧山清曙色衡雲生遠岫縷影 之雲象烟

咏吐穿蘿薜銀練斜拖失檜杉莫羨奇 失字踈拙

峯詩夏日真同輕縠障秋邑幽尋直到

水窮處好句吟成向壁觚 絶䂓 韻險而思巧

氣骨深稳押險字合呂為呂琴而二語修

秋雁排字

磬磬秋雁度江干，結陣凌風弄影寒。一字橫排雲氣淨，兩行斜寫夕陽殘。點挑隨勢象形巧，鈎勒無心會意難。碧落好箋籠作管，妙書莫當等閒看。

（昔子所謂大方之家）（寓中）（典而切）（新）

雅濤貴乎巧心，不學嗤於拙目

秋蟲鳴壁

秋園四壁蔓藤纖，午夜蟲鳴覺漏嚴。最愛清聲同玉管，何妨冷露濕羅衫。花陰低唱風穿樹，石畔微吟月到巖。此際還應驚懶婦

（不著題而題妙，令人意傳得之）（切題）

燈窓刺繡手摻。

如見六一居士秋夜讀書時 語溪

秋林曙色

長河已漁星初淪，古木蕭森曙意含。滿目秋光清若鏡，一天靈色碧於藍。枝頭亂噪鴉辭樹，林外微明水漲潭。欲待雲霞擁海日，銜寒步向畫橋南。

青奪山綠

從松秀南湘化出，妥覺幽雋

詩人高真

通幅完整，詩情畫意，陽州芳澤之間 語溪

秋嶺松濤

松嶺迢遥勢曲環，萬株叢秀雨痕斑。淩霄

古榦殘紅外捲地秋濤積翠間偃蓋斜迎風片〻清聲直類水潺〻傾聽坐掃黃花徑時見盤雲野鶴還

不事雕鏤自饒工切少陵外唯嘉州与右丞耳 不意于此見之

秋簾看螢

池塘側畔讀書樓無數螢飛爍素秋畫檻月明湘縷細危簷風靜夜光浮花陰暗度形難隱烟外分飄火欲流玉露未晞天未曉殘星點野工簾鈎

芭蕉秋雨

簾捲秋窗對石根，芭蕉弄影雨交紛。短籬急洒元銀線，長扇層開叠翠雲。滴徹重陰和露冷，聲傳碎響隔花聞。綠天庵裏思懷素，淨洗新箋學右軍。

詩題吳太題佳

自然情志

不高

意非本題而似晚唐人情，不是雨文

清溪

秋桐雨歌

雨洒秋桐雨乍停，秋桐帶雨雨痕青。孫枝凝露搖三徑，碧葉籠烟潤一庭。已自晴明開玉

此此乎甚青

詩句如無家運

明字歌字浮題

井猶然點滴響疎櫺琴材欲得龍門斲試（後 集 題 之 姑）（雕）

殺雷威靜裡聽

辭意在浣花老人故神完氣足古骨映鮮采也

8月照秋菊

雲淨長空漏欲三月臨叢菊景相參一庭夜

色涼如水半部輕陰淺若藍彭澤籬中清

影遍元規樓畔晚香含亦知此際非重九那

得故人酒共酣　滿䑛

又秋蘭

秋到園林景若何幽蘭藂叢小山阿紫莖被
露珠千顆緗葉搖風翠一窠色近菊籬憐色
工秀
冷香臨桂樹覺香多漫云孤秀無人賞我
鄰
欲吟詩載酒過

白秋海棠

墻下依稀八月春盈盈皓質迥離塵欲將顏
起不泛
色逆秋令淨洗鉛華見本真苔砌露凝添
妙韵清新仙心
冷艷花欄月朗助清神堪憐不是香魂異一

樣柔情別樣新

脫卸言言薦衣の出人人桂生海濤

秋郊晴眺

寥天爽氣徧晴皋此日登臨意興豪遠

荻兎花明點點長風落葉響颼颼應識

不識少陵

雨歇秋山淨羅綺雲開塞雁高徙倚不

雲帆字神思路都從秋字入深人無淺語

知時欲暮蕭踈野寺吼蒲牢

清言讀人琴夜雲對酒情景俱從鍾譚而出

秋柳

秋過清隄爽氣寬橋邊疎柳任風專曼

云老榦含哀態依舊長條拂赤欄陶令門

所謂名作後

前烟欲散宜春苑外影初殘若非霜滿

紋烟上筆

輦臺路錯認輕黃二月寒

結語清新

末語祗是借來柳翻騰作襯風韵趣覺迴洋山人名作樣娉婷費遊讀

蕭寺晨鍾

踈鍾隱起梵王家天上殘星沒曉霞斷續穿林驚宿鴈嘈呟度嶺乱悲笳夢回旅客情偏切響共秋風韻更賒一百八聲聽未已團團海日上窻紗

結刻喝字不測

通體雋憶

危冠穩稱格律嚴整

秋夜聽琴

瑤琴百衲寶珠嵌騷客能彈啓錦函
音向曲中分羽角味從絃外領酸鹹
门嘯羅風生塵夜話吟成月籠杉怪
得聽來心更靜長河西亘漏聲嚴

結句好到秋夜与秋柳作同一意

九日

幾度重陽別故園他鄉一度一銷魂
今年看菊如吳國去歲題糕在薊

門已自齡華越大壯猶然詞賦效西崑多愁不作登高會獨向蕭齋酌酒樽。多少感慨都自含蓄無老雖近西崑格調言甚高不落中晚唐

多秋雲如羅林疎氣爽遠山平幾片浮雲點太清應為凉秋光淺淡不同炎夏勢崢嶸楓飄楚岫朝容減雁度吳門練影輕對景方知羅袖冷荒村引

起擣衣聲

又

雨洗秋山

看山冒雨上山樓雨裡山光望裡收 起得清此等題不如此起縱極力求新終不能如此亦曉得爭上游法也

百道泉聲千谷瞻四圍嵐氣一天

秋巒之峭壁森銀竹漠之迴塘浴

野鷗最愛蒼茫雲繞處何妨著

屐漫登遊

又

寒江宿雨

千里江流日噭哮濤聲入夜雨聲交波
光忽暗潮初湧漁火微明珠亂抛挂席
曾聞拾海那然犀誰復照神蛟蓬窓
靜聽蕭纖響我欲乘風解纜筊

秋蟬

無邊濃陰十里堤蟬聲獵起画橋西
激吟遠樹風初定高噪疎林日欲低
韻和寒砧頻斷續響連征雁更清淒

他鄉盡是悲秋客。莫向陽關共馬嘶。

8雁來紅 即老少年又名漢宮秋

。三秋景物暗消磨。小艸淩霜艷影多。
有色不隨菊冷淡。無花全恃葉婆娑。
一叢碎錦西風轉。滿地殘霞北雁過。
坐近矮籬頻進酒。新紅相映醉顏酡。

8宿花蝴蝶夢魂香

鮮紅艷紫繞瑶階。胡蝶宿詩陽

夢懷粉翅斜凭芳蕊綻雙鬚
曲抱暗香埋南園春滿莊生化
午夜花眠韓婦倦雲散晴空
巫峽曉魂歸猶似傍蘭叢

其二

爛漫新紅似錦幨倦飛鳳子效魚潛
莊周幻自花間出韓壽香從夢裡拈

芳蕊全開粉翅穩。離。魂。半。返。玉。腰。纖。南園明日翩翩處。應帶清芬上畫簾。

祝李開府高夫人七十雙壽

錦江春靄接瀛洲。七袠雙添海屋籌。華。鬢。冕。纓。今。壽。母。珮。戈。紅。袍。古。諸。侯。兒仙爭降三巴郎。

恩命遥頒五鳳樓。叢桂營階蘭
優[illegible]。綵衣舞處畫名流。
南極星光燦。西池瑞氣騰。祥開
夫婦壽。善積子孫賢。一品同
恩命七旬共大年。霞觴稱慶處。
福德兼隆全。

循名責實 得班字七言八韻 擬大孝楢林

九天魚鑰啓 宸闈紫闥重樓列珮環。實

致郡詳詢事見榮名盡是 寵恩須躋〻
敬慎心如水濟〻輝光玉在山花木有根
爭艷〻泉源無竭自潺〻銓衡政肅郎
曹署諫議風清[illegible] 禁殿班学士文章堪
佐國將軍功業誌平臺頒傳惠德方收
録紱盈虛聲莫錯攀末技慙為香案
吏朝〻載筆近 龍顏

閨思四絕

花壓闌干色欲然雙飛紫燕語簾前遠

人一去無消息，日費街頭買卜錢。

楊花點點柳千條，傳説征人歸信遥。正是離愁無處遣，那堪梅雨日蕭蕭。

金風颯颯透輕羅，坐睡鄰家笑語多。不忿別來逢七夕，懶看織女渡銀河。

枝頭侵曉噪寒鴉，白雪無端混絳紗。几上玉瓶臨別物，殷勤注水供梅花。

荷露烹茶

鳳爪龍團品最奇，味和天乳更相宜。茶鐺

憶向垂楊岸荷露得（收）從太液池嫩白半甌

醒酒意清香盈盞沁詩脾水亭常罷風

生腋羽扇何勞手自持

蟻陣

四壁槐陰午院閒○元駒結陣綠槐間○疆○場○

不○出○君○礙○影○格鬥渾同戰（壯）士顏○莫謂具戎

非畧地○曾○將○戴○粒○笑○冠○山○移時戲罷如閒

令○遥隊儼然奏凱還○

登平臺待月

每爲消暑夜無眠。結伴登臺思所往。四座
花園風細細。三更雲歛月娟娟。清光對我
須酬酒。好景宜人。不費錢。松竹儼成芹
藻影。渾如身在木蘭船。

蛛網

曳繩頓啟晉文智。結網曾銷龔舍魂。無
限經營來更往。有時補綴吐還吞。罥花
迎水魚驚躍。露樞垂簷蟲欲翻。遺事傳
聞堪卜巧。妝奩收著伴宮媛。

寄袁兄刘中頭少府

聞說官南園。謝之悲喜俱。梭書竊四庫。鍾藏佐進息。奔走經年若。飄零半世孤。幸今榮一命。泉下慰吾姑

（收。刘。袁。兄。二字。不愧是衛玉生之篤）

金帶圍

紅瓣黃腰品不凡。韓（當年）公卜相戴瑤函。今兩露欣同普。從古嘉祥感玉諴。花瑞爭傳為國瑞。傳嵒原自在山嵒。漱吟愧比咏梅句。敢效（沂公）■曾上品緘。

消夏四绝

水亭高敞绿隂中。面面荷花相映红。羽扇不摇衣不解。枝头少女送微风。

薰风带雨過墙来。檻外名花冒雨開。不羡當年河朔飲。玉壺獨自試新醅。

修竹籠煙翠欲流。欣逢雨過暑全收。雲間變態渾無定。爲看青峯頓上樓。

绿槐倒影覆雕簷。冰簟银床午夢甜。夢到華胥遊未已。覺来乳燕語湘簾。

漁

盡日持竿向碧波漁翁樂意竟如何女兒浦口罾漁網新婦磯頭鼓棹歌一歲生涯孤艇裏幾年風景五湖過不愁夜晚篷窗沽好酒盈樽月滿蓑

樵

最愛山樵物外情芒鞋踏破傍雲行巖間弄斧隨偏遠樹杪興歌韻更清泉石有聲畫有色追呼無擾亦無驚柴門向

晚見童侯壓担歸來月正明

耕

誰向田家風味尋幽詩千載是知音東郊
耒[秉]殘星冷西澤荷鋤暮雨侵有限積儲
八口業無多收穫一年心畢輸租稅復
何事醉傍春壺話古今

讀

牙籤雲集叢清芬細和丹鉛閱典讀
畢句精疑終夜思千年興廢一朝閱精心

雅致高風齊，宇多曾陶子雲。讀罷危樓時已暮，頻傾濁酒對斜曛。

魚戲荷葉東

荷渠浪已恬，魚戲任浮潛。翠蓋終西側，錦鱗息左瞻。豈緣鷺夕月，恰似愛朝暹。迎旭誰先卜，納涼竟共占。觀文逢震位，擇地畏朱炎。不是隨潮去，偏知向海覘。按方尋木德，逐陽望東崦。路接蓬瀛近，乘流黄久淹。

盆松

盆松勁節本超羣移植頻煩大匠斤小
具龍鱗欣被雨居然虬幹欲拏雲窓中
疎影連書幌檻外濤聲起石根冬嶺漫
誇千丈秀森森已自遠孫等

盆魚

盆中游泳亦幽閒莫羨澄湖共水灣碧
鑑風翻萍欲綻錦鱗花映色如殷幾
時歲月浮沈裡萬里風雲指顧間蒼到

庚仲從便霞池中江海任迴還

山鳥自呼名

萬株雜樹柳千條山鳥各歸語共招陽
水惟閒琴斷續穿梭時見影飄搖壺
解供游人與布穀催耕早稲苗幸近和
鳴隨不厭渾如仙管鳳凰調

空巢落燕泥 春燕子樓吟

樓名燕子最銷魂煙鎖塵埋晝掩門等
復雲衣拋玉剪空餘銀豆落金樽依稀

苑外閑新語指點果間見舊痕影影有
靈何限恨白楊獨對月黃昏

蜻蜓立釣絲

垂綸人傍夕陽樹掠水蜓飛亂石灘灘
時尋鋪徑草翩翩直上鈎魚竿孤舟遥
浪拋鈎穩一線隨風駐足難此景江邨誰
領略少陵名句霸詩壇

詠史二首

嬴氏焚經後誰將續緒擴儒名高冀

北師範著淮南對策宗東魯操行異
老聃遺書繁露在鄭董案頭探
晉代稱儒將寬仁意自閒屯田安部曲
饋藥感荊蠻射獵輕裘出笙歌緩
帶還遺碑傳舊德讀罷淚潸潸

課子夜讀

少年風度喜端凝雅有才華未許矜
富貴儻來人競羨詩書拋盡又何憑
前時空負三更月此日重挑五夜燈父道

於今師道並切須一洗舊因仍

茶僧

靈祥分明半似依僧名桐錫佑煎茶灘瀾古剎傳雁種蜀嶺新泉試嫩芽持向鐺中翻風亦真回鑄裏長蓮花迷來也有幽禪意滌盡煩襟滿清華

賦得眼鏡 得他字七言八韻排錄林大寿

居角嵌晶淨拂塵老年瞭視擬還

他外環規影輪旋捏肉蘊圓光水
一漏番舶初來傳術巧朱崖仿製
歷年多匠心原本力爲鏡朗目能
分毫瘦河蜆象直從霄外見看花
詎似霧中過已欣顧盼睛如此那復
糢糊嘆桑榆鑑物澄明眉際月照池
萬洋眼前渡今逢
御筆親題後許入藝林掌故科

孟嚴元僧高傳二同人移居傳經院
爲賦長句呈愚菴禪師

精舍移來境界新蓮香滿院淨无
塵求名翻愛逃名地用世先聽現世
身悟道高僧曾首座同心益友恰
三人他时我亦相過訪儒理禪宗兩
同律

燈花

良友話書宵燈花報動搖金蘢垂

碧粟分朵朗紅樹人巧誰能剪天
工未易描由來稱喜北相戒莫種桃

警枕

刻木成圓枕將軍眠未穿運謀神
偶倦擐甲夢常醒到耳轅門柝驚
心許角能玉今吳越地釋自說遺形

歸雁

川氣暗相催南天塞雁回殘冬辭夢
滿二月度燕臺呼侶從風玉衡寒

負日來王関欲往遲不共楚猿哀

茶煙

煮茗向階除輕煙颺草廬半甌浮嫩白
幾縷上晴虛鶴向花間避雲從排畔
歸此时逢陸羽相賞定何如

訪愚庵禪師不遇

滿地松陰晝掩関宜人静境出塵
寰我來不意逢僧話竟討浮生半
日閒

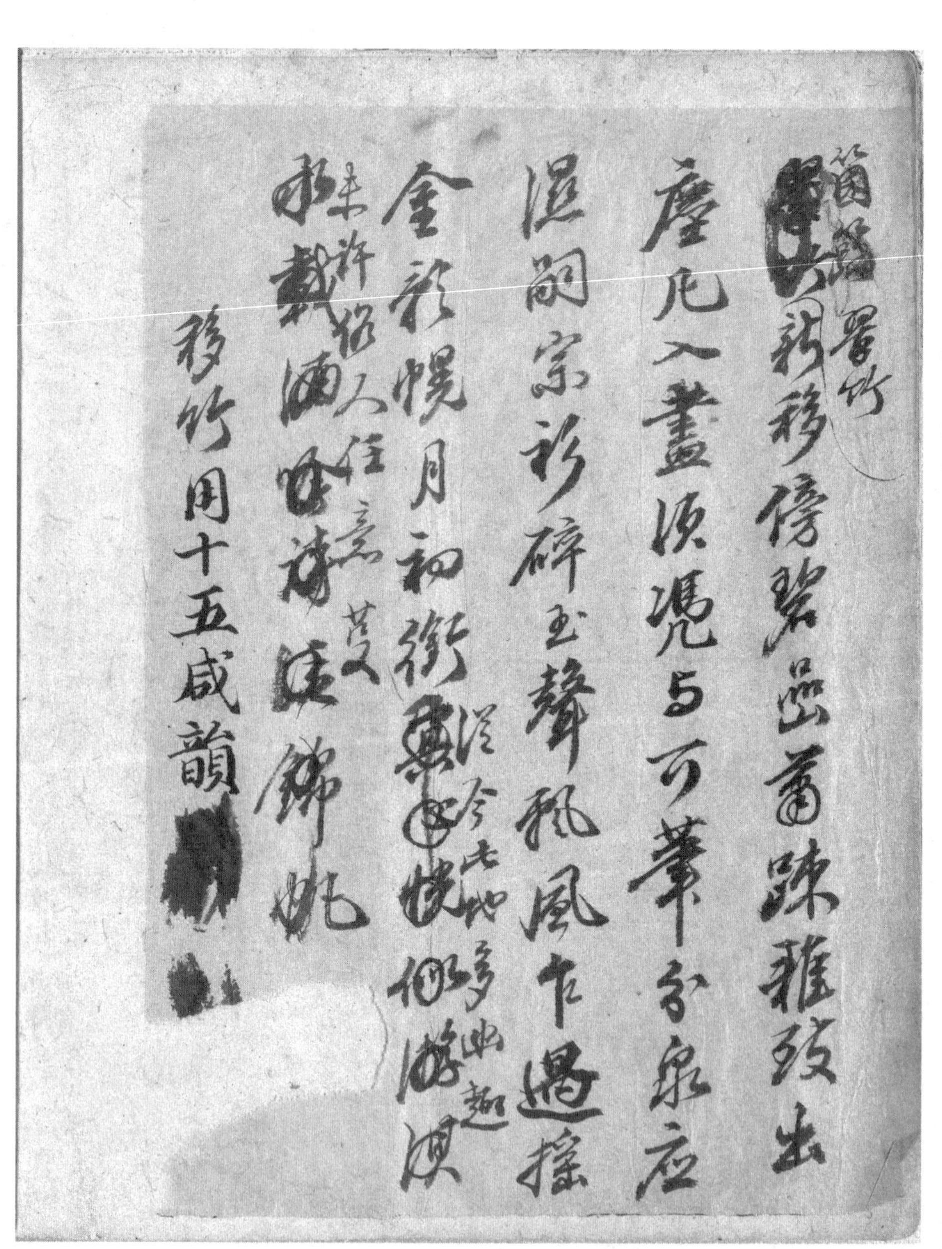

春日入園見羣花爛熳而墻陰一株獨處芳

未吐似有嚬嚬之態因集唐人句以題之

畫樓西畔桂堂東　千里鶯啼綠映紅

自是孤根那[illegible]地　不能容易向春風

李商隱　杜牧　吳融　羅隱　[illegible]如稿

江山淡淡水悠悠　水國初經萬象幽

宦意匆匆緣底事　輕帆冒雨過蘇州

丙午過姑蘇口號

九日登高分韻用十三覃

崇岡巃嵸起層嵐此日登臨酒半酣放眼雲山
空塞北驚心飛雁入天南秋英冉冉鋪荒逕風
荻蕭〻映碧潭緬想龍山高會處幽人雅況静
中參

九日登高限溪西鷄齊啼為韻

繽紛野菊滿清溪載酒尋芳渡水西峻嶺嵯峨
堪戲馬跡村隱約逈聞鷄心逢暢處江湖濶襟
遂開時物我齊對景銜杯無限意秋林蕭颯草
蟲啼

即事戲拈三講韻

諸子共吟壇○詩律貴細講○議論各風生○相持若鷸蚌○放言決江河○不欲效斷港○格調尚清新○研鍊同耘耩○選樂奚囊中○盈如錢投缿○誰是知音人○逢人肯說項○

秋夜即景

靜夜閒敲句○燈花散影紅○不○堪○傾○

聽雪秋雨復秋風

戲題蕉葉

綠肩層閒日清秋欲盡時臨風

片紙和露寫新詩 二作居然唐音

祠事太歲壇口占

廟事班分太歲壇秋風吹面五更寒

而今莫道容臺好清苦何殊苜蓿

盤

詠蝶

萬字花蝴蝶花時顧不遑鄰家花正好誰
向陽墻兒

詠竹夫人

通情不屑綺羅身，胸次玲瓏格調新。斜倚
銀床無笑語，應憐渠是息夫人。

午睡

軒窗高啓午風和，繞檻清芬宿雨過。一枕
初回蝴蝶夢，庭槐綠影正婆娑。

晚香玉

茲花真是異，日夕始閑香。燕市紅顏女，
殷勤作晚粧。

再過邯鄲車中口號

披星戴月曉風寒，游子深知行路難。

愧無緣逢羽客，一年一度過邯鄲。

山村晚眺

步出山村望，風光畫所稀。墨石新泉咽，經書舊草肥。峯高茅屋矮，樹密夕陽微。廣看時已暮，猶倚竟忘歸。

題曹蕖楣蓑笠小照二絕

漁邏青山帶晚波桃花春山岸柳婆娑
船頭載酒垂綸客風景平分張志和
訪仙未若便逢仙人世居然別有天繫雲
逸情閒畫裏豈真着向釣魚船

疎村新雨後掃徑待同人
話舊翻疑夢追歡摇快
神交情昏滿假佳句來

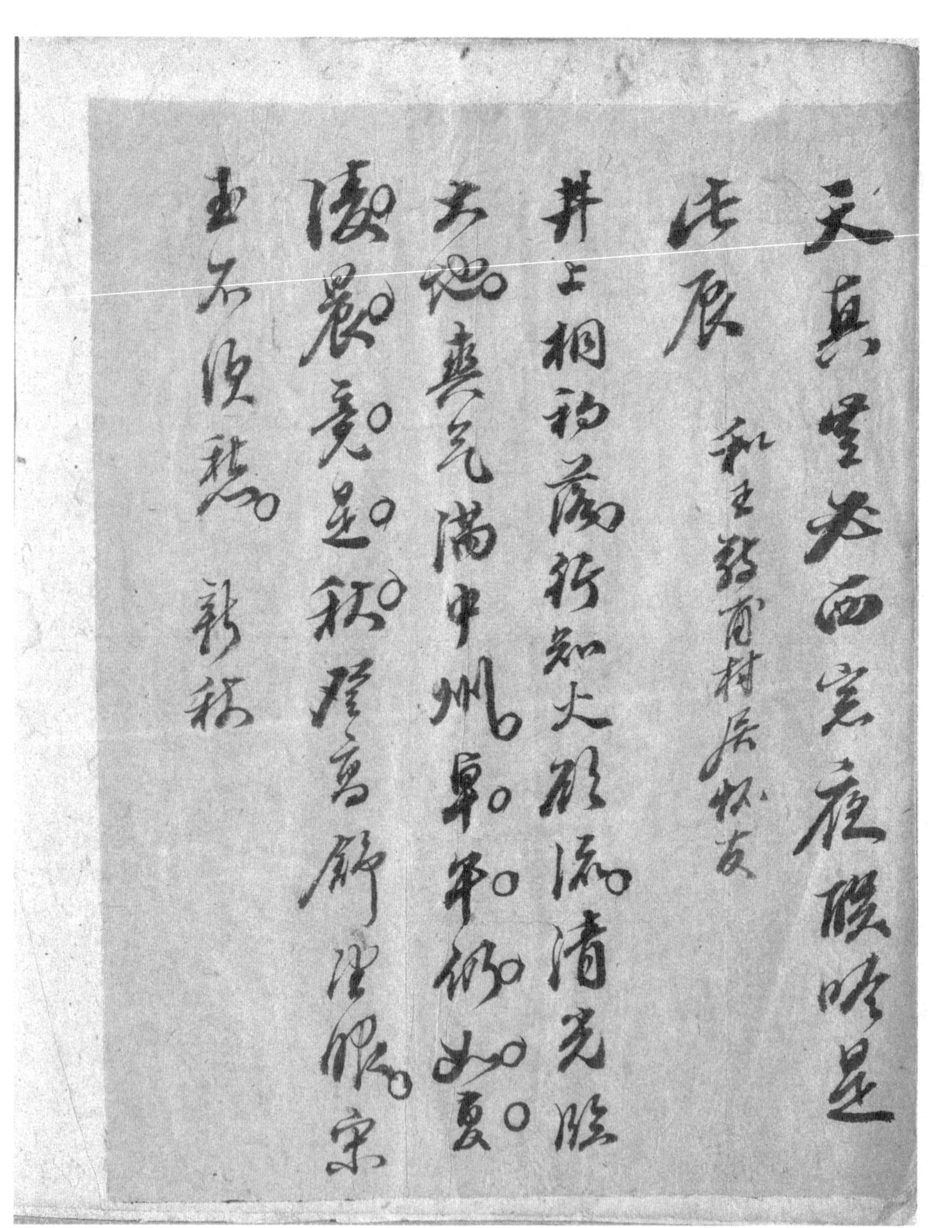

天真是大西窗夜暝時是
佳辰
和王彝甫村居懷友
井上桐初落。新知大火流。清光臨
大地。爽氣滿中州。暑午仍如夏。
淒晨覺是秋。登高舒望眼。宋
玉不須愁。　新秋

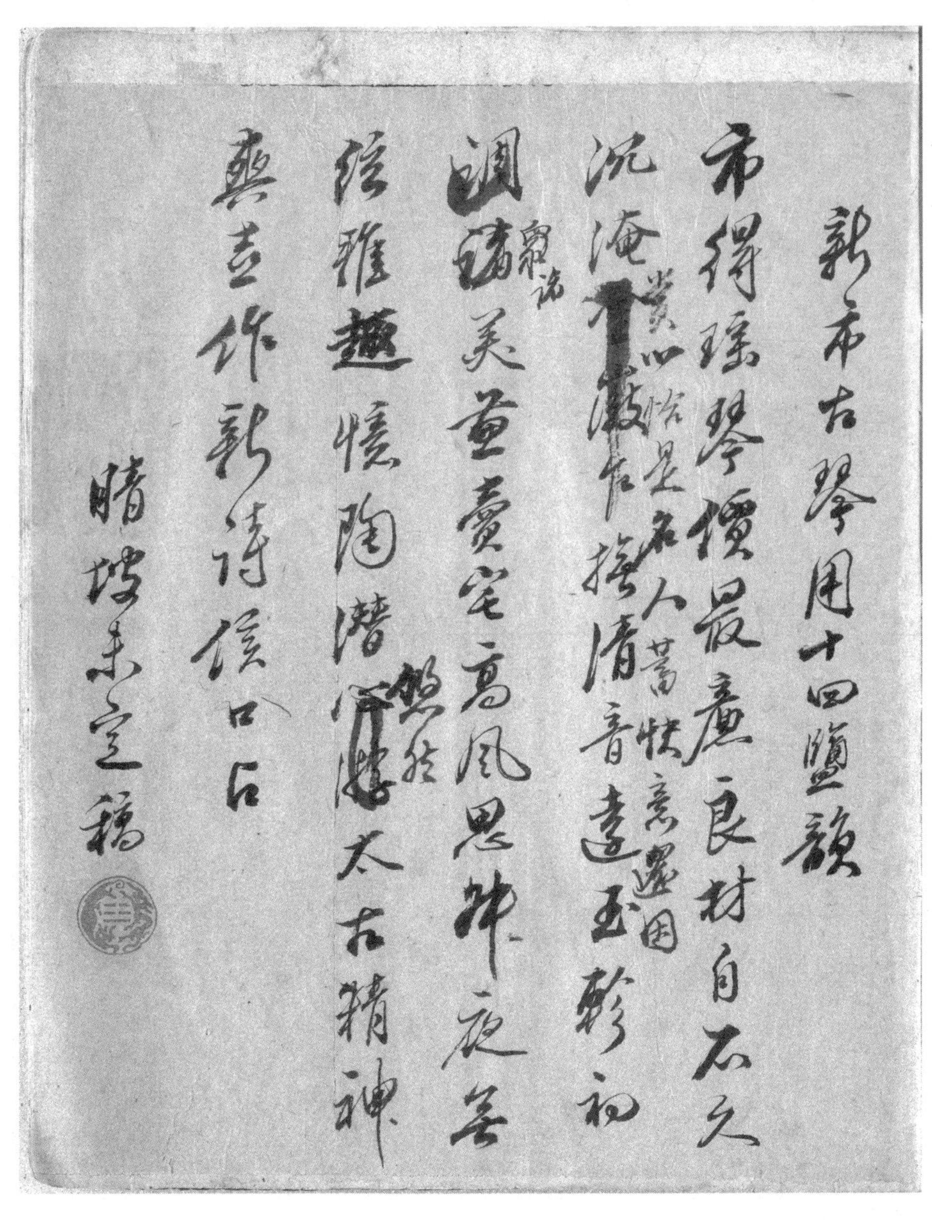
新市古琴用十四鹽韻
市得瑤琴價最廉良材自古久
沉淹[illegible]清音遠玉纖
調諧美蕙賣空高風思伴夜簷
結雅趣懷陶潛[illegible]太古精神
兼若作新詩信口占
晴坡未定稿

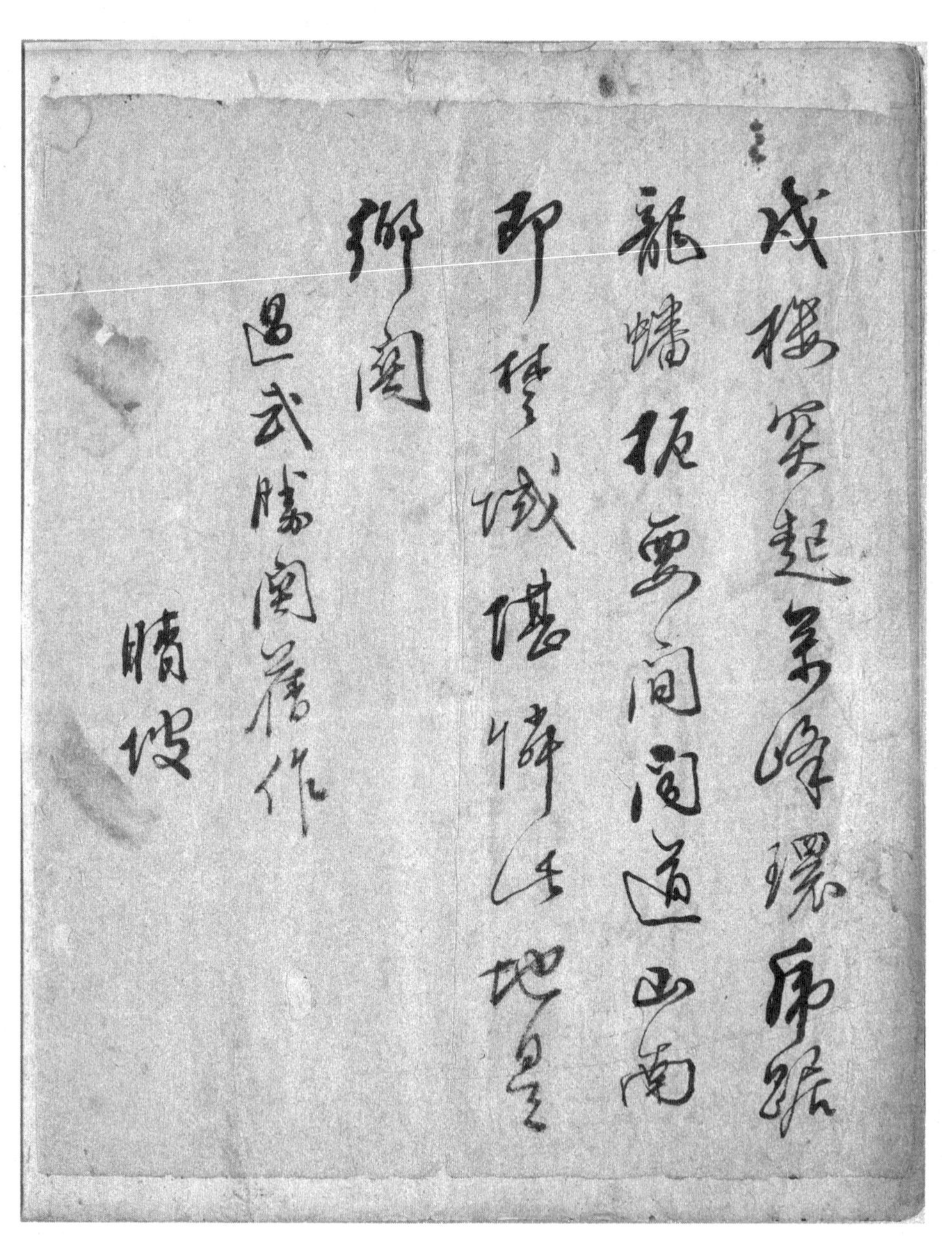

戍樓突起萬峰環屏障
龍蟠扼要間闗道西南
即楚域懷情何地是
鄉闗
過武勝闗舊作
晴坡

昨夜北風寒今朝瑞雪至玉樹瓊花望不窮瑤臺璇室真奇異一如柳絮因風飄。對之可以增詩思。詩思遥在東園梅、素姿氷心山之隈。平生雅有浩然興步向樹下久徘徊為憐雪裡花影瘦冷氣森森侵衣袖歸来鳴琴調玉軫。梅花白雪頻入奏。

聽雪摽梅歸而彈琴

一上高城萬里愁。蒹葭楊柳似汀洲。溪雲初起日沉閣。山雨欲來風滿樓。鳥下綠蕪秦苑夕。蟬鳴黃葉漢宮秋。行人莫問當年事。故國東來渭水流。咸樓今是法御墨。御信

全禪曉徑寂、山亭、寺、雲、菊、樵、溪、水光、竹、野、抱、磯、來東東巖月在
僧初定、南園花殘宮東四、稻花雲朐詩賦碧、秋風過有木蘭
閣。

乙未夏六月廿二日書於徒古書屋倉思震字省夫一字東林歸篋𡼏又号晴坡
別號琴鶴僊史

課耕亭上眺晴空瑞麥盈疇喜
麥風匝地黃雲生眼底連天碧
浪起墻東汪洋勢溢千塍好餅
香浮四野田中占叶維魚知歲稔
酒殽洽比快鄰翁

青浪

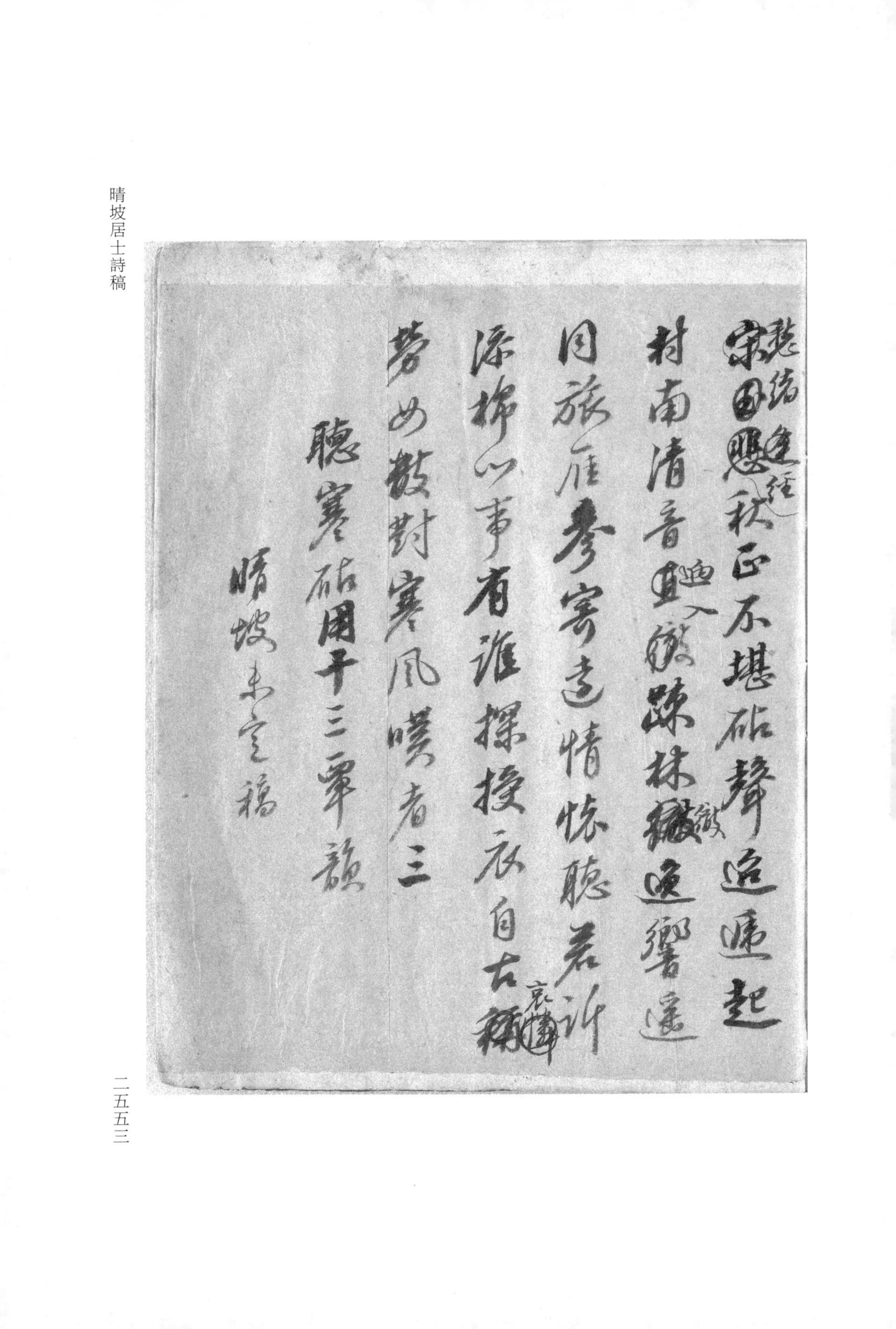

客國懸秋正不堪碪聲遍遍起
村南清音直踈林織遍響遙
同旅雁參寥遠情悰聽君許
源擣以事有誰探摸夜自古稱
夢女數對寒風嘆者三

聽寒碪用十三覃韻

晴坡未定稿

繽紛野菊滿清溪，載酒尋芳渡
水西。峻嶺嵯峨堪戲馬，疎林隱
約適聞雞。心逢暢處江湖闊，襟
迥閱時物我齋。對景銜杯莫限
意，秋林蕭颯草萋歸。

九日登高限溪西雞齋歸韻

晴坡未定稿

九日登高分韻得南字

崇岡巃嵸起層嵐此日登臨酒半酣放眼雲山空塞北驚心鴻雁入天南秋英冉冉鋪茵遠風荻蕭蕭映碧潭徧想龍山高會處幽人雅況靜中參

晴坡震未定稿

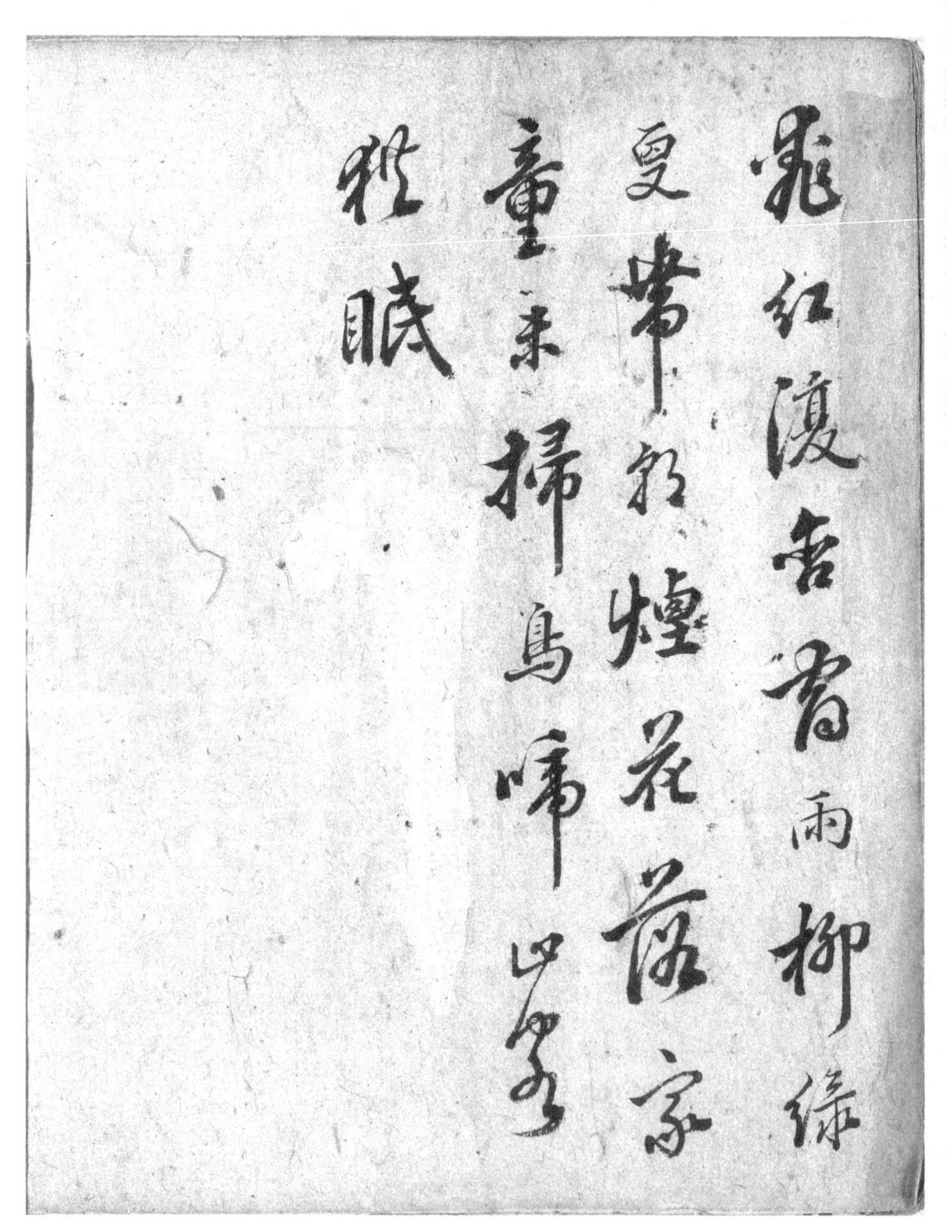

飛紅渡香霄雨柳綠
夏帶紛煙花籠家
童來掃鳥啼山寺
牲眠

過武勝關

戍樓突起萬峰環虎踞龍盤扼要間關道山南即楚城堪憐此地是鄉關

曉發廣水驛

凌晨過廣水一線路崎嶇樹老膻風急山深見日遲孤村烟縷繞層岸麥參差帶輕寒意芳春二月時

秋月

秋來夜色竟如何皓月當空浸素波萬里晴光雲作斂一簾好景雨初過輞川竹靜琴音淡庾亮樓高雁飛多此夕憑闌人下拜

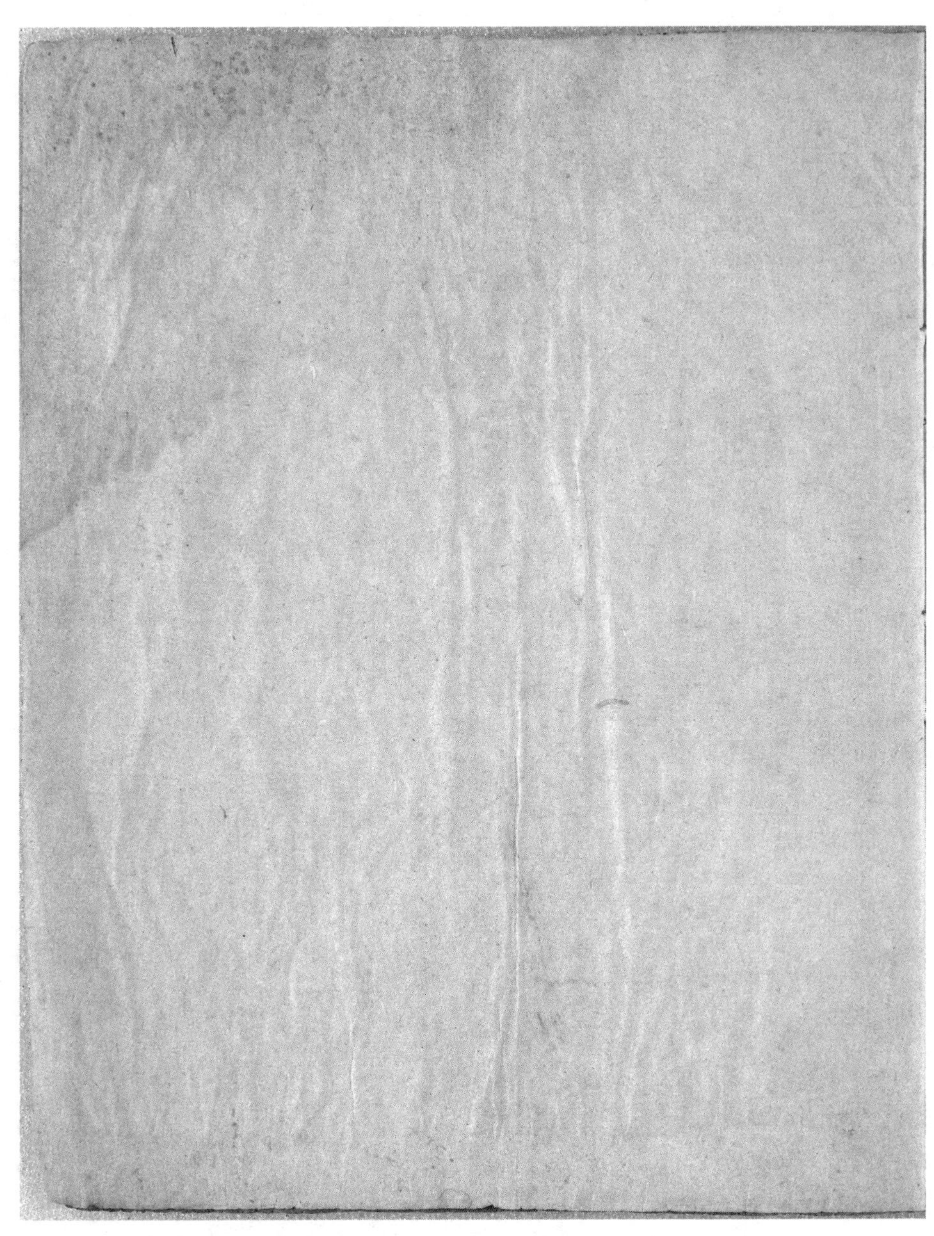

應憐玉露濕輕羅

寒潭雁影

晴郊木落氣清泠隊隊飛鴻度遠汀萬
里雲程難憩息一潭秋水正瀏漓陣行
隱約風和空字跡分明影下傳箇裏
已含無限趣何共峯目望蒼冥

採蒼病中 時年十六

歷盡崎嶇徑迢迢到梧蒼四圍山色壯千間
水似狂那病憐更短里客恨路長如年間
度日嗟吁斷九迴腸

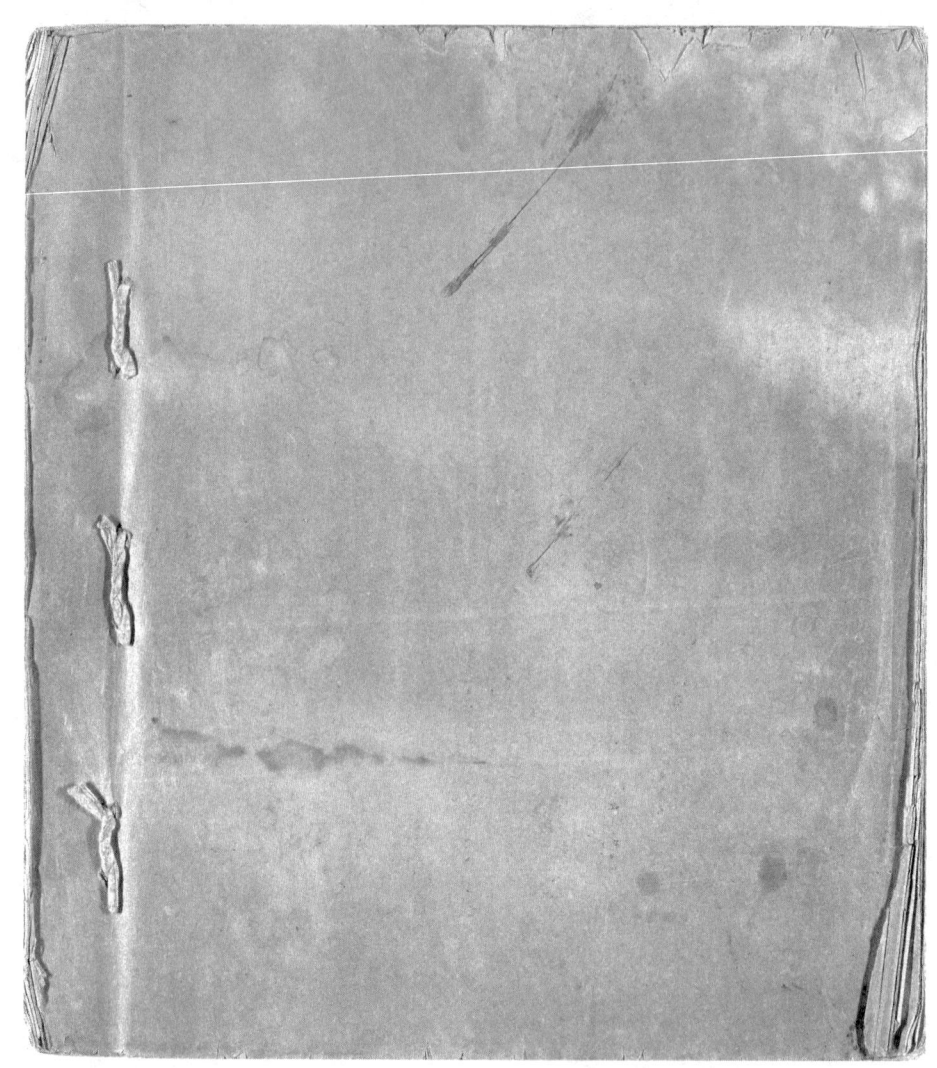

圖書在版編目(CIP)數據

國家圖書館藏清人詩文集稿本叢書. 第二輯/陳紅彦主編.—北京：北京大學出版社，2019.10

ISBN 978-7-301-30815-8

Ⅰ.①國… Ⅱ.①陳… Ⅲ.①中國文學—古典文學—作品綜合集—清代 Ⅳ.①I214.91

中國版本圖書館CIP數據核字（2019）第208729號

書　　名	國家圖書館藏清人詩文集稿本叢書（第二輯）（全三册） GUOJIA TUSHUGUAN CANG QINGREN SHIWENJI GAOBEN CONGSHU（DIERJI）（QUANSANCE）
著作責任者	陳紅彦　主編
策劃編輯	馬辛民
責任編輯	翁雯婧
標準書號	ISBN 978-7-301-30815-8
出版發行	北京大學出版社
地　　址	北京市海淀區成府路205號　100871
網　　址	http://www.pup.cn　　新浪微博：@ 北京大學出版社
電子信箱	dianjiwenhua@163.com
電　　話	郵購部010-62752015　發行部010-62750672　編輯部010-62756694
印 刷 者	北京中科印刷有限公司
經 銷 者	新華書店
	720毫米×1020毫米　16開本　161印張　515千字
	2019年10月第1版　2019年10月第1次印刷
定　　價	990.00圓（全三册）